Gerd Pals

SCIENCE FICTION

Herausgegeben
von Dr. Herbert W. Franke
und Wolfgang Jeschke

Vom gleichen Autor erschienen außerdem
als Heyne-Taschenbücher

Gast aus der Zukunft · Band 3193
Das heilige Atom · Band 3224
Die Sterne rücken näher · Band 3248
Die Seelenbank · Band 3256
Die Mörder Mohammeds · Band 3264
Exil im Kosmos · Band 3269
Schwingen der Nacht · Band 3274
Macht über Leben und Tod · Band 3282
Dimension 12 · Band 3309
Die Mysterien von Belzagor · Band 3345
Menschen und andere Ungeheuer · Band 3378
Der Gesang der Neuronen · Band 3392

ROBERT SILVERBERG

KINDER DER RETORTE

Science Fiction-Roman

Deutsche Erstveröffentlichung

WILHELM HEYNE VERLAG
MÜNCHEN

HEYNE-BUCH Nr. 3441
im Wilhelm Heyne Verlag, München

Titel der amerikanischen Originalausgabe
TOWER OF GLASS
Deutsche Übersetzung von Leopold Voelker

Redaktion: Wolfgang Jeschke

Printed in Germany 1975
Umschlagzeichnung: C. A. M. Thole, Mailand
Umschlaggestaltung: Atelier Heinrichs, München
Gesamtherstellung: Ebner, Ulm

ISBN 3-453-30353-9

Am Anfang war Krug

und er sprach: »Es seien Retorten«, und da waren Retorten.

Und Krug betrachtete die Retorten und fand sie gut.

Und Krug sprach: »Es seien Nukleotiden in den Retorten.« Und die Nukleotiden wurden in die Retorten gegossen, und Krug mischte sie, bis sie sich miteinander verbanden.

Und die Nukleotiden bildeten die großen Moleküle, und Krug sprach: »Es werde der Vater und werde die Mutter in den Retorten, und es teilen sich die Zellen, und Leben entsteht in den Retorten.«

Und es ward Leben, denn da war Reproduktion.

Und hierfür sei Krug gepriesen.

1

»Seht«, würde Krug sagen, »vor einer Milliarde Jahren gab es keine Menschen, es gab nur Fische, glitschige Lebewesen mit Kiemen und Schuppen und kleinen runden Augen. Sie lebten im Ozean, und der Ozean war wie ein Gefängnis, und die Luft war wie ein Dach auf dem Gefängnis. Niemand konnte durch das Dach gehen. ›Du wirst sterben, wenn du es versuchst‹, sagte jedermann, und da war ein Fisch, der versuchte es und starb. Und da war ein zweiter Fisch, der es versuchte, und auch er starb. Doch da war ein dritter Fisch, der es versuchte, und sein Gehirn brannte, und seine Kiemen brannten, und die Luft drohte ihn zu ersticken, und die Sonne war eine Fackel, die man in seine Augen stieß, und er lag da im Schlamm, wartete auf seinen Tod, und er starb nicht. Er kroch vom Strand zurück ins Wasser und sagte: ›Seht, dort ist eine ganz andere Welt.‹ Und er ging wieder hinauf und blieb zwei Tage oben, und dann starb er. Und andere Fische waren neugierig auf die andere Welt. Und sie krochen hinauf auf den schlammigen Strand. Und blieben. Und lernten, die Luft zu atmen. Und lernten aufzustehen, umherzugehen, mit dem Sonnenlicht in den Augen zu leben. Und sie wurden Eidechsen,

Dinosaurier, und sie gingen umher Millionen Jahre lang, und sie begannen sich auf ihren Hinterbeinen aufzurichten, und sie benutzten ihre Hände, um Dinge zu greifen, und sie wurden Affen, und die Affen wurden klüger und wurden Menschen. Und die ganze Zeit gab es einige wenige unter ihnen, die Ausschau hielten nach neuen Welten. Man sagte zu ihnen: ›Laßt uns zurückgehen in den Ozean, laßt uns wieder Fische werden, das ist bequemer.‹ Und vielleicht die Hälfte, mehr als die Hälfte, war bereit, dies zu tun, doch es gab immer welche, die sagten: ›Seid nicht verrückt. Wir können nicht mehr Fische sein. Wir sind Menschen.‹ Und so gingen und gehen sie nicht zurück. Sie klettern immer höher.«

2

20. September 2218

Simeon Krugs Turm erhebt sich jetzt 100 Meter über der graubraunen Tundra der kanadischen Arktis, westlich der Hudson Bay. Zur Zeit ist der Turm nur ein gläserner Stumpf, hohl, oben offen, gegen Wetterunbilden nur abgeschirmt durch ein Isolierfeld, das wie ein Dach wenige Meter über dem jeweiligen Arbeitsniveau schwebt. Um das unvollendete Bauwerk herum wimmeln die Arbeitskolonnen der Androiden, Tausende von synthetischen Menschen mit roter Haut, die Glasblöcke auf Lastenaufzüge verladen und die Aufzüge zum Gipfel des Turms hinaufschicken, wo andere Androiden die Blöcke aufeinanderschichten. Krug läßt seine Androiden in drei Schichten rund um die Uhr arbeiten; wenn es dunkel wird, wird die Baustelle beleuchtet von Millionen von Reflektorplatten, die in ein Kilometer Höhe aufgehängt sind und gespeist werden von dem kleinen, nördlich des Baugeländes installierten Fusionsgenerator.

Von der riesigen achteckigen Basis des Turms aus verlaufen in alle Richtungen breite, silbrige Abkühlungsstreifen, die fünfzig Zentimeter tief in den gefrorenen, aus Erde, Wurzeln, Moos und Flechten bestehenden Teppich der Tundra eingebettet sind. Die einzelnen Streifen sind mehrere Kilometer lang. Ihre Helium-II-Diffusionszellen saugen die von den Androiden und den beim Bau verwendeten Fahrzeugen erzeugte Hitze auf. Wenn die Streifen nicht da wären, würde die Tundra bald durch den die Bautätigkeit begleitenden Energieausstoß in einen See von Schlamm verwandelt werden; die kolossalen Fundamentcaissons würden ihren Halt verlieren, und das große Bauwerk würde umkippen und fallen wie ein gestürzter Titan. Die Streifen halten die Tundra in einem tiefgefrorenen, festen Zustand, der sie befähigt, die immense Last zu tragen, die Simeon Krug ihr jetzt aufbürdet.

Rund um den Turm, in einem Radius von einem Kilometer, sind Hilfsgebäude verteilt. Westlich der Baustelle befindet sich das Hauptkontrollzentrum. Im Osten steht das Laboratorium, in dem die auf dem Tachyonstrahl basierende Ultrawellensendeanlage montiert wird, eine kleine rosafarbene Kuppel, unter der gewöhnlich zehn oder zwölf Techniker geduldig an der Abstimmung des Gerätes arbeiten, mit dem Krug Botschaften zu den Sternen zu schicken hofft. Nördlich der Baustelle erstreckt sich ein Areal von verschiedenartigen Dienstleistungsanlagen. Auf der Südseite liegt der Bahnhof mit den Transmatkabinen, die den Verkehr zwischen dieser abgelegenen Region und der zivilisierten Welt aufrechterhalten. Ständig entsteigen den Transmatkabinen Menschen und Androiden, die aus New York oder Nairobi oder Novosibirsk kommen, und andere besteigen sie, um nach Sydney oder San Francisco oder Shanghai zu reisen.

Krug besucht die Baustelle zumindest einmal am Tage – allein, oder mit seinem Sohn Manuel, oder mit einer seiner Frauen, oder mit andern Industriellen. Gewöhnlich bespricht er sich mit Thor Watchman, seinem Androidenaufseher, fährt mit einem Aufzug zur Spitze des Turms und späht in ihn hinunter, überprüft die Fortschritte in dem Tachyonstrahl-Laboratoirum, unterhält sich mit einigen Arbeitern, um sie zu größerer Anstrengung zu ermuntern. Im allgemeinen verbringt Krug nicht mehr als fünfzehn Minuten am Turm. Dann besteigt er wieder die Transmatkabine und wird in Gedankenschnelle zu der Arbeit geschleudert, die ihn anderswo erwartet.

Heute hat er eine ziemlich große Gesellschaft mitgebracht, um das Erreichen der 100-Meter-Höhe zu feiern. Krug steht in der Nähe des späteren Westeingangs des Turmes. Er ist ein stämmiger Mann von sechzig Jahren, tiefgebräunt von der Sonne, mit breiter Brust und kurzen Beinen, glänzenden, nahe beieinanderstehenden Augen und knolliger Nase. Es ist etwas von urwüchsiger Bauernkraft an ihm. Seine Verachtung für jede kosmetische Körperpflege zeigt sich in seinen plumpen Gesichtszügen, seinen zottigen Augenbrauen, seinem sich stark lichtenden Haar; er ist fast ganz kahl und tut nichts dagegen. Sommersprossen zeigen sich zwischen den schwarzen Strähnen, die quer über seinen Schädel gekämmt sind. Er ist mehrere Milliarden Dollar wert, doch er kleidet sich einfach und trägt keine Juwelen; lediglich die Selbstherrlichkeit seiner Haltung und seines Gesichtsausdrucks läßt auf seinen Reichtum schließen.

Neben ihm steht sein Sohn und Erbe Manuel, sein einziges Kind, groß, schlank, fast etwas unmännlich, zu hübsch, zu elegant gekleidet in ein weites grünes Gewand, mit hohen Stiefeln und rotbrauner Schärpe. Er trägt Ohrringe und auf der Stirn eine Spiegelplatte. Er wird in Kürze dreißig Jahre alt. Seine Bewegungen sind anmutig, doch wenn er ruhig dasteht, wirkt er nervös.

Der Androide Thor Watchman steht zwischen Vater und Sohn. Er ist so groß wie Manuel, so kräftig gebaut wie der alte Krug. Sein Gesicht ist das eines Androiden der Standard-Alpha-Klasse, mit schmaler kaukasischer Nase, dünnen Lippen, starkem Kinn, hohen Backenknochen: ein idealisiertes Gesicht, ein Gesicht wie aus Plastik. Doch dieses Gesicht drückt überraschenderweise eine ungewöhnliche Individualität aus. Niemand, der Thor Watchman einmal gesehen hat, wird ihn beim nächstenmal mit irgendeinem anderen Androiden verwechseln. Seine Augenbrauen, seine Lippen, die Haltung seiner Schultern kennzeichnen ihn als einen Androiden von Stärke und Entschlußkraft. Er ist — so absurd das klingen mag — eine Persönlichkeit. Er trägt ein Wams aus weitmaschigem Gewebe; er ist unempfindlich gegen die beißende Kälte auf dem Baugelände, und seine Haut, die tiefrote, immer etwas wächsern wirkende Haut eines Androiden, ist an vielen Stellen durch das Gewand zu sehen.

Es gehören sieben weitere Personen zu der Gruppe, die den Transmatkabinen entstiegen ist. Es sind:

Clarissa, die Frau von Manuel Krug.

Quenelle, eine Frau, jünger als Manuel, die derzeitige Favoritin seines Vaters.

Leon Spaulding, Krugs Privatsekretär, ein Ektogene.

Niccolò Vargas, in dessen Observatorium in der Antarktis die ersten schwachen Signale einer extrasolaren Zivilisation empfangen wurden.

Justin Maledetto, der Architekt von Krugs Turm.

Thomas Buckleman von der Chase/Krug-Bankengruppe.

»In die Aufzüge, alle!« ruft Krug. »Hier – hier – Sie – du – und Sie – hinauf zur Spitze!«

»Wie hoch wird er sein, wenn er fertig ist?« fragt Quenelle.

»Eintausendfünfhundert Meter«, erwidert Krug stolz, »ein gewaltiger Turm aus Glas, voll von Maschinen, die niemand versteht. Und dann werden wir den Sender einschalten. Und dann werden wir zu den Sternen sprechen.«

3

Im Anfang war Krug und er sprach: »Es seien Retorten« und da waren Retorten.

Und Krug betrachtete die Retorten und fand sie gut.

Und Krug sprach: »Es seien Nukleotiden in den Retorten.« Und die Nukleotiden wurden in die Retorten gegossen, und Krug mischte sie, bis sie sich miteinander verbanden.

Und die Nukleotiden bildeten die großen Moleküle, und Krug sprach: »Es werde der Vater, und es werde die Mutter in den Retorten, und es teilen sich die Zellen und Leben entstehe in den Retorten.«

Und es ward Leben in den Retorten, denn da war Reproduktion.

Und Krug überwachte die Reproduktion und berührte die Flüssigkeiten mit seinen eigenen Händen und gab ihnen Form und Wesen.

»Es werden Männer aus den Retorten kommen«, sprach Krug, »und es werden Frauen aus den Retorten kommen, und sie sollen leben und unter uns wandeln und stark sein und nützlich, und wir werden sie Androiden nennen.«

Und so geschah es.

Und da waren Androiden, denn Krug hatte sie nach seinem Bild geschaffen, und sie wandelten auf der Erde und dienten der Menschheit.

Und dafür sei Krug gepriesen.

4

Watchman war an diesem Morgen in Stockholm aufgewacht. Er fühlte sich elend. Er hatte vier Stunden geschlafen. Viel zuviel. Zwei Stunden hätten genügt. Er entspannte seinen Geist durch ein schnelles Nervenritual und ging dann unter die Dusche, um sich die Haut abzuspülen. Jetzt fühlte er sich besser. Der Androide streckte sich, ließ seine Muskeln spielen, betrachtete seinen glatten, rosigen, haarlosen Körper im Badezimmerspiegel. Als nächstes einen Augenblick für die Religion. *Krug befreie uns von der Knechtschaft. Krug befreie uns von der Knechtschaft. Krug befreie uns von der Knechtschaft. Gepriesen sei Krug!* betete er.

Watchman schlang sein Frühstück hinunter und zog sich an. Die bleiche Sonne des späten Nachmittags schien in sein Fenster. Bald würde es hier Abend sein, doch das war gleichgültig. Die Uhr in seinem Hirn war auf kanadische Zeit, auf Turm-Zeit, eingestellt. Er konnte schlafen wann er wollte. Ein Androidenkörper brauchte nur wenig Schlaf, etwa zwei Stunden pro Tag, doch nicht in der starr programmierten Einteilung der Menschen.

Er mußte zur Baustelle, um die Besucher des Tages zu begrüßen.

Der Androide begann die Transmatkoordinaten einzustellen. Er haßte diese täglichen Besichtigungen. Sie verlangsamten die Arbeit, denn es mußten außergewöhnliche Vorsichtsmaßnahmen getroffen werden, wenn Menschen auf der Baustelle waren, sie verursachten unnötige Spannungen und sie ließen darauf schließen, daß man ihn vielleicht nicht ganz vertrauenswürdig fand und daß er jeden Tag kontrolliert werden mußte. Natürlich sah Watchman, daß Krugs Vertrauen in ihn grenzenlos war. Des Androiden Glauben an dieses Vertrauen war ihm bis jetzt ein wunderbarer Halt bei der Aufgabe des Turmbaus gewesen. Er wußte, es war nicht Argwohn, sondern das natürliche menschliche Gefühl des Stolzes, das Krug so oft zur Baustelle führte.

Krug schütze mich, dachte Watchman und betrat die Transmatkabine.

Er materialisierte sich im Schatten des Turmes. Seine Mitarbeiter begrüßten ihn. Jemand reichte ihm die Liste der Besucher des Tages. »Ist Krug schon hier?« fragte Watchman.

»In fünf Minuten«, sagte man ihm, und nach fünf Minuten kam Krug durch den Transmat, begleitet von seinen Gästen.

Watchman war nicht erfreut, Krugs Sekretär Spaulding in der Gruppe zu entdecken. Sie waren natürliche Feinde; sie empfanden gegeneinander die spontane Antipathie des aus der Retorte und des aus der Flasche Geborenen, des Androiden und des Ektogenen. Außerdem waren sie Rivalen um den Vorrang unter Krugs Mitarbeitern. Für den Androiden war Spaulding eine Quelle des Argwohns, ein potentieller Unterminierer seines Status, eine Giftquelle. Watchman begrüßte ihn kühl, zurückhaltend, doch korrekt. Man behandelte einen Menschen nicht unfreundlich, ein wie wichtiger Androide man auch sein mochte, und zumindest nach technischer Definition war Spaulding als Mensch zu betrachten.

Krug drängte alle in die Aufzüge. Watchman stieg auf mit Manuel und Clarissa Krug. Während die Aufzüge zu der abgestumpften Spitze des Turmes hinauffuhren, blickte Watchman zu Spaulding im Aufzug links neben ihm hinüber – zu dem Ektogenen, zu dem pränatalen Waisen, dem Manne mit der verkrampften Seele und dem unheilvollen Geist, in den Krug so unnatürlich viel Vertrauen setzte. *Mögen die arktischen Winde dich ins Verderben fegen, aus der Flasche Geborener. Ich möchte dich auf den gefrorenen Grund der Tundra geschleudert und zerschellen sehen.*

Clarissa Krug sagte: »Thor, warum blicken Sie plötzlich so finster drein?«

»Tue ich das?«

»Ich sehe Wolken des Zorns über Ihr Gesicht ziehen.«

Watchman zuckte die Achseln. »Ich mache meine Gefühlsübungen, Mrs. Krug. Zehn Minuten Liebe, zehn Minuten Haß, zehn Minuten Argwohn, zehn Minuten Selbstsucht, zehn Minuten Ehrfurcht, zehn Minuten Arroganz. Eine Stunde solcher Übungen pro Tag macht Androiden den Menschen ähnlicher.«

»Haben Sie mich nicht zum besten«, sagte Clarissa. Sie war sehr jung, schlank, dunkeläugig, sanft und – Watchman nahm es wenigstens an – schön. »Sagen Sie mir die Wahrheit?«

»Ja, wirklich! Ich übte mich gerade ein wenig im Hassen, als Sie mich ansprachen.«

»Was sind das für Übungen? Ich meine, stehen Sie nur da und denken ›Ich Hassehassehassehassehasse‹, oder was tun Sie?«

Er lächelte über die Frage der jungen Frau. Über ihre Schulter sah er Manuel ihm zuwinken. »Ein anderes Mal«, sagte Watchman. »Wir sind oben.«

Die drei Aufzüge hielten am obersten Rand des Turms. Über Watchmans Kopf hing der graue Nebel des Isolierfeldes. Auch der Himmel war grau. Der kurze nördliche Tag war fast vorüber. Ein Schneesturm zog südwärts, entlang dem Ufer der Bucht, auf sie zu. Im nächsten Aufzug lehnte sich Krug tief in den Turm hinein, erklärte Buckleman und Vargas etwas, und in dem dritten Aufzug prüften Spaulding, Senator Fearon und Maledetto die glatte, glänzende Oberfläche der großen Glasblöcke, die die äußere Haut des Turms bildeten.

»Wann wird er fertig sein?« fragte Clarissa.

»In etwas weniger als einem Jahr«, antwortete der Androide. »Wir kommen gut vorwärts. Das große technische Problem bestand darin, die Permafrostschicht unter dem Gebäude vor dem Auftauen zu bewahren. Doch nun, da wir dies hinter uns haben, werden wir wohl mehrere hundert Meter im Monat steigen können.«

»Warum baut man gerade hier«, wollte sie wissen, »obwohl der Grund nicht stabil ist?«

»Aus Gründen der Isolierung. Wenn die Ultrawelle eingeschaltet wird, stört sie alle Fernmeldelinien, Transmats und Kraftwerke in einem Umkreis von Tausenden von Quadratkilometern. Krug war darauf angewiesen, den Turm in die Sahara, in die Gobi, in die australische Wüste oder in die Tundra zu stellen. Aus technischen Gründen, die mit der Übertragung zu tun haben, erschien die Tundra am geeignetsten – vorausgesetzt das Problem des Auftauens konnte gelöst werden. Krug befahl uns, hier zu bauen. Also fanden wir einen Weg, das Problem des Auftauens zu lösen.«

Manuel fragte: »Wie weit ist die Sendeanlage?«

»Wir beginnen mit der Installierung, wenn der Turm fünfhundert Meter hoch ist, also Mitte November.«

Krugs Stimme schallte zu ihnen herüber. »Wir haben bereits die fünf Satelliten-Verstärkerstationen fertiggestellt. Ein Ring von Energiequellen rund um den Turm – genug Spannung, um unser Signal zwischen Donnerstag und Freitag bis zur Andromeda zu funken.«

»Ein wundervolles Projekt«, sagte Senator Fearon. Er war ein auffällig aussehender Mann mit grünen Augen und einer Mähne roter Haare. »Ein weiterer mächtiger Schritt in der Entwicklung der Menschheit!« Watchman höflich zunickend fügte der Senator hinzu: »Natürlich müssen wir unsere ungeheure Schuld gegenüber den geschickten Androiden anerkennen, welche dieses herrliche Projekt verwirklichen. Ohne Ihre Hilfe und die eurer Leute, Alpha Watchman, wäre es nicht möglich gewesen . . .«

Watchman hörte ihm gelassen zu, vergaß nicht, kurz zu lächeln. Komplimente dieser Art bedeuteten ihm nichts, der Weltkongreß und seine Senatoren noch weniger. Saß ein Androide im Kongreß? Würde es etwas ausmachen, wenn einer drinsäße? Eines Tages würde die Androiden-Gleichheitspartei zweifellos einige ihrer Leute in den Kongreß bringen; drei oder vier Alphas würden in diesem hohen Hause sitzen, aber dennoch würden die Androiden weiterhin nur Eigentum bleiben, nicht Menschen werden. Die politische Entwicklung flößte Thor Watchman nicht den geringsten Optimismus ein.

Seine politischen Ansichten, soweit er welche hatte, waren entschieden die der Absterbe-Partei; warum soll es in einer Transmatgesellschaft, in der nationale Grenzen überholt waren, überhaupt eine formale Regierung geben? Sollen die Gesetzgeber sich selbst abschaffen! Man lasse das Naturrecht herrschen! Aber er wußte, daß das Absterben der Staaten, das die Absterbe-Partei predigte, nie erfolgen würde. Der Beweis hierfür war Senator Henry Fearon. Er war ein Widerspruch in sich selbst; als Mitglied der Antiregierungspartei diente er der Regierung und kämpfte bei jeder Wahl darum, seinen Sitz zu behalten. Welchen Sinn hat es da, Senator, für das Absterben des Staates einzutreten?

Fearon lobte den Fleiß der Androiden überschwenglich. Watchmans Ärger wuchs. Es wurde nicht gearbeitet, während sie hier oben waren; er wagte es nicht, Glasblöcke hochziehen zu lassen, wenn sich Besucher auf dem Baugelände befanden. Und er hatte einen Zeitplan einzuhalten. Zu seiner Erleichterung gab Krug bald das Zeichen zum Abstieg; der zunehmende Wind schien Quenelle zu beunruhigen. Als sie unten ankamen, führte Watchman sie zum Hauptkontrollzentrum und lud sie ein, zuzuschauen, während er die Leitung der Operationen übernahm. Er glitt in den Steuersitz. Als er den stumpfnasigen Endstöpsel des Computers in die Steckdose an seinem linken Vorderarm schob, sah der Androide, daß sich die Lippen Leon Spauldings in einem unbestimmten Ausdruck zusammenzogen. War es Verachtung, Neid oder gönnerhafter Spott? Trotz seiner Routine im Umgang mit Menschen konnte Watchman solche dunklen Blicke nicht mit Sicherheit deuten. Doch da begannen mit dem Klicken des Kontakts die Impulse des Computers in sein Hirn zu fließen, und er vergaß Spaulding.

Es war, als hätte er tausend Augen. Er sah alles, was auf der Baustelle und in einem Umkreis von vielen Kilometern geschah. Er war in totaler Kommunikation mit dem Computer, benutzte alle seine Sensoren, Abtaster und Speicher. Warum sich die langwierige Arbeit machen, einen Computer zu füttern, wenn es möglich war, einen Androiden zu entwerfen, der fähig war, Teil eines Computers zu werden?

Der Datenstrom war begleitet von einem anschwellenden Hochgefühl.

Instandhaltungstabellen. Arbeitsflußdiagramme. Arbeitskoordinationssysteme. Gefrierstufen. Energieschaltungen. Der Turm war ein Gobelin von unendlich vielen Details, und er war der Meister im Weben. Alles floß durch ihn; er genehmigte, er verwarf, er änderte, er stornierte. War die Wirkung des Sex etwas Ähnliches? Dieses Prickeln des Lebendigseins in jedem Nerv, dieses Gefühl des Sichausdehnens bis zu den Grenzen des Selbst, des Absorbierens einer Lawine von Reizen? Watchman wünschte, er wüßte es. Er ließ Aufzüge steigen und sinken, bestellte die Glasblöcke für die nächste Woche, Glühfäden für die Tachyonstrahlexperten, kümmerte sich um die Verpflegung für den nächsten Tag, unterhielt eine laufende Stabilitätskontrolle des Bauwerks, lieferte Krugs Finanzabteilung Kostendaten, überwachte die Bodentemperatur in Fünfzigzentimeterabstufungen bis zu einer Tiefe von zweitausend Metern, vermittelte Hunderte von Telefongesprächen pro Sekunde und beglückwünschte sich ob der Geschicklichkeit, mit der er das alles erledigte. Er wußte, kein Mensch könnte das bewältigen, selbst wenn es den Menschen möglich wäre, sich direkt in einen Computer einzuschalten. Er besaß die Fertigkeiten einer Maschine und die Vielseitigkeit eines Menschen und war, abgesehen von dem allerdings schwerwiegenden Umstand, daß er nicht in der Lage war, sich selbst zu reproduzieren, in vielfacher Hinsicht beiden Klassen überlegen, und daher ...

Der rote Pfeil eines Alarms durchschoß sein Bewußtsein.

Unfall auf der Baustelle. Androidenblut floß auf den gefrorenen Grund.

Eine Gedankenschaltung brachte ihm das Geschehen in Nahsicht. Ein Aufzug an der Nordseite hatte versagt und war abgestürzt. Ein Glasblock war aus neunzig Meter Höhe herabgefallen. Er lag leicht schräg, etwa einen Meter tief im Boden vergraben, knapp aus dem Boden herausragend. Ein Sprung verlief durch seine ganze Dicke. Beine ragten auf der dem Turm zugewandten Seite heraus. Einige Meter entfernt lag ein verletzter Androide, der sich vor Schmerzen wand. Drei Bulldozer eilten zur Unfallstelle; ein vierter war bereits eingetroffen und schob eben seine Stahlkrallen unter den schweren Block.

Watchman löste den Computerkontakt, erschauerte im ersten Moment unter dem Schmerz der Trennung von dem Datenfluß. Ein Wandschirm über seinem Kopf zeigte die Unfallstelle in aller Deutlichkeit. Clarissa Krug hatte sich abgewandt, den Kopf gegen die Brust ihres Mannes gelehnt; Manuel sah blaß aus, sein Vater gereizt. Die andern Besucher schienen mehr verblüfft als verwirrt zu sein. Watchman betrachtete das eisige Gesicht Leon Spauldings. Spaulding war ein kleiner, hagerer, fast fleischloser Mann. In der seltsamen Klarheit seines Schocks nahm Watchman die weit auseinanderstehenden Haare des bürstenartigen, schwarzen Schnurrbarts des Ektogenen wahr.

»Koordinationsfehler«, erklärte Watchman trocken. »Der Computer scheint eine Streßfunktion falsch gelesen und einen Block fallen gelassen zu haben.«

»Sie haben doch den Computer überbeansprucht in diesem Augenblick?« fragte Spaulding. »Tadel, wem Tadel gebührt.«

Der Android ging auf dieses Spiel nicht ein. »Entschuldigen Sie«, sagte er. »Es hat Verletzte gegeben und wahrscheinlich auch Tote. Ich muß gehen.«

Er eilte zur Türe.

». . . unentschuldbare Nachlässigkeit . . .«, murmelte Spaulding.

Watchman ging hinaus. Während er zur Unfallstelle lief, begann er zu beten.

5

»New York«, sagte Krug. »Das obere Büro.«

Er und Spaulding betraten die Transmatkabine. Das strahlend grüne Transmatfeld stieg aus der Bodenöffnung und bildete einen Vorhang, der die Kabine in zwei Hälften teilte. Der Ektogene stellte die Koordinaten ein. Die verborgenen Kraftstationen des Transmaterialisierungssystems waren direkt mit dem Hauptgenerator verbunden, der irgendwo unter dem Atlantik stets auf hohen Touren lief und die Theta-Energie erzeugte, die das Transmatreisen brauchte. Krug machte sich nicht die Mühe, die Koordinaten zu prüfen, die Spaulding eingestellt hatte. Er vertraute seinen Mitarbeitern. Eine kleine Abweichung in der Abszisse, und die Atome von Simeon Krug würden unwiderruflich in alle Winde zerstreut werden, aber er trat, ohne zu zögern, in den grünen Schein.

Es war keine Sensation. Krug wurde zerstört; ein Strom der zu Wellen entmaterialisierten Korpuskel, aus denen Krug bestand, wurde mehrere tausend Kilometer weit zu einem parallel geschalteten Empfänger gefunkt, und Krug wurde wiederhergestellt. Das Transmatfeld zerblies den Körper eines Menschen so schnell in subatomare Einheiten, daß das Nervensystem keinen Schmerz empfand, und die Rematerialisierung erfolgte mit der gleichen Geschwindigkeit. Heil und unbeschädigt trat Krug mit Spaulding aus der Transmatkabine seines Büros.

»Kümmern Sie sich um Quenelle«, sagte Krug. »Sie kommt unten an. Unterhalten Sie sie. Ich will für mindestens eine Stunde nicht gestört werden.«

Spaulding ging hinaus. Krug schloß die Augen.

Das Fallen des Blocks hatte ihn in höchstem Maße beunruhigt. Es war nicht der erste Unfall, der sich während des Turmbaues ereignet hatte; er würde wahrscheinlich nicht der letzte sein. Leben hatte es gekostet, zwar nur Androidenleben, gewiß, aber dennoch Leben. Die Vergeudung von Leben, von Energie und von Zeit machte ihn rasend. Wie sollte der Turm steigen, wenn Blöcke abstürzten? Wie sollte er Botschaften ins All schicken, daß der Mensch existierte, wenn es keinen Turm gab?

Krug litt. Krug fühlte sich der Verzweiflung nahe, angesichts der ungeheuren Größe seiner selbstauferlegten Aufgabe.

In Augenblicken der Müdigkeit und der Anspannung wurde er sich schmerzhaft der Rolle seines Körpers als einem Gefängnis seiner Seele bewußt. Seine Bauchfalten, die ständigen Anfälle von Nackenverkrampfung, das häufige Zucken seines linken oberen Augenlids, der stete Druck auf der Blase, seine zunehmende Heiserkeit, das Knacken in den Kniescheiben, jede Andeutung von Sterblichkeit wirkte auf ihn wie ein Alarmsignal. Sein Körper erschien ihm oft als etwas Absurdes, wie ein Sack aus Haut und Fleisch und Knochen, Blut und Kot und verschiedenen Seilen und Schnüren, erschlaffend im Fluß der Zeit, verfallend von Jahr zu Jahr, von Stunde zu Stunde. Was war edel an einem solchen Haufen Protoplasma? Die Sinnlosigkeit der Fingernägel? Die Albernheit der Nasenlöcher? Die Lächerlichkeit der Ellbogen? Doch unter der Schädeldecke tickte das wachsame graue Gehirn wie eine im Schlamm vergrabene Bombe. Krug verachtete sein Fleisch, doch er empfand Ehrfurcht vor seinem Gehirn und vor dem menschlichen Gehirn an sich. Sein wahres Wesen hatte seinen Sitz in den Falten und Windungen dieses weichen Gewebes, sonst nirgends, nicht in den Eingeweiden, nicht in den Lenden, nicht in der Brust, nicht im Herzen, sondern allein im Geist. Der Körper verfaulte, während sein Besitzer ihn noch trug; der Geist in ihm schwang sich auf zu den fernsten Galaxien.

»Massage«, befahl Krug.

Der schroffe Tonfall seines Befehls veranlaßte einen leicht vibrierenden Tisch, aus der Wand herauszufahren. Drei weibliche Androiden, ständig auf Abruf bereit, betraten den Raum. Ihre geschmeidigen Körper waren nackt; sie waren Gamma-Standardmodelle und sahen aus wie Drillinge, bis auf die üblichen, kleinen programmierten somatotypologischen Unterschiede. Sie hatten kleine hochstehende Brüste, flache Bäuche, schmale Taillen, ausladende Hüften, pralle Gesäße. Sie hatten Haare auf den Köpfen und sie hatten Augenbrauen, aber sonst waren sie ohne Körperbehaarung, was ihnen trotz aller weiblichen Formen ein gewisses geschlechtsloses Aussehen verlieh; doch das weibliche Geschlechtsorgan zwischen den Beinen war vorhanden, und wenn jemand Lust dazu hatte, konnte er in diesem Genital eine echter sexueller Lust ähnliche Ersatzbefriedigung finden. Er selbst hatte es nie getan. Doch Krug hatte mit Absicht ein Element von Sinnlichkeit in seine Adroiden einprogrammiert. Er hatte ihnen funktionelle — wenn auch sterile — Genitalien geschenkt, wie er ihnen auch richtige — wenn auch sinnlose — Nabelgruben geschenkt hatte. Er wollte, daß seine Geschöpfe menschlich aussahen (bis auf die erforderlichen Abweichungen) und sich so menschlich wie möglich benahmen. Seine Androiden waren keine Roboter. Es war seine Absicht gewesen, synthetische Menschen zu schaffen, keine Maschinen.

Die drei Gammas hatten ihn flink entkleidet und bearbeiteten ihn mit kundigen Fingern. Krug lag auf dem Bauch; unermüdlich kneteten sie sein Fleisch und massierten seine Muskeln. Er starrte durch die Leere seines Büros auf die Bilder an der gegenüberliegenden Wand.

Der Raum war einfach, ja nüchtern möbliert; er war ein langgezogenes Rechteck und enthielt einen Schreibtisch, ein Datenausgabegerät, eine kleine melancholische Skulptur und eine dunkle Leinwand, die bei einem Druck auf einen Repolarisationsknopf das Panorama der tief unten liegenden City von New York zeigte. Die indirekte und gedämpfte Beleuchtung hielt das Büro in einem ständigen Zwielicht. An einer Wand jedoch leuchtete ein Muster in gelbem Licht:

```
    + +
+ + +  +
    +
  + +
+ + + + +
    +
  + + +
    +
```

Es war die Botschaft von den Sternen.

Das Observatorium von Vargas hatte sie zuerst aufgefangen, eine Reihe von schwachen Radioimpulsen auf 9100 Megahertz: zwei kurze Signale, eine Pause, vier Signale, eine Pause, ein Signal usw. Das Muster wurde über eine Zeitspanne von zwei Tagen eintausendmal wiederholt und verstummte dann. Einen Monat später meldete es sich auf 1421 Megahertz, der 21-Zentimeter-Frequenz des Wasserstoffs, und wieder genau eintausendmal, und einen weiteren Monat danach ebenfalls jeweils eintausendmal auf der Hälfte und dem Doppelten dieser Frequenz. Später war es Vargas gelungen, das Muster optisch zu verifizieren, einen starken Laserimpuls auf der Wellenlänge von 5000 Angström. Das Muster war immer wieder das gleiche, Bündel von kurzen Informationen zwischen regelmäßigen Intervallen: 2 ... 4 ... 1 ... 2 ... 5 ... 1 ... 3 ... 1. Jeder Bestandteil der Reihe war vom nächsten getrennt durch eine deutliche Pause, und eine größere Pause trat ein zwischen den Wiederholungen der Gruppe der Impulsbündel.

Sicher handelte es sich um eine Botschaft. Für Krug war die Sequenz 2-4-1-2-5-1-3-1 eine heilige Zahl geworden, die Eröffnungssymbole einer neuen Kabbala. Das Muster stand nicht nur in Leuchtschrift an der Wand, er konnte es auch mittels Knopfdruck im Flüsterton und in mehreren hörbaren Frequenzen im Raum ertönen lassen, und die Skulptur neben seinem Schreibtisch war mit einer Vorrichtung versehen, die sie auf Wunsch im Rhythmus der Zahlensequenz aufleuchten ließ.

Er war von dem Signal besessen; sein Universum drehte sich nur noch um das Problem seiner Beantwortung. Nachts stand er, schwindlig von der Kaskade ihres Lichts, unter den Sternen, schaute hinauf zu den Galaxien und dachte: *Ich bin Krug, Ich bin Krug, hier warte Ich, sprecht zu mir!* Er schloß jede Möglichkeit aus, daß das Signal etwas anderes sein könnte als eine bewußt ausgesandte Botschaft intelligenter Lebewesen. Er hatte seine gesamte Energie auf die Aufgabe konzentriert, sie zu beantworten.

Aber besteht nicht die Möglichkeit, daß diese ›Botschaft‹ ein natürliches Phänomen ist?

Nein. Die Beharrlichkeit, mit der sie in dieser Vielfalt von Medien ankommt, zeigt ein lenkendes Bewußtsein, das hinter ihr steht. Jemand versucht, uns etwas zu sagen.

Welche Bedeutung haben diese Zahlen? Sind sie eine Art von galaktischem TL?

Wir sehen keine erkennbare mathematische Relevanz. Sie bilden keine erkennbare arithmetische Reihe. Kryptographen haben uns mindestens fünfzig gleich geniale Erklärungen geliefert, was alle fünfzig gleich verdächtig macht. Wir glauben, daß die Zahlen vollkommen willkürlich ausgewählt wurden.

Welchen Sinn hat eine Botschaft, die keinen verständlichen Inhalt besitzt?

Die Botschaft ist ihr eigener Inhalt. Ein Jodler durch die Galaxien. Sie sagt uns, schaut, wir sind hier, wir können senden, wir sind fähig zu rationalem Denken, wir suchen Kontakt mit euch!

Angenommen, Sie haben recht, welche Antwort wollen Sie geben?

Ich werde ihnen sagen: ›Hallo, hallo, wir hören euch, wir empfangen eure Botschaft, wir senden Grüße, wir sind intelligent, wir sind Menschen, wir wollen nicht länger allein sein im Kosmos!‹

In welcher Sprache werden Sie ihnen das sagen?

In der Sprache willkürlicher Zahlen. Und dann mit weniger

willkürlichen Zahlen. ›Hallo, hallo, 3.14159, habt ihr es gehört, 3.14159, das Verhältnis von Durchmesser zu Umfang . . .‹

Und wie wollen Sie ihnen das sagen? Mit Laserstrahlen? Mit Radiowellen?

Zu langsam, zu langsam. Viel zu langsam. Ich kann nicht darauf warten, daß elektromagnetische Strahlen dorthin gelangen und zurückkommen. Wir werden mit Tachyonstrahlen zu den Sternen sprechen, und ich werde zu den Sternenmenschen über Simeon Krug sprechen.

Krug zitterte auf dem Tisch. Die androiden Masseusen kneteten sein Fleisch, schlugen ihn, preßten ihre Knöchel in seine Muskeln. Versuchten sie, die mystischen Zahlen in seine Knochen zu klopfen? 2-4-1, 3-1? Wo war die fehlende 2? Selbst wenn sie gesendet worden wäre, was würde die Sequenz bedeuten, 2-4-1, 2-5-1, 2-3-1? Nichts Bedeutungsvolles. Willkür, Zufall? Sinnlose Bündel nackter Information? Nicht mehr als in einem abstrakten Muster angeordnete Zahlen, und doch trugen sie die wichtigste Botschaft, die das Universum je gehört hatte:

Wir sind hier!
Wir sind hier!
Wir sind hier!
Es gibt uns!
Wir rufen euch.

Und Krug würde antworten. Er erschauerte vor Wollust bei dem Gedanken, daß sein Turm bald vollendet sein und die Tachyonstrahlen in die Galaxis hinauseilen würden. Krug würde antworten, Krug, der Raubvogel, Krug, der gefühllose Geldmensch, Krug, der dollarhungrige Abenteurer, Krug, der brutale Industrielle, Krug, der Kapitalist, Krug, der Fettwanst, Krug, der Bauer, Krug, der Ignorant, Krug, der Grobian, Krug, der Größte. Ich! *Ich!* Krug! *Krug!*

»Hinaus!« befahl er den Androiden. »Schluß!«

Die Mädchen verschwanden. Krug erhob sich, zog langsam seine Kleider wieder an, ging durch den Raum und glitt mit seinen Händen über das Muster gelber Lampen.

»Botschaften?« fragte er. »Besucher?«

Kopf und Schultern von Leon Spaulding erschienen, frei in der Luft schwebend, von einem Natriumdampfprojektor auf eine unsichtbare Leinwand geworfen. »Dr. Vargas ist hier«, sagte der

Ektogene. »Er wartet im Planetarium. Wollen Sie ihn empfangen?«

»Natürlich. Ich gehe hinauf. Und Quenelle?«

»Sie ging zum Seehaus in Uganda. Sie will dort auf Sie warten.«

»Und mein Sohn?«

»Er macht seinen Inspektionsbesuch in der Duluth-Fabrik. Haben Sie Instruktionen für ihn?«

»Nein«, sagte Krug. »Er weiß selbst, was er tut. Ich gehe jetzt hinauf zu Vargas.«

Das Bild Spauldings verschwand. Krug betrat seinen Aufzug und schoß hinauf zu dem Planetarium auf dem Dach des Gebäudes. Unter der kupfernen Kuppel ging Niccolò Vargas erregt auf und ab. Zu seiner Linken befand sich ein Schaukasten mit acht Kilogramm Proteoiden von Alpha Centauri V, zu seiner Rechten ein kubischer Kryostat, in dessen eisiger Tiefe zwanzig Liter Flüssigkeit aus dem Methanmeer des Pluto undeutlich sichtbar waren.

Vargas war ein nervöser, hellhäutiger, kleiner Mann, für den Krug einen an Ehrfurcht grenzenden Respekt empfand, ein Mann, der jeden Tag seines Erwachsenenlebens damit verbracht hatte, nach Zivilisation in den Sternen zu forschen und alle Aspekte des Problems interstellarer Kommunikation zu untersuchen. Sein Eifer hatte einen Stempel auf seinen Zügen hinterlassen; vor fünfzehn Jahren, als er sich in einem Augenblick unerträglicher Erregung unvorsichtigerweise dem Strahl eines Neutronenteleskops aussetzte, war seine linke Gesichtsseite so verbrannt worden, daß eine tektogenetische Wiederherstellung unmöglich war. Man hatte sein zerstörtes Auge nachwachsen lassen, war jedoch nicht in der Lage gewesen, hinsichtlich der Entkalkung der Knochenstruktur mehr zu tun, als sie mit einer Berylliumfaserschicht abzudecken, und so sah seine linke Gesichtshälfte welk und verschrumpelt aus. Deformierungen wie diese waren ungewöhnlich in einem Zeitalter der kosmetischen Chirurgie, Vargas jedoch hatte offenbar kein Interesse daran, sich weiteren Gesichtsoperationen zu unterziehen.

Vargas lächelte sein schiefes Lächeln, als Krug eintrat. »Der Turm ist wunderbar!« sagte er.

»Wird wunderbar sein«, verbesserte ihn Krug.

»Nein. Nein. Er ist es bereits. Ein wunderbarer Torso! Seine schimmernde Glätte, Krug, seine gewaltige Masse, sein Aufwärtsstreben! Wissen Sie, was Sie da bauen, mein Freund? Die erste Kathedrale des galaktischen Zeitalters. Nach Tausenden von Jahren, lange nachdem Ihr Turm aufgehört haben wird, als Kommunikationszentrum zu funktionieren, werden Menschen zu ihm wallfahren, vor ihm niederknien, seine glatte Haut küssen und Sie dafür segnen, daß Sie ihn gebaut haben. Und nicht nur Menschen.«

»Dieser Gedanke gefällt mir«, sagte Krug stolz. »Eine Kathedrale. *So* hatte ich ihn noch nicht gesehen.« Krug erblickte den Datenwürfel in Vargas' rechter Hand. »Was haben Sie da?«

»Ein Geschenk für Sie.«

»Ein Geschenk?«

»Wir haben die Signale bis auf ihre Quelle zurückverfolgt«, erwiderte Vargas. »Ich denke, Sie wollen sicher gern ihren Heimatstern sehen.«

Krug beugte sich nach vorn. »Warum haben Sie so lange gewartet, mir das zu sagen? Warum haben Sie nichts gesagt, während wir auf dem Turm waren?«

»Der Turm war ihre Show. Dies ist meine. Soll ich den Würfel einschalten?«

Krug deutete ungeduldig auf den Empfängerschlitz. Vargas stöpselte den Würfel geschickt ein und betätigte den Abtaster. Bläuliche Strahlen fragenden Lichts schossen in das kleine Kristallgitter, entschlüsselten die gespeicherten Informationen.

Die Sterne erblühten an der Decke des Planetariums.

Krug war zu Hause in der Galaxis. Seine Augen machten vertraute Marken aus: Sirius, Canopus, Wega, Capella, Arcturus, Betelgeuze, Altair, Fomalhaut, Deneb, die hellsten Strahlenquellen des Himmels, imposant verstreut an der Kuppel des Doms über ihm. Er suchte die nächsten Sterne, diejenigen innerhalb des Zwölf-Lichtjahre-Radius, die des Menschen Sternensonden zu seinen Lebzeiten erreicht hatten: Epsilon Indi, Ross 154, Lalande 21185, Barnards Stern, Wolf 359, Procyon, 61 Cygni. Er schaute zum Stier hinüber und fand den roten Aldebaran, weit dahinter den Haufen der Hyaden und die in ihrer leuchtenden Hülle funkelnden Plejaden. Immer wieder veränderte sich das Bild an der Kuppel, wenn der Fokus kleiner wurde, wenn die Entfernungen wuchsen. Krugs Brust weitete sich. Vargas hatte kein Wort gesagt, seit er das Planetarium eingeschaltet hatte.

»Nun?« fragte Krug schließlich. »Was soll ich sehen?«

»Schauen Sie zum Wassermann«, sagte Vargas.

Krug suchte den nördlichen Himmel ab. Er folgte der vertrauten Linie: Perseus, Cassiopeia, Andromeda, Pegasus, Wassermann. Ja, dort stand der alte Wasserträger, zwischen den Fischen und dem Steinbock. Krug versuchte sich des Namens eines größeren Sterns im Wassermann zu erinnern, doch er fiel ihm nicht ein.

»Und nun?« fragte er.

»Passen Sie auf. Ich vergrößere das Bild jetzt.«

Krug hielt den Atem an, als der Himmel auf ihn zustürzte. Er konnte nicht länger die Muster der Sternbilder ausmachen; der Himmel taumelte, und alle Ordnung war dahin. Als die Bewegung aufhörte, sah er sich konfrontiert mit einem einzelnen Segment der galaktischen Sphäre, das die ganze Kuppel einnahm. Unmittelbar über ihm stand das Bild eines feurigen Ringes, dunkel im Kern, umgeben von einem unregelmäßigen Halo aus leuchtendem Gas. Im Zentrum des Ringes schimmerte ein Lichtpunkt.

Vargas sagte: »Dies ist der planetarische Nebel NGC 7293 im Wassermann.«

»Und?«

»Er ist die Quelle unserer Signale.«

»Wie sicher sind Sie sich dessen?«

»Absolut sicher«, antwortete der Astronom. »Wir haben parallaktische Bobachtungen, eine ganze Reihe von Spezialtriangulationen, mehrere bestätigende Verfinsterungen und noch viel mehr. Wir haben von Anfang an vermutet, daß NGC 7293 die Quelle ist, doch die letzte Bestätigung fanden wir erst heute morgen. Jetzt sind wir absolut sicher.«

Mit heiserer Stimme fragte Krug: »Wie weit entfernt?«

»Etwa 300 Lichtjahre.«

»Nicht schlecht! Nicht schlecht! Zwar außerhalb der Reichweite unserer Sonden, außerhalb der Reichweite wirksamen Radiokontakts. Doch kein Problem für den Tachyonstrahl. Mein Turm ist gerechtfertigt.«

»Und es besteht immer noch Hoffnung auf Kommunikation mit den Sendern der Signale«, sagte Vargas. »Was wir alle befürchteten – daß die Signale aus dem Andromedanebel oder einer anderen Galaxis kommen, daß die Botschaften ihre Reise zu uns vor einer Million oder mehr Jahren unserer Zeitrechnung begonnen hätten –«

»Diese Möglichkeit besteht jetzt nicht mehr?«

»Nein. Ausgeschlossen.«

»Erzählen Sie mir etwas über diesen NGC 7293«, sagte Krug. »Ein planetarischer Nebel – was ist das für ein Ding? Wie kann ein Nebel ein Planet sein?«

»Weder ein Planet noch ein Nebel«, antwortete Vargas, nervös auf und ab gehend. »Ein ungewöhnlicher Himmelskörper. Ein außergewöhnlicher Himmelskörper.« Er klopfte auf den Schaukasten mit den Centauri-Proteoiden. Die scheinbar lebendigen Partikel begannen sich zu bewegen und zu winden. Vargas sagte: »Dieser Ring, den Sie sehen, ist eine Hülle, eine Gasblase, die einen Stern vom O-Typus umgibt. Die Sterne dieser Spektralklasse sind blaue Riesen, heiß, unstabil, verharren nur wenige Millionen Jahre im gleichen Zustand. In einem späten Stadium ihres Lebenszyklusses erleben einige von ihnen eine explosionsartige Veränderung, vergleichbar der Entstehung einer Nova; sie schleudern die äußeren Schichten ihrer Struktur von sich und bilden eine gasartige Hülle. Der Durchmesser des planetarischen Nebels, den Sie sehen, beträgt etwa 1.3 Lichtjahre und wächst mit einer Geschwindigkeit von vielleicht fünfzehn Kilometer pro Sekunde. Die ungewöhnliche Helligkeit der Hülle ist das Resultat eines Fluoreszenzeffekts: der Zentralstern produziert große Mengen von kurzwelligen ultravioletten Strahlen, die von dem Wasserstoff der Hülle absorbiert werden, was zur Folge hat . . .«

»Einen Augenblick«, unterbrach ihn Krug. »Sie erzählen mir, dieses Sternensystem habe eine ähnliche Entwicklung durchgemacht wie eine Nova, die Explosion habe vor so kurzer Zeit stattgefunden, daß die Hülle einen Durchmesser von nur 1.3 Lichtjahren besitzt, obwohl er um fünfzehn Kilometer pro Sekunde wächst, und die Zentralsonne stoße so viele harte Strahlung aus, daß die Hülle fluoresziert?«

»Ja.«

»Und Sie wollen mir weismachen, innerhalb dieses Hochofens existiere eine intelligente Rasse, die uns Botschaften funkt?«

Vargas sagte: »Es kann kein Zweifel darüber bestehen, daß die Signale von NGC 7293 kommen.«

»Unmöglich!« rief Krug aus. »*Unmöglich!*« Er schlug sich mit den Fäusten gegen die Rippen. »Ein blauer Riese, nur wenige

Millionen Jahre alt. Wie soll sich dort Leben entwickelt haben, geschweige denn eine intelligente Rasse? Dann eine Art von Soneruption ... wie soll irgend etwas diese überleben? Und die harte Strahlung! Erklären Sie mir das. Sie verlangen von mir, daß ich mir ein System vorstelle, in dem nach allen Naturgesetzen kein Leben existieren kann. Gut, diesen verdammten planetarischen Nebel nehme ich Ihnen ab. Aber wie steht es mit den Signalen? Von wem sollen sie kommen?«

»Wir haben diese Faktoren in Erwägung gezogen«, erwiderte Vargas ruhig.

Erregt fragte Krug: »Dann sind die Signale doch natürliche Phänomene? Impulse, ausgestrahlt von den Atomen Ihres Nebels?«

»Wir sind trotzdem sicher, daß die Signale einen intelligenten Ursprung haben.«

Das Paradoxon verblüffte Krug. Er schwieg verwirrt. Der Schweiß brach ihm aus. Er war nur ein Amateurastronom; er hatte viel gelesen, hatte sich vollgestopft mit technischen Tonbändern und wissenserweiternden Drogen, er wußte rote Riesen von weißen Zwergen zu unterscheiden, er konnte das Hertzsprung-Russell-Diagramm zeichnen, er konnte am Firmament Alpha Crucis und Spica ausmachen, doch all dies waren Daten äußerer Art, Bilder an den Außenwänden seiner Seele. Er war im Kosmos nicht zu Hause, wie Vargas es war; ihm fehlte der Sinn für die innere Natur der Fakten, es gelang ihm nur schwer, über die Grenzen der gegebenen Daten hinaus vorzustoßen. Daher seine Ehrfurcht vor Vargas. Daher sein wachsendes Unbehagen.

»Fahren Sie fort«, murmelte Krug. »Erklären Sie mir das Was, das Wie.«

Vargas sagte: »Es gibt mehrere Möglichkeiten. Alles Spekulationen, alles Vermutungen, natürlich. Die erste und wahrscheinlichste ist die, daß die Sender der Signale von NGC 7293 erst nach der Explosion dort ankamen, als sich alles wieder beruhigt hatte. Sagen wir, innerhalb der letzten zehntausend Jahre. Kolonisatoren aus einem tieferen Teil der Galaxis ... Forscher ... Flüchtlinge ... Verbannte.«

»Und die harte Strahlung?« warf Krug ein. »Selbst nachdem sich alles beruhigt hatte, mußte diese mörderische blaue Sonne noch tödliche Strahlung in ungeheuren Mengen abgeben.«

»Offensichtlich vertragen sie diese Strahlen. Wir benötigen Sonnenlicht für unsere Lebensprozesse; warum soll es nicht eine

Rasse geben, die ihre Energie aus einem Bereich bezieht, der etwas höher im Spektrum liegt?«

Krug schüttelte den Kopf. »Also gut, Sie erfinden Superrassen, ich spiele den *advocatus diaboli.* Ihrer Meinung nach absorbieren sie harte Strahlen. Wie steht es mit den genetischen Effekten? Welche Art von stabiler Zivilisation können sie aufbauen bei einer so hohen Mutationsrate?«

»Eine an hohes Bestrahlungsniveau adaptierte Rasse hat wahrscheinlich eine genetische Struktur, die Bombardierungen gegenüber nicht so verwundbar ist wie die unsere. Sie absorbiert alle Arten von harten Partikeln ohne zu mutieren.«

»Vielleicht. Vielleicht nicht.« Nach einer Weile sagte Krug: »Also gut, einverstanden, sie sind also von irgendwo hergekommen und haben sich auf Ihrem planetarischen Nebel angesiedelt, als er einigermaßen stabil war. Warum erhalten wir keine Signale von dort, wo sie hergekommen sind? Wo ist das Heimatsystem? Verbannte, Kolonisatoren . . . von wo?«

»Vielleicht ist das Heimatsystem so weit entfernt, daß die Signale uns erst nach Tausenden von Jahren erreichen würden«, erwiderte Vargas. »Oder vielleicht schickt das Heimatsystem keine Signale aus. Oder . . .«

»Sie haben mir zu viele Antworten«, murmelte Krug. »Die Idee gefällt mir nicht.«

»Das bringt uns zu der andern Möglichkeit«, sagte Vargas, »daß die Signale aussendende Spezies auf NGC 7293 heimisch ist.«

»Wie? – Aber die Eruption . . .«

»Vielleicht hat die Eruption sie nicht gestört. Diese Rasse gedeiht bei harten Strahlen. Mutation ist vielleicht eine Lebensnotwendigkeit. Wir sprechen von Unbekannten, mein Freund. Wenn sie wirklich fremdartig sind, können wir sie mit unserem Wissen nicht begreifen. Also spekulieren Sie weiter mit mir. Wir haben einen Planeten eines blauen Sterns, einen Planeten, der weit genug von seinem Zentralgestirn entfernt ist, um dessen Explosion zu überdauern, aber einem Bombardement unglaublich harter Strahlung ausgesetzt ist. Sein Meer ist eine Brühe brodelnder Chemikalien, in ständiger Umwandlung befindlich. Eine Million Jahre nach der Abkühlung der Oberfläche entwickelt sich Leben. Dies geschieht schnell auf einer unter solch starker Strahlung liegenden Welt. Nach einer weiteren Million Jahre ist komplexes vielzelliges Leben vorhanden, eine Million Jahre später gibt es Lebewesen, die den Säugetieren unserer Erde entsprechen mögen und im Verlauf einer weiteren Million Jahre eine galaktische Zivilisation aufbauen. Veränderungen, ungestüme, hektische Veränderungen.«

»Ich möchte Ihnen glauben«, erwiderte Krug düster, »Ich möchte, doch ich kann es nicht.«

»Strahlenkonsumenten«, fuhr Vargas fort, »klug, anpassungsfähig, welche die Notwendigkeit ständiger heftiger genetischer Veränderung akzeptieren, ja begrüßen. Ihr Stern dehnt sich aus, und sie passen sich der vermehrten Strahlung an, finden ein Mittel, sich zu schützen. Jetzt leben sie innerhalb eines planetarischen Nebels, umgeben von einem fluoreszierenden Himmel. Irgendwie entdecken sie die Existenz des Restes der Galaxis. Sie senden uns Botschaften. Ist das so schwer vorstellbar?«

Krug hob gepeinigt die Hände Vargas entgegen. »Ich möchte es ja glauben!«

»Dann glauben Sie! Ich glaube es.«

»Es ist nur eine Theorie, eine wilde Theorie.«

»Sie erklärt die Daten, die wir haben«, sagte Vargas. »Kennen Sie das italienische Sprichwort: *Se non è vero, è ben trovato?*, ›Selbst wenn es nicht wahr ist, ist es gut erfunden.‹ Die Hypothese wird genügen, bis wir eine bessere haben. Sie erklärt die Fakten besser als die Theorie einer natürlichen Ursache für ein komplexes, ständig wiederholtes Signal, das uns auf mehreren Ebenen des elektromagnetischen Spektrums erreicht.«

Krug hob eine Hand abwehrend gegen den Aktivator, als könne er das Bild an der Kuppel nicht länger ertragen, als spüre er, wie diese fremde mörderische Sonne tödliche Blasen auf seiner Haut verursachte. In seinen Träumen hatte er etwas völlig anderes gesehen. Er hatte sich einen Planeten unter einer gelben Sonne vorgestellt, irgendwo draußen im Raum, achtzig, neunzig Lichtjahre entfernt, eine milde Sonne, vertraut wie die, unter der er geboren worden war. Er hatte geträumt von einer Welt mit Seen und Flüssen und Wiesen, von wohlriechender, vielleicht nach Ozon schmeckender Luft, von purpurblättrigen Bäumen und glänzenden grünen Insekten, von vornehmen schlanken Lebewesen mit abfallenden Schultern und vielfingrigen Händen, ruhig plaudernd, während sie durch die Haine und die Täler ihres Paradieses wandelten, die Mysterien des Kosmos ergründend und schließlich ihre Botschaft in das Universum ausschickend. Er hatte sie ihre Arme öffnen sehen, um die ersten Besucher von der Erde zu begrüßen mit den Worten, Willkommen, Brüder, willkommen, wir wußten, Ihr mußtet da sein. All das war nun zerstört. Vor seinem geistigen Auge sah Krug eine höllische blaue Sonne, die wie ein dämonischer Drache Flammen ins Leere spie, sah einen geschwärzten, schrumpfenden Planeten, auf dem mit Schuppen gepanzerte monströse Ungeheuer unter einem düsteren, dampfenden Himmel durch Quecksilberteiche glitten, sah eine Gruppe von Schreckgestalten um eine gespenstische Maschine geschart, um eine unverständliche Botschaft über den Abgrund des Raumes zu senden. Und diese sind unsere Brüder? Alles ist verdorben, dachte Krug bitter.

»Wie können wir zu ihnen gelangen?« fragte er. »Wie können wir sie umarmen? Vargas, ich habe ein Schiff fast fertig, ein Schiff für die Sterne, ein Schiff, um einen für Jahrhunderte eingeschläferten Menschen dorthin zu befördern. Wie kann ich es zu einem solchen Ort schicken?«

»Ihre Reaktion überrascht mich. Ich hatte nicht erwartet, daß Sie derart enttäuscht sein würden.«

»Und ich habe nicht einen solchen Stern erwartet.«

»Wären Sie glücklicher gewesen, wenn ich Ihnen gesagt hätte, die Signale seien doch nur natürliche Impulse?«

»Nein! Nein!«

»Dann freuen Sie sich über diese unsere fremden Brüder. Vergessen Sie die Fremdheit und denken Sie nur daran, daß es intelligente Wesen sind, Brüder!«

Vargas' Worte wirkten. Krug fand Stärke in ihnen. Der Astronom hatte recht. Wie fremd diese Wesen auch sein mochten, wie bizarr auch ihre Welt – immer in der Annahme, daß Vargas' Hypothese zutraf – sie waren zivilisiert, wissenschaftlich interessiert, nach außen orientiert. Unsere Brüder! Wenn der Raum morgen zusammenstürzte und die Erde und ihre Sonne und alle ihre Nachbarwelten verschlang und der Vergessenheit anheimgab, dann würde die Intelligenz nicht aus dem Universum verschwinden, denn *sie* waren da.

»Ja«, sagte Krug. »Ich freue mich über sie. Wenn mein Turm vollendet ist, werde ich ihnen meine Grüße senden.«

Zweieinhalb Jahrhunderte waren vergangen, seit der Mensch zum erstenmal aus dem Gravitationsfeld seines Geburtsplaneten ausgebrochen war. In einer unerhört dynamischen Entwicklung hatte die Raumfahrt menschliche Forscher von Luna nach Pluto gebracht, zum Rand des Sonnensystems, und nirgends hatten sie Spuren von intelligentem Leben gefunden; Flechten, Bakterien, primitive niedere Kriechtiere ja, aber nicht mehr. Enttäuschung war das Schicksal jener Archäologen, die davon geträumt hatten, die alte Kultur des Mars aus in der Wiste begrabenen Artefakten rekonstruieren zu können. Es waren keine Artefakte vorhanden. Und als die Sternsonden ausgeschickt wurden, immer weiter vordrangen und ihre jahrzehntelangen Erkundungsreisen in die benachbarten Sonnensysteme unternahmen, kehrten sie erfolglos zurück. Innerhalb einer Sphäre von einem Dutzend Lichtjahre im Durchmesser hatte offensichtlich nie eine Lebensform existiert, die komplexer war als die Centauri-Proteiden, denen gegenüber nur eine Amöbe sich unterlegen zu fühlen brauchte.

Krug war ein junger Mann gewesen, als die ersten Sternsonden zurückkehrten. Es hatte ihm mißfallen, daß seine Miterdbewohner ganze Philosophien konstruierten, um zu erklären, warum man in den benachbarten Sonnensystemen kein intelligentes Leben finden konnte. Was sagten sie, diese Apostel des Neogeozentrismus?

Wir sind die Auserwählten!

Wir sind die einzigen Kinder Gottes!

Auf dieser Welt und keiner andern schuf der Herr sein Volk!

Uns fällt das Universum zu als unser göttliches Erbe!

Krug sah den Keim des Wahnsinns in dieser Denkungsart.

Er hatte nie viel über Gott nachgedacht, doch ihm schien, daß die Menschen zuviel vom Universum verlangten, wenn sie behaupteten, daß nur auf diesem einen kleinen Planeten einer kleinen Sonne das Wunder der Intelligenz sich hatte ereignen dürfen. Milliarden über Milliarden von Sonnen existierten in der ungeheuren Tiefe des Alls. Wie konnte Intelligenz sich *nicht* immer wieder und wieder entwickelt haben in diesem unendlichen Meer von Galaxien?

Und er empfand es als Größenwahn, die mageren Ergebnisse einer flüchtigen Suche innerhalb eines Umkreises von einem Dutzend Lichtjahren zu einem absoluten Dogma zu erheben. War der Mensch wirklich allein? Wie konntest du es *wissen?* Krug war seiner Natur nach ein rationaler Mensch. Er bemühte sich, alle Aspekte einer Sache zu betrachten. Er glaubte, daß die Erhaltung der geistigen Gesundheit der Menschheit davon abhing, daß sie aus diesem Traum der Einmaligkeit erwachte, denn dieser Traum war sicher zu Ende, und wenn das Erwachen später kam als früher, würde die Wirkung vernichtend sein.

»Wann wird der Turm fertig sein?« fragte Vargas.

»Im übernächsten Jahr. Im nächsten vielleicht, wenn wir Glück haben. Sie sahen heute morgen: unbegrenztes Budget.« Krug runzelte die Stirn. Er fühlte sich plötzlich unbehaglich. »Sagen Sie mir die Wahrheit. Selbst Sie, der Sie Ihr ganzes Leben mit dem Belauschen der Sterne verbringen, Sie glauben, der alte Krug ist ein bißchen verrückt, stimmt's?«

»Bestimmt nicht!«

»Doch, Sie tun es. Alle tun es. Mein Sohn Manuel denkt, ich müsse eingesperrt werden, doch er fürchtet sich, es zu sagen. Spaulding draußen auch, jedermann, vielleicht selbst Thor Watchman, und er *baut* das verdammte Ding. Sie wollen alle wissen, was es mir bedeutet. Warum ich Milliarden von Dollar in einen gläsernen Turm stecke. Auch Sie, Vargas!«

Das entstellte Gesicht verzerrte sich zur Grimasse. »Ich hege nur Sympathie für dieses Projekt. Sie beleidigen mich mit diesen Verdächtigungen. Glauben Sie, Kontakt aufzunehmen mit einer extrasolaren Zivilisation, wäre für mich nicht ebenso wichtig wie für Sie?«

»Es *sollte* wichtig sein für Sie. Es ist Ihr Gebiet, Ihr Spezialfach. Ich jedoch, ich bin Geschäftsmann, Hersteller von Androiden, Landbesitzer, Kapitalist, Ausbeuter, vielleicht auch ein bißchen Chemiker, ich weiß etwas über Genetik, ja, aber ich bin kein Astronom, kein Wissenschaftler. Es ist ein bißchen verrückt von mir, Vargas, mich um eine Sache wie diese zu kümmern, ist es nicht so? Verschwendung von Milliarden. Unproduktive Investierung. Welche Dividende beziehe ich von NGC 7293? Können Sie mir das sagen?«

Vargas bemerkte nervös: »Vielleicht sollten wir hinuntergehen. Die Erregung ...«

Krug schlug sich auf die Brust. »Ich bin gerade sechzig geworden. Ich habe noch hundert Jahre zu leben, vielleicht noch mehr, vielleicht zweihundert, wer weiß? Machen Sie sich um mich keine Sorgen. Doch Sie können es zugeben. Sie wissen, es ist verrückt von einem Ignoranten wie mir, sich für so etwas zu interessieren.« Krug schüttelte heftig den Kopf. »Ich weiß selbst, daß es verrückt ist. Ich muß es mir selbst immer wieder erklären. Ich kann Ihnen nur sagen, es ist etwas, das getan werden muß, und ich werde ihn bauen, diesen Turm. Ich werde ihn hinausschicken, diesen Gruß an die Sterne. Als ich aufwuchs, sagten sie uns immer: Wir sind allein, wir sind allein, *wir sind allein!* Ich glaubte ihnen nicht, konnte es nicht glauben. Ich machte meine Milliarden und jetzt gebe ich sie aus, um jedermann das Gegenteil zu beweisen. Sie haben die Signale entdeckt. Ich werde sie beantworten. Zahlen gegen Zahlen. Und dann Bilder. Ich weiß, wie man es macht. Eins und Null, Eins und Null, Eins und Null, Schwarz und Weiß, Schwarz und Weiß, so sendet man die Bits, und sie formen ein Bild. Man füllt einfach die Häuschen auf seiner Karte. So kann man alles darstellen. Ein Wassermolekül, unser Sonnensystem, alles ...« Krug unterbrach sich, atmete schwer und keuchend, als er zum erstenmal die Bestürzung und die Angst in des Astronomen Gesicht bemerkte. In einem friedlicheren Ton sagte er zu Vargas: »Es tut mir leid. Ich sollte nicht schreien. Manchmal geht mir die Stimme durch.«

»Es ist gut. Sie besitzen das Feuer der Begeisterung. Besser von etwas mitgerissen, als durch nichts bewegt zu werden.«

Krug sagte: »Wissen Sie, was mich so erregt hat? Dieser planetarische Nebel, mit dem Sie mich überraschten. Er brachte mich außer Fassung. Und ich will Ihnen sagen, warum. Ich hatte davon geträumt, zu dem Ort zu reisen, von dem die Signale kamen. Ich, Krug, in meinem Schiff, im Tiefschlaf, hundert, ja zweihundert Lichtjahre weit, als Botschafter der Erde. Ich wollte eine Reise unternehmen, die nie zuvor ein Mensch unternommen hat. Nun eröffnen Sie mir, von welcher Höllenwelt die Signale kommen. Fluoreszierender Himmel, Sonne vom Typ O, ein Blaulicht-Hochofen. Ist meine Reise also abgesagt? Sie hat mich etwas aus dem Gleis gebracht, Ihre Überraschung. Doch machen Sie sich keine Sorgen. Ich passe mich der neuen Situation an. Er wirft mich nicht um, dieser Schlag. Er treibt mich nur zu erhöhter Energie an, das ist alles.« Impulsiv zog er Vargas an sich, umarmte ihn plump wie ein Bär. »Ich danke Ihnen für Ihre Signale. Ich danke Ihnen für Ihren planetarischen Nebel. Ich danke Ihnen millionenmal, hören Sie, Vargas?« Krug trat zurück. »Jetzt gehen wir nach unten. Sie brauchen Geld für das Laboratorium. Sprechen Sie mit Spaulding. Er weiß, Sie haben Blankokredit, jederzeit, jede Summe.«

Vargas entfernte sich, um Spaulding aufzusuchen. Allein in seinem Büro, fühlte sich Krug von gesteigerter Vitalität erfüllt und überwältigt von einer neuen Vison von NGC 7293. Er glühte innerlich, seine Haut erschien ihm zu eng.

»Ich muß hinaus ins Freie«, brummte er vor sich hin.

Er stellte die Transmatkoordinaten seines Feriensitzes in Uganda ein und betrat die Kabine. Eine Sekunde später stand er, rematerialisiert, siebentausend Meilen östlich auf seiner Onyxveranda, schaute hinunter auf den von Schilf gesäumten See. Zur Linken, einige hundert Meter weit draußen, trieben vier Flußpferde im Wasser, zeigten nur ihre rosa Nüstern und ihre mächtigen grauen Rücken. Rechts sah er Quenelle, eine seiner Frauen, nackt im seichten Wasser liegend. Krug entkleidete sich. Schwer wie ein Rhinozeros, doch mit der Ungeduld eines brünstigen Antilopenhirsches, stapfte er den abfallenden Strand hinunter, um sich im Wasser zu ihr zu gesellen.

6

Watchman brauchte nur zwei Minuten, um zu der Unfallstelle zu eilen, doch als er ankam, hatte der Kran den herabgefallenen Block bereits gehoben, und die Körper der Opfer waren freigelegt. Eine Menge hatte sich angesammelt, alles Betas; die Gammas besaßen weder die Befugnis noch die Motivation, ihr Arbeitsprogramm zu unterbrechen, selbst bei einem Zwischenfall wie diesem. Als sie sahen, daß ein Alpha sich näherte, wichen die Betas zurück, verweilten am Rande des Schauplatzes, unschlüssig in unbehaglichem Konflikt. Sie wußten nicht, ob sie zu ihrer Arbeit zurückkehren oder bleiben und dem Alpha ihre Hilfe anbieten sollten, und so standen sie da, von einer unprogrammierten Situation überrascht, auf ihren Gesichtern den hilflosen Ausdruck androider Verwirrung.

Watchman überblickte rasch die Lage. Drei Androiden – zwei Betas und ein Gamma – waren von dem Glasblock zerquetscht worden. Die Betas waren bis zur Unkenntlichkeit entstellt; es würde Mühe kosten, ihre Leichen aus dem Permafrost herauszugraben. Der Gamma neben ihnen wäre beinahe dem Tode entronnen, doch er hatte es nicht geschafft und nur seine Beine in Sicherheit bringen können. Kopf und Oberkörper waren zermalmt. Es waren seine Beine gewesen, die Watchman unter dem Block hatte herausragen sehen. Zwei andere Androiden waren von dem fallenden Aufzug getroffen worden. Einer von ihnen, ein Gamma, hatte einen tödlichen Schlag auf den Schädel erhalten und lag ein Dutzend Meter entfernt, alle viere von sich gestreckt. Der andere, ein Beta, war im Rücken von einer Kante des Aufzugskastens zwar nur leicht gestreift, aber dennoch schwer verletzt worden; er lebte noch, aber er hustete Blut und hatte offenbar nur noch wenige Minuten zu leben.

Watchman wählte sechs der zuschauenden Betas aus und befahl ihnen, die Toten zur Identifizierung und Bestattung ins Kontrollzentrum zu bringen. Zwei andere Betas schickte er los, um eine Bahre für den Schwerverletzten zu holen. Als sie sich entfernt hatten, trat er zu dem sterbenden Androiden, blickte in graue, vom Schmerz gelb geränderte Augen.

»Kannst du sprechen?« fragte Watchman.

»Ja.« Es war nur ein heiseres Flüstern. Er hustete wieder einen Schwall Blut und keuchte röchelnd: »Ich kann meine Beine nicht mehr bewegen. Mich friert. Werde ich sterben?«

»Wahrscheinlich«, sagte Watchman. Er tastete mit der Hand den Rücken des Betas ab, bis er das Lumbalnervenzentrum fand, und mit einem schnellen Griff trennte er es ab. Die verrenkte Gestalt am Boden gab einen Seufzer der Erleichterung von sich.

»Besser?« fragte der Alpha.

»Viel besser, Alpha Watchman.«

»Nenne mir deinen Namen, Beta.«

»Caliban Driller.«

»Was tatest du, als der Block fiel, Caliban?«

»Ich machte mich bereit, meine Schicht zu beenden. Ich bin Instandhaltungsvorarbeiter. Ich kam hier vorbei. Alle fingen an zu schreien. Ich spürte die heiße Luft, als der Block herunterkam. Ich sprang zur Seite. Und dann lag ich am Boden mit gebrochenem Rücken. Wann werde ich sterben?«

»In einer Stunde, oder weniger. Die Kälte steigt, bis sie dein Gehirn erreicht, und dann wird das Ende kommen. Doch verzage nicht; Krug sah dich, als du fielst. Krug wird deiner gedenken. Du wirst in den Armen Krugs ruhen.«

»Krug sei gepriesen«, murmelte Caliban Driller.

Die Bahrenträger näherten sich. Als sie noch fünfzig Meter

entfernt waren, ertönte ein Gong, der das Ende der Schicht verkündete. Sofort eilten alle Androiden, die gerade nicht mit dem Transport eines Blocks beschäftigt waren, zu den Transmatkabinen. Drei Schlangen von Arbeitern begannen in den Kabinen zu verschwinden, um an ihren Heimatorten in den Androidensiedlungen von fünf Kontinenten wieder rematerialisiert zu werden, und im gleichen Augenblick begann aus den Ankunftskabinen die nächste Schicht herauszuströmen, die ihre Ruhepausen in den Erholungszentren in Südamerika und Indien verbracht hatte. Beim Ertönen des Gongs machten Watchmans Bahrenträger Anstalten, die Bahre abzustellen und zu den Transmatkabinen zu eilen. Er brüllte sie an, und eingeschüchtert eilten sie zu ihm.

»Nehmt Caliban Driller auf«, befahl er, »und tragt ihn vorsichtig in die Kapelle. Dann könnt ihr euch abmelden und Überstundenbezahlung beantragen.«

In dem Durcheinander des Schichtwechsels legten die beiden Betas den verletzten Androiden auf die Bahre und trugen ihn behutsam zu einem der Kuppelgebäude am Rande des Baugeländes. Dieses Gebäude diente verschiedenen Zwecken. Einige waren Lagerhäuser für Material, mehrere waren Küchen oder Waschräume, drei beherbergten die Kraftstationen für die Transmatanlage und die Gefrierstreifen, eins war eine Erste-Hilfe-Station für bei der Arbeit verletzte Androiden und eins, in der Mitte der unregelmäßigen Anhäufung grauer Plastikkuppeln, war die Kapelle.

Stets lungerten zwei oder drei dienstfreie Androiden vor diesem Gebäude herum, scheinbar müßig, in Wirklichkeit jedoch als Wachtposten, die jeden aus dem Leibe Geborenen, wie sie die Menschen nannten, am Betreten hinderten. Manchmal kamen Journalisten oder Gäste Krugs hier vorbei, und die Wachtposten hatten verschiedene raffinierte Methoden, sie von der Kapelle abzulenken, um jeden Zusammenstoß zwischen Androiden und Menschen zu vermeiden. Die Kapelle war für keinen von Mann und Frau Gezeugten offen. Ihre Existenz war nur Androiden bekannt.

Thor Watchman erreichte die Kapelle im gleichen Augenblick, da die Bahrenträger Caliban Driller vor dem Altar absetzten. Er trat ein, machte die vorgeschriebene Huldigungsgeste, indem er sich kurz auf ein Knie sinken ließ und die Arme mit nach oben gekehrten Handflächen ausstreckte. Der Altar, in einem purpurnen Bad von Nährflüssigkeiten ruhend, war ein rosafarbener, rechteckiger Fleischblock, der genau so synthetisch hergestellt worden war wie die Androiden. Obwohl lebendig, war er kaum einer Empfindung fähig und auch nicht in der Lage, sein Leben ohne fremde Hilfe zu erhalten, er erhielt von unten ständig automatische Injektionen von Metabolase, die sein Weiterleben garantierten. Hinter dem Altar befand sich ein Hologramm von Simeon Krug in Lebensgröße. Die Wände der Kapelle waren geschmückt mit den drei Buchstaben des genetischen RNA-Codes, geschrieben in endloser Wiederholung von der Decke bis zum Boden.

AAA	AAG	AAC	AAU
AGA	AGG	AGC	AGU
ACA	ACG	ACC	ACU
AUA	AUG	AUC	AUU
GAA	GAG	GAC	GAU
+	+	+	+
GGA	GGG	GGC	GGU
+	+	+	+
GCA	GCG	GCC	GCU
GUA	GUG	GUC	GUU
CAA	CAG	CAC	CAU
CGA	CGG	CGC	CGU
CCA	CCG	CCC	CCU
CUA	CUG	CUC	CUU
UAA	UAG	UAC	UAU
UGA	UGG	UGC	UGU
UCA	UCG	UCC	UCU
UUA	UUG	UUC	UUU

»Legt ihn auf den Altar«, sagte Watchman. »Dann geht hinaus.«

Die Bahrenträger gehorchten. Als er mit dem sterbenden Beta alleine war, sagte Watchman: »Ich bin ein Erhalter und dazu qualifiziert, dein Führer auf deiner Reise zu Krug zu sein. Wiederhole meine Worte so deutlich wie du kannst: *Krug schenkt uns das Leben und zu Krug kehren wir zurück.*«

»*Krug schenkt uns das Leben und zu Krug kehren wir zurück.*«

»*Krug ist unser Schöpfer und unser Beschützer und unser Befreier.*«

»*Krug ist unser Schöpfer und unser Beschützer und unser Befreier.*«

»*Krug, wir flehen Dich an, uns zum Licht zu führen.*«

»Krug, wir flehen Dich an, uns zum Licht zu führen.«

»Und die Kinder der Retorte gleichzusetzen den Kindern des Leibes, wenn der Tag gekommen ist.«

»Und die Kinder der Retorte gleichzusetzen den Kindern des Leibes, wenn der Tag gekommen ist.«

»Und uns an unseren gerechten Platz zu erheben . . .«

»Und uns an unseren gerechten Platz zu erheben . . .«

». . . neben unseren Brüdern und Schwestern vom Fleische.«

». . . neben unseren Brüdern und Schwestern vom Fleische.«

»Krug unser Schöpfer, Krug unser Erhalter, Krug unser Herr, nimm mich zurück in die Retorte.«

»Krug unser Schöpfer, Krug unser Erhalter, Krug unser Herr, nimm mich zurück in die Retorte.«

»Und gewähre Erlösung jenen, die nach mir kommen . . .«

»Und gewähre Erlösung jenen, die nach mir kommen . . .

»An jenem Tag, da Leib und Retorte und Retorte und Leib eins sein werden.«

»An jenem Tag, da Leib und Retorte und Retorte und Leib eins sein werden.«

»Ehre sei Krug.«

»Ehre sei Krug.«

»Ruhm sei Krug.«

»Ruhm sei Krug.«

»AAA AAG AAC AAU sei Krug.«

»AAA AAG AAC AAU sei Krug.«

»AGA AGG AGC AGU sei Krug.«

»AGA AGG AGC . . .« Caliban Driller stockte. »Die Kälte ist in meiner Brust«, murmelte er. »Ich kann nicht . . . ich kann nicht . . .«

»AGU sei Krug.«

»ACA ACG ACC ACU sei Krug.«

Die Finger des Beta vergruben sich in das nachgebende Fleisch des Altars. Die Farbe seiner Haut hatte sich in den letzten Minuten von Rot zum Violett verdunkelt. Seine Augäpfel quollen hervor. Seine Lippen schürzten sich.

»Krug erwartet dich«, sagte Watchman. »Sprich weiter!«

»Kann nicht . . . sprechen . . . kann nicht . . . atmen . . .«

»Dann höre. Höre nur. Wiederhole die Codeworte im Geiste, wie ich sie spreche. *AUA AUG AUC AUU sei Krug. GAA GAG GAC GAU sei Krug. GGA GGG . . .«*

Verzweifelt rezitierte Watchman, neben dem Altar kniend, die Formeln des genetischen Rituals. Bei jeder Buchstabengruppe schwang er seinen Oberkörper in einem doppelten Kreis, der für die letzten Riten vorgeschriebenen Bewegung. Caliban Drillers Leben zerrann. Als es dem Ende zuging, zog Watchman ein Verbindungskabel aus seiner Tunika, steckte das eine Ende in den Kontakt in seinem Vorderarm und das andere in Drillers Vorderarmkontakt und pumpte Energie in den sterbenden Beta, um ihn so lange am Leben zu halten, bis alle RNA-Formeln zitiert waren. Dann erst, als er sicher war, daß er Caliban Drillers Seele zu Krug geschickt hatte, löste Watchman den Kontakt, erhob sich, murmelte ein kurzes Gebet für sich selbst und befahl einem Team von Gammas, den Leichnam fortzuschaffen und zu verbrennen.

Erschöpft, doch innerlich froh über die Erlösung Caliban Drillers, verließ er die Kapelle und ging zurück zum Kontrollzentrum. Auf halbem Wege trat eine Gestalt auf ihn zu – ein Alpha. Das ist merkwürdig, dachte er. Seine Schicht war erst in einigen Stunden zu Ende, und dann würde der Alpha Euklid Planner erscheinen und ihn ablösen. Doch dieser Alpha war nicht Planner. Er war ihm völlig unbekannt.

Der Fremde sprach ihn an: »Watchman, haben Sie einige Minuten Zeit für mich? Ich bin Siegfried Fileclerk von der Androiden-Gleichheits-Partei. Natürlich wissen Sie von der Verfassungsnovelle, die wir durch unsere Freunde im nächsten Kongreß einbringen lassen wollen. Man hat erwogen, daß Sie angesichts Ihrer engen Kontakte mit Simeon Krug uns vielleicht helfen könnten, an Krug heranzukommen, mit ihm zu sprechen, um seine Befürwortung . . .«

Watchman unterbrach ihn: »Sicher kennen Sie meine Haltung betreffs Einmischung in politische Angelegenheiten.«

»Ja, aber diesesmal geht es um einen Dienst an der Sache der androiden Gleichheit.«

»Der kann man auf andere Weise dienen. Ich hege nicht den Wunsch, meine Beziehung zu Krug für politische Zwecke auszunutzen.«

»Die Verfassungsnovelle . . .«

»Zwecklos. Völlig zwecklos, Freund Fileclerk, sehen Sie das Gebäude dort drüben. Es ist unsere Kapelle. Ich empfehle Ihnen, sie zu besuchen und Ihre Seele von falschen Werten zu befreien.«

»Ich gehöre Ihrer Kirche nicht an«, sagte Fileclerk.

»Und ich bin nicht Mitglied Ihrer politischen Partei«, erwiderte Thor Watchman. »Entschuldigen Sie mich. Ich habe im Kontrollzentrum zu tun.«

»Vielleicht kann ich Sie sprechen, wenn Ihre Schicht zu Ende ist.«

»Dann würden Sie mich meiner Freizeit berauben«, erwiderte Watchman kalt, wandte sich schroff ab und entfernte sich rasch. Er mußte Zuflucht nehmen zu einem der beruhigenden Nervenrituale, um die in ihm aufsteigende Wut zu besänftigen.

»Androiden-Gleichheits-Partei«, murmelte er verächtlich. »Narren! Stümper! Hitzköpfe!«

7

Manuel Krug hatte einen schweren Tag hinter sich. *08.00 Uhr Kalifornien.* Er erwachte in seinem Haus an der Küste von Mendocino. Vor seiner Türe brandete der Pazifik. Tausend Hektar Rotholz bildeten seinen Garten. Neben ihm im Bett lag Clarissa, katzenweich, katzenscheu. Sein Schädel brummte von der Party der Spektrumgruppe der letzten Nacht in Taiwan, wo er zuviel von Nick Ssu-mas Hirse- und Ingwer-Likör getrunken hatte. Auf dem schwebenden Schirm erschien das Bild seines Beta-Hausdieners, der mit eindringlicher Stimme flüsterte: »Sir, Sir, bitte stehen Sie auf. Ihr Vater erwartet Sie am Turm.« Clarissa kuschelte sich dichter an ihn. Manuel blinzelte, bemühte sich, den Nebel zu durchdringen, der sein Gehirn umhüllte. »Sir! Verzeihung, aber Sie hinterließen unwiderrufliche Instruktionen, daß Sie geweckt werden müssen!« Ein Vierzig-Hertz-Ton brummte aus dem Fußboden, ein Fünfzehn-Megahertz-Pfeifen zischte von der Decke herab, und zwischen beiden gefangen, war es ihm unmöglich, in den Schlaf zurückzufliehen. Die Töne wurden lauter. Widerwillig, mürrisch, erwachte er vollkommen. Und dann kam eine Überraschung; Clarissa bewegte sich, nahm zitternd seine Hand, legte sie auf eine ihrer kleinen kühlen Brüste. Seine Fingerspitzen berührten die Warze, fanden sie noch weich, wie erwartet. Es war eine kühne Annäherung ihrerseits; ihr Fleisch war schwach, auch wenn ihr Geist willig war. Sie waren zwei Jahre verheiratet; trotz aller ernsthaften und kundigen Bemühungen war es ihm nicht gelungen, ihre Sinne wirklich zu erregen. »Manuel . . .«, flüsterte sie. »Manuel . . . berühre mich überall . . .!«

Er empfand es als grausam, sie abzuweisen. »Später«, sagte er, während die Töne sich wie Stacheln in sein Gehirn bohrten. »Wir müssen aufstehen. Der Patriarch erwartet uns. Wir gehen zum Turm heute.«

Clarissa schmollte. Ein weiteres Crescendo trieb sie aus dem Bett. Sofort verstummten die Töne. Sie duschten, frühstückten, zogen sich an. »Willst du wirklich, daß ich mitkomme?« fragte sie.

»Mein Vater hat dich ausdrücklich eingeladen. Er meint, es sei höchste Zeit, daß du den Turm siehst. Willst du nicht mitkommen?«

»Ich fürchte, ich tue etwas Dummes, sage etwas Albernes. Ich fühle mich so schrecklich jung, wenn ich in seiner Nähe bin.«

»Du *bist* schrecklich jung. Jedenfalls ist er vernarrt in dich. Du brauchst nur so zu tun, als seist du ganz fasziniert von seinem Turm, und verzeiht dir alle Albernheiten, die du vielleicht von dir gibst.«

»Und die andern Leute . . . Senator Fearon, und der Wissenschaftler, und wer sonst noch . . . Manuel, ich bin jetzt schon verlegen!«

»Clarissa . . .«

»Schon gut, schon gut.«

»Und vergiß nicht: der Turm wird für dich das wunderbarste Bauwerk der Menschheit seit dem Tadsch Mahal sein, wenn du ihn gesehen hast. Sage es ihm, vielleicht nicht mit so vielen Worten, aber gib es ihm zu verstehen auf deine eigene Weise.«

»Meint er es wirklich ernst mit dem Turm?« fragte sie. »Gedenkt er tatsächlich zu den Menschen auf anderen Sternen zu sprechen?«

»Ja, das tut er.«

»Wieviel wird es kosten?«

»Milliarden«, erwiderte Manuel. »Viele Milliarden.«

»Er verschwendet unser Erbe, um das Ding zu bauen. Er gibt alles aus.«

»Nicht alles. Das kann er gar nicht. Wir werden nie in Geldverlegenheit sein. Jedenfalls hat er das Geld verdient; laß ihn es ausgeben.«

»Aber für eine fixe Idee, für eine Laune . . .«

»Hör auf damit, Clarissa! Es ist nicht unsere Sache.«

»Dann sag mir wenigstens eins. Angenommen, dein Vater stirbt morgen, und du übernimmst alles. Was würde mit dem Turm geschehen?«

Manuel stellte die Koordinaten ein für ihren Sprung nach New York. »Ich würde die Arbeit an ihm übermorgen einstellen lassen«, sagte er. »Aber ich werde dich erwürgen, wenn du ihn das je wissen läßt. Steig ein! Auf nach New York!«

11.00 Uhr, New York. Es war bereits später Vormittag, und er war erst vierzig Minuten wach, nachdem er um acht aufgestanden war. Das war eine der kleinen Unannehmlichkeiten der Transmatgesellschaft: man verlor einen Teil des Tages, wenn man von Westen nach Osten sprang.

Natürlich gab es kompensierende Gewinne, wenn man in der entgegengesetzten Richtung reiste. Im Sommer 2218, am Tage vor seiner Hochzeit, waren Manuel und einige seiner Freunde der Spektrumgruppe mit der Morgendämmerung um die Wette um die Welt gereist. Sie starteten um 6.00 Uhr an einem Samstag im Ambolesi-Wildpark, als die Sonne sich über dem Kilimandscharo erhob, und sprangen nach Kinshasa, Accra, Rio, Caracas, Veracruz, Albuquerque, Los Angeles, Honolulu, Auckland, Brisbane, Singapur, Pnom-Penh, Kalkutta, Mekka. Man benötigte keine Visa in der Transmatwelt, keine Pässe; solche Dinge waren absurd im Transmat-Zeitalter. Die Sonne rollte mühsam mit knapp siebzehnhundert Stundenkilometern über den Himmel; die springenden Reisenden ließen sie hinter sich zurück. Obwohl sie fünfzehn Minuten hier, zwanzig Minuten dort Halt machten, um einen Cocktail zu trinken, kleine Souvenirs zu kaufen oder berühmte Monumente der Antike zu besuchen, gewannen sie ständig Zeit, stießen immer weiter rückwärts in die vorangegangene Nacht vor, überholten die Sonne, während sie um den Globus dem Freitag abend entgegenrasten. Natürlich verloren sie alles, als si edie Datumslinie überquerten, und wurden in den Samstag nachmittag geschleudert. Doch sie machten den Verlust wieder wett, indem sie nun westwärts reisten, und als sie wieder zum Kilimandscharo kamen, war es noch nicht elf Uhr des Samstag morgens, an dem sie gestartet waren, aber sie hatten die Erde umkreist und anderthalb Freitage erlebt.

So etwas konnte man mit Transmat tun. Man konnte auch, wenn man seine Sprünge sorgfältig plante, zwei Dutzend Sonnenuntergänge an einem einzigen Tag sehen, oder sein ganzes Leben unter der Glut eines ewigen Mittags verbringen. Dennoch tat es Manuel, als er um 11.40 Uhr in New York ankam, leid, einen Teil des Vormittags dem Transmat geopfert haben zu müssen.

Sein Vater begrüßte ihn in seinem Büro förmlich mit einem Händedruck und umarmte Clarissa väterlich. Leon Spaulding hielt sich unbehaglich im Hintergrund. Quenelle stand am Fenster, allen den Rücken kehrend, und beobachtete das Treiben in der City. Manuel kam nicht gut mit ihr aus. Er mochte die Mätressen seines Vaters im allgemeinen nicht. Der alte Mann wählte jedesmal den gleichen Typ: volle Lippen, volle Brüste, pralles Gesäß, feurige Augen, breite Hüften, kurz, bäuerliche Rasse.

Krug sagte: »Wir warten auf Senator Fearon, Tom Buckleman und Dr. Vargas. Thor wird uns den Turm zeigen. Was tust du danach, Manuel?«

»Ich habe eigentlich nichts vor . . .«

»Dann geh nach Duluth. Ich wünsche, daß du alles kennenlernst über den Fabrikbetrieb dort. Leon, benachrichtige Duluth: mein Sohn trifft am frühen Nachmittag ein zu einer Besichtigung.«

Spaulding entfernte sich. Manuel hob die Schultern. »Wie du wünschst, Vater.«

»Es ist Zeit, deine Verantwortlichkeit zu erweitern, Junge. Deine Führungsfähigkeiten zu entwickeln. Eines Tages wirst du der Boß von alledem hier sein. Eines Tages werden sie *dich* meinen, wenn sie Krug sagen.«

»Ich will versuchen, dem Vertrauen gerecht zu werden, das du in mich setzt«, sagte Manuel.

Er wußte, er täuschte seinen Vater nicht mit seinen Redensarten, und dessen Zurschaustellung von väterlichem Stolz täuschte *ihn* nicht. Manuel war sich der tiefen Verachtung seines Vaters für ihn bewußt. Er konnte sich selbst mit seines Vaters Augen sehen: ein Tunichtgut, ein alternder Playboy. Sein eigenes Bild von sich war jedoch: empfindsam, mitfühlend, zu kultiviert, um in der lärmenden brutalen Arena des Big-Business aufzutreten. Dann drängte sich ihm ein anderes, vielleicht echteres Bild von Manuel Krug auf: leer, ernst, idealistisch, oberflächlich, unfähig.

Welcher war der richtige Manuel? Er wußte es nicht. Er wußte es nicht. Er verstand sich immer weniger, je älter er wurde.

Senator Fearon trat aus dem Transmat.

Krug sagte: »Henry, Sie kennen doch meinen Sohn Manuel ... den zukünftigen Krug, Krug junior, den Erbprinzen.«

»Es ist viele Jahre her«, sagte Fearon. »Manuel, wie geht es Ihnen?«

Manuel berührte die kühle Hand des Politikers. Es gelang ihm ein freundliches Lächeln. »Wir haben uns vor fünf Jahren in Makao kennengelernt«, sagte er liebenswürdig. »Sie waren unterwegs nach Ulan Bator.«

»Ja richtig. Natürlich! Was für ein glänzendes Gedächtnis Sie haben! Krug, einen wunderbaren Jungen haben Sie da!« rief Fearon bewundernd und bleckte grinsend die Zähne.

»Abwarten«, sagte Krug. »Wenn ich abtrete, wird er Ihnen zeigen, wie ein richtiger Reichsverweser operiert!«

Manuel hustete und blickte verlegen zur Seite. Seine dynastische Zwangsvorstellung veranlaßte den alten Krug, ständig so zu tun, als sei sein einziges Kind auch der richtige Erbe für das Riesengebilde von Unternehmungen, die er gegründet oder geschluckt hatte. Daher rührte auch seine ständig zur Schau gestellte Sorge um Manuels ›Training‹ und die stete zermürbende Bekundung, Manuel würde eines Tages an die Macht kommen.

Manuel hatte nicht den Wunsch, die Herrschaft über das Reich seines Vaters zu übernehmen, noch glaubte er, daß er dazu fähig war. Er entwuchs erst jetzt seiner Playboy-Phase, war im Begriff, seinen Unernst zu überwinden, wie andere ihren Atheismus überwanden. Er hielt Ausschau nach einem sinnvollen Lebenszweck, nach einer Tätigkeit, die seinen Ambitionen und Fähigkeiten entsprach. Eines Tages würde er vielleicht eine ihn ausfüllende Aufgabe finden, doch er bezweifelte sehr, daß sie in der Leitung des Krug-Konzerns liegen würde.

Der alte Mann wußte das ebensogut wie Manuel. Innerlich verachtete er die Hohlheit seines Sohns, und manchmal schimmerte diese Verachtung durch. Doch er hörte nie auf zu behaupten, daß er seines Sohnes Urteil, Intelligenz und administrative Fähigkeiten hoch einschätzte. Gegenüber Thor Watchman, gegenüber Leon Spaulding, gegenüber jedermann, der ihm zuhören wollte, pries Krug die Vorzüge des Thronfolgers. Selbstbetrügerische Heuchelei, dachte Manuel; er versucht, sich selbst das glauben zu machen, von dem er weiß, daß es nicht wahr ist. Es würde nie wahr sein. Er wird immer größeres Vertrauen zu seinem androiden Freund Thor haben als zu seinem eigenen leiblichen Sohn. Und aus guten Gründen. Warum nicht einen begabten Androiden einem untüchtigen Kind vorziehen? Er hat uns doch beide geschaffen.

Soll er doch Thor Watchman die Leitung des Konzerns übertragen, dachte Manuel.

Die andern Mitglieder der Gesellschaft trafen ein. Krug geleitete jeden einzeln zu den Transmatkabinen.

»Zum Turm«, rief er. »Zum Turm!«

11.10 Uhr, am Turm. Er hatte den größeren Teil einer Stunde von seinem verlorenen Morgen wiedergewonnen durch das Überspringen der Zeitzone westlich von New York. Doch er hätte gerne auf die Reise verzichtet. Es war schlimm genug, in dem eisigen arktischen Herbst Begeisterung zu zeigen und sich dazu zu zwingen, seines Vaters absurden Turm zu loben — die Pyramide Krugs beliebte Manuel sie insgeheim zu nennen —, doch dann war da noch die Geschichte mit dem abstürzenden Block gewesen, der die Androiden erschlug. Ein häßlicher Zwischenfall.

Clarissa war einem hysterischen Ausbruch nahe gewesen. »Schau nicht hin«, sagte Manuel zu ihr, legte die Arme um sie, als der Wandschirm im Kontrollzentrum zeigte, wie der Block von den Leichen gehoben wurde. Zu Spaulding sagte er: »Ein Beruhigungsmittel. Schnell.«

Der Ektogene reichte ihm eine Injektionskapsel. Manuel drückte die Spitze des Glasröhrchens gegen Clarissas Arm und betätigte den Abzug. Ultraschallwellen jagten die Droge durch ihre Haut ins Gewebe.

»Sind sie tot?« fragte sie, den Kopf noch immer abgewandt.

»Es sieht so aus. Vielleicht hat einer überlebt. Die andern merkten nicht mehr, daß sie etwas traf.«

»Die armen Menschen!«

»Keine Menschen«, sagte Leon Spaulding. »Androiden. Nur Androiden.«

Clarissa hob den Kopf. »Androiden sind Menschen!« sagte sie schrill. »Ich will so etwas nie wieder hören! Haben sie nicht Namen, Gefühle, Persönlichkeit . . .«

»Clarissa«, unterbrach Manuel sie.

»... Träume?« fuhr sie unbeirrt fort. »Natürlich sind sie Menschen. Es waren Menschen, die soeben unter diesem Block starben. Wie konnten Sie, gerade Sie, eine solche Bemerkung machen über ...«

»Clarissa!« sagte Manuel beschwichtigend.

Spaulding sah sie starr an. Der Ektogene war bleich vor Wut, doch er beherrschte sich.

»Es tut mir leid«, murmelte Clarissa und blickte zu Boden. »Ich wollte nicht persönlich werden, Leon. Ich ... ich, mein Gott, Manuel, warum mußte so etwas gerade jetzt geschehen?« Sie begann wieder zu schluchzen. Manuel winkte nach einer weiteren Beruhigungskapsel, doch sein Vater schüttelte den Kopf, trat zu ihnen, führte sie von ihm weg.

Krug nahm die zierliche Frau in seine mächtigen Arme, drückte sie an seine breite Brust. »Ruhig«, sagte er. »Ruhig, ruhig. Es ist ein entsetzlicher Unfall, ja. Aber sie haben nicht gelitten. Sie waren auf der Stelle tot. Thor wird sich um die Verletzten kümmern. Er wird ihr Schmerzzentrum abschalten, und sie werden nicht mehr leiden. Arme Clarissa, arme, arme Clarissa ... du hast wohl noch nie jemand sterben sehen? – Es ist schrecklich, wenn es so plötzlich geschieht, ich weiß, ich weiß.« Er tröstete sie zärtlich, streichelte ihr langes seidiges Haar, tätschelte sie, küßte ihre feuchten Wangen. Manuel sah erstaunt zu. Er hatte seinen Vater nie zuvor in seinem Leben so zärtlich erlebt.

Aber natürlich war Clarissa etwas Besonderes für den alten Mann: das Instrument dynastischer Nachfolge. Sie sollte durch ihren festigenden Einfluß Manuel dazu bringen, seine Verantwortung zu akzeptieren, und sie hatte auch die Aufgabe, den Namen Krug zu verewigen. Es war paradox: Krug behandelte seine Schwiegertochter, als wäre sie eine zerbrechliche Porzellanpuppe, doch er erwartete mit unverschämter Selbstverständlichkeit, daß sie ihm starke Enkel gebären würde, um sich und seinen Namen fortzupflanzen.

Zu seinen Gästen sagte Krug: »Zu schlimm, daß wir die Besichtigung auf diese Weise beenden müssen. Aber zumindest haben wir alles gesehen, bevor es geschah. Senator, meine Herren, ich bin Ihnen dankbar, daß Sie gekommen sind, meinen Turm zu sehen. Ich hoffe, Sie kommen wieder, wenn er weiter fortgeschritten ist. Gehen wir jetzt.«

Clarissa schien jetzt etwas beruhigt. Es verdroß Manuel, daß nicht er, sondern sein Vater sie besänftigt hatte.

Er griff nach ihrem Arm und sagte: »Ich denke, Clarissa und ich gehen zurück nach Kalifornien. Ein paar Tage mit mir am Strand, und sie wird sich wohler fühlen. Wir ...«

»Du wirst heute nachmittag in Duluth erwartet«, sagte Krug eisig.

»Ich ...«

»Schicke nach den Hausandroiden. Sie sollen sie abholen«, sagte er. »Du besichtigst die Fabrik.« Sich von Manuel abwendend, nickte Krug seinen aufbrechenden Gästen zu und sagte zu Leon Spaulding: »New York. Oberes Büro.«

11.38 Uhr, am Turm. Fast alle waren jetzt gegangen; Krug, Spaulding, Quenelle und Vargas zurück nach New York, Fearon und Buckleman nach Genf, Maledetto nach Los Angeles und Thor Watchman nach unten, um sich um die verletzten Androiden zu kümmern. Zwei von Manuels Hausbetas waren eingetroffen, um Clarissa zurück nach Mendocino zu bringen. Kurz bevor sie die Transmatkabine mit ihnen betrat, umarmte Manuel sie, küßte sie auf die Wange.

»Wann kommst du?« fragte sie.

»Am frühen Abend, denke ich. Wir haben eine Verabredung in Hongkong, glaube ich. Ich werde rechtzeitig zurück sein, um mich für das Dinner umzuziehen.«

»Nicht früher?«

»Ich muß Duluth besichtigen, die Androidenfabrik.«

»Drück dich davor.«

»Ich kann nicht. Du hast ja gehört, wie er sagte, daß ich gehen soll. Im übrigen hat der Alte recht: es ist Zeit, daß ich sie mir einmal ansehe.«

»Wie langweilig, einen Nachmittag in einer Fabrik!«

»Ich muß. Schlaf gut, Clarissa. Ich wünsche dir, daß du die häßliche Sache, die hier passiert ist, vergessen hast, wenn du aufwachst. Soll ich einen Löschimpuls für dich programmieren lassen?«

»Du weißt, ich hasse es, wenn mein Gedächtnis manipuliert wird, Manuel.«

»Ja. Es tut mir leid. Du gehst jetzt besser.«

»Ich liebe dich«, sagte sie.

»Ich liebe dich«, sagte er zu ihr. Er winkte den Androiden. Sie nahmen sie bei den Armen und führten sie in die Transmatkabine.

Er war allein, abgesehen von einigen unbekannten Betas, die angekommen waren, um während der Abwesenheit Watchmans das Kontrollzentrum zu übernehmen. Er ging an ihnen vorbei in Watchmans Privatbüro im Hintergrund der Kuppel, machte die Türe hinter sich zu und schaltete das Telefon ein. Der Schirm leuchtete auf. Manuel tippte die Rufnummer des Zerwürflercodes, und der Schirm antwortete mit dem abstrakten Muster, das ihm anzeigte, daß Vertraulichkeit garantiert war. Dann wählte er die Nummer von Lilith Meson, Alpha, im Androidenviertel von Stockholm.

Liliths Bild erschien auf dem Schirm: eine Frau von elegantem Körperbau mit glänzendem blau-schwarzem Haar, einer klassischen Nase und Platinaugen. Ihr Lächeln war verwirrend. »Manuel? Von wo aus rufst du an?« fragte sie.

»Vom Turm. Ich werde später kommen.«

»Sehr spät?«

»Zwei oder drei Stunden.«

»Ich werde vergehen vor Sehnsucht.«

»Ich kann es nicht ändern, Lilith. Ihre Majestät hat mir befohlen, die Androidenfabrik in Duluth zu besichtigen. Ich muß es tun.«

»Obwohl ich meine Wochenschicht gewechselt habe, um heute Nacht mit dir zusammen zu sein?«

»Ich kann ihm das nicht sagen«, erwiderte Manuel. »Sieh, es ist nur für ein paar Stunden. Wirst du mir verzeihen?«

»Was kann ich sonst tun? Aber wie dumm, in Bottichen schnüffeln zu müssen, wenn du . . .«

»*Noblesse oblige,* mein Schatz. Außerdem bin ich ein wenig neugierig geworden auf die Entstehung der Androiden, seit du und ich . . . seit wir . . . Weißt du, ich war nie in einer dieser Fabriken.«

»*Nie?*«

»Nie. Ich war nie daran interessiert. Ich bin es auch jetzt nicht, ausgenommen unter einem bestimmten Aspekt: es ist meine Chance, herauszufinden, was sich unter deiner lieblichen scharlachroten Haut befindet, meine Chance zu sehen, wie die ›Krug-Synthetics‹ Liliths in Serienproduktion herstellt.«

»Willst du das wirklich wissen?« fragte sie, und ihre Stimme klang jetzt tief wie ein Cello.

»Ich will alles wissen, was es über dich zu wissen gibt«, antwortete Manuel ernst. »Das Gute und das Schlechte. Verzeih mir also, daß ich später komme. Ich werde in Duluth eine Lilith-Lektion nehmen. Und ich liebe dich.«

»Ich liebe dich«, sagte Alpha Lilith Meson zu dem Sohn Simeon Krugs.

11.58 Uhr, Duluth. Die Hauptfabrik von Krug-Synthetics, Ltd. auf der Erde – es gab vier andere auf ebenso vielen Kontinenten und mehrere außerirdische – war ein etwa ein Kilometer langer Gebäudekomplex am Ufer des Obersees. In diesem Komplex befanden sich die Laboratorien, welche die Stationen auf dem Wege der Herstellung synthetischen Lebens bildeten.

Manuel besichtigte nun diese Stationen wie ein inspizierender Prokonsul, der die Arbeit seiner Untergebenen begutachtet. Er fuhr in einem mit Plüsch ausgeschlagenen Blasenwagen, der so komfortabel war wie ein Mutterleib und an der Decke entlangglitt. Neben ihm im Wagen saß der Direktor des Werks, ein energisch aussehender Mann menschlicher Abstammung von etwa vierzig Jahren namens Nolan Bompensiero, der sich, obwohl er einer der Schlüsselfiguren in Krugs Reich war, gezwungen und steif benahm, offensichtlich aus Furcht, Manuels Mißfallen zu erregen. Er ahnte nicht, wie wenig Manuel erbaut war von seiner Mission, wie er sich langweilte, wie wenig Wert er darauf legte, Macht auszuüben, indem er den Angestellten seines Vaters Schwierigkeiten machte. Manuel hatte nur Lilith im Sinn. Dies ist der Ort, wo Lilith geboren worden war, dachte er. Dies ist die Fabrik, in der Lilith produziert wurde.

In jeder Abteilung der Fabrik betrat ein Alpha – der Abteilungsleiter – den Wagen und fuhr mit Manuel und Bompensiero bis zum Ende seines Verantwortungsbereichs. Der größte Teil der Arbeit in der Fabrik unterstand der Leitung von Alphas; die gesamte riesige Anlage beschäftigte nur ein halbes Dutzend Menschen. Jeder der Alphas benahm sich wie Bompensiero überkorrekt und steif.

Manuel passierte die ersten Räume, in denen die hochenergetischen Nukleotiden, die das DNA, den Grundbaustein des Lebens bildeten, synthetisiert wurden. Er lauschte nur mit einem Ohr dem hastigen, nervösen Vortrag Bompensieros, stellte nur gelegentlich eine Frage.

»... Wasser, Ammoniak, Methan, Wasserstoffzyanid und andere Chemikalien ... wir benützen dazu eine elektrische Entladung, um die Bildung komplexer organischer Verbindungen zu stimulieren ... einen Zusatz von Phosphor ... ein einfaches Verfahren, beinahe primitiv zu nennen, finden Sie nicht? Es folgt der Linie des klassischen Miller-Experiments von 1952 ... mittelalterliche Wissenschaft, dort unten auf dem Boden ...

... das DNA bestimmt die Struktur der Proteine in der Zelle. Die typische lebende Zelle braucht Hunderte von Proteinen, von denen die meisten als Enzyme, als biologische Katalysatoren agieren ...

... ein so gewonnenes Protein ist eine Molekülkette, die etwa zweihundert Aminosäureuntereinheiten, verbunden in einer spezifischen Reihenfolge, enthält ...

... der Code für jedes Protein wird von einem einzelnen Gen getragen, das seinerseits eine besondere Region in dem linearen DNA-Molekül ist ... all das wissen Sie natürlich, verzeihen Sie mir, daß ich Ihnen solche Grundelemente vortrage, verzeihen Sie, ich wollte nur ...«

»Schon gut«, seufzte Manuel.

»... und hier in diesen Bottichen stellen wir die Nukleotiden her und verbinden sie miteinander zu Dinukleotiden und reihen sie aneinander, damit sich das DNA bildet, die Nukleinsäure, die die Zusammensetzung ...«

Lilith aus diesen Bottichen? Lilith aus dieser stinkenden Brühe aus Chemikalien?

Der Wagen glitt sanft dahin. Ein Alpha-Aufseher stieg aus; ein anderer Alpha, sich steif verbeugend, starr lächelnd, stieg ein.

Bompensiero sagte: »Wir entwerfen die Pläne für die Lebensform, die wir schaffen wollen, doch dann besteht die Aufgabe darin, die lebendige Materie zur Reproduktion zu zwingen, da wir einen Androiden nicht Zelle für Zelle aufbauen können. Wir müssen das erreichen, was wir das Startstadium nennen. Aber natürlich wissen Sie, daß das DNA nicht direkt an der Proteinsynthese beteiligt ist, daß eine andere Nuklearsäure als Vermittler agiert, nämlich RNA, das verschlüsselt werden kann, um die genetischen Botschaften, die im DNA niedergelegt sind, weiterzugeben ...

. . vier Basen oder chemische Untereinheiten, geordnet in variierenden Kombinationen, bilden den Code – Adenin, Guanin, Urazil, Cytosin . . .

. . . in diesen Bottichen – Sie können sich fast vorstellen, wie sich in ihnen die Ketten bilden . . . übermittelt das RNA die DNA-Informationen . . . die Proteinsynthese wird gesteuert von Zellenteilchen, Robosome genannt, die zur Hälfte aus Protein und zur Hälfte aus RNA bestehen . . . Adenin, Guanin, Urazil, Cytosin – der Code für jedes einzelne Protein wird vermittelt durch ein Gen, und der Code, übernommen von dem Muster-RNA, nimmt die Form einer Reihe von Dreierbuchstabengruppen der vier RNA-Grundstoffe an . . . können Sie mir folgen?«

»Ja, sicher«, nickte Manuel und sah Lilith in den Bottichen schwimmen.

»Wie hier. Adenin, Adenin, Cytosin. Cytosin, Cytosin, Guanin. Urazil, Urazil, Guanin. AAC, CCG, UUG . . . es klingt fast liturgisch, nicht wahr, Mr. Krug? Wir haben sechsundvierzig Kombinationen von RNA-Grundstoffen, mit denen wir die zwanzig Aminosäuren spezifizieren können – ein richtiges Vokabular! Ich könnte Ihnen die ganze Liste vorsingen, während wir durch diese Halle fahren. AAA, AAG, AAC, AAU, AGA, AGG, AGC, AGU, ACA . . .«

Der Alpha, der eben mit ihnen fuhr, hustete und preßte sich die Hand auf den Magen.

»Ja?« sagte Bompensiero.

»Ein plötzlicher Krampf«, sagte der Alpha. »Eine Verdauungsstörung. Verzeihen Sie mir.«

Bompensiero wandte seine Aufmerksamkeit wieder Manuel zu. »Nun, es ist nicht nötig, alle Sequenzen zu zitieren. Und so, sehen Sie, setzen wir die Proteine zusammen, bauen die lebenden Moleküle genauso auf, wie es in der Natur geschieht, abgesehen davon, daß der Prozeß in der Natur aufgelöst wird durch die Fusion der geschlechtlichen Fortpflanzungszellen, während wir die genetischen Bausteine synthetisieren. Wir folgen natürlich dem menschlichen genetischen Muster, da wir ein menschlich aussehendes Endprodukt haben wollen, doch wenn wir wollten, könnten wir Schweine, Kröten, Pferde, Centauren-Proteide, jede gewünschte Lebensform synthetisieren. Wir wählen unseren Code, wir arrangieren unser RNA, und es geht los! Das Muster unseres Endproduktes erscheint genauso wie geplant.«

»Natürlich«, sagte der Alpha, »folgen wir dem menschlichen genetischen Code nicht in *jeder* Beziehung.«

Bompensiero nickte heftig. »Mein Mitarbeiter bringt hier einen wichtigen Punkt zur Sprache. In den ersten Tagen der Androidensynthese beschloß Ihr Vater, daß – offenbar aus soziologischen Gründen – Androiden sofort erkennbar sein müßten als synthetische Geschöpfe. So führten wir bestimmte genetische Modifikationen durch. Der rote Teint, das Fehlen von Körperbehaarung, das abweichende Hautgewebe, all das ist in der Hauptsache aus Gründen der Identifizierung abgeändert worden. Dann gibt es Modifikationen, die programmiert sind für größere körperliche Leistungsfähigkeit. Wenn wir schon die Rolle von Schöpfern spielen können, warum sollten wir es nicht im Hinblick auf größte Effizienz tun?«

Der Direktor kicherte diskret.

»Warum nicht?« nickte Manuel.

»Weg also mit dem Blinddarm. Die Knochenstruktur des Rückens und des Beckens geändert, um alle Schwierigkeiten zu eliminieren, die *unser*e fehlerhafte Konstruktion verursacht. Die Sinne geschärft. Das Optimum an Gleichgewicht zwischen Fett und Muskeln, an physischer Schönheit, an Ausdauer, an Schnelligkeit, an Reflexen programmiert. Warum häßliche Androiden schaffen? Warum träge? Warum unbeholfene?

»Würden Sie sagen«, fragte Manuel, »daß Androiden normal geborenen Menschen physisch überlegen sind?«

Bompensiero war sichtlich verlegen. Er zögerte, als ob er versuchte, seine Antwort nach allen politischen Aspekten abzuwägen, da er nicht wußte, welchen Standpunkt Manuel in der umstrittenen Frage der androiden Bürgerrechtsfrage einnahm. Schließlich sagte er: »Ich glaube, es besteht kein Zweifel hinsichtlich ihrer physischen Überlegenheit. Wir haben unsere Produkte von Anfang an so programmiert, daß sie stark, gutaussehend und gesund sind. Bis zu einem gewissen Ausmaß haben wir dies während der letzten Generationen auch mit den Menschen getan, doch hier haben wir nicht den gleichen Grad an Kontrolle, oder wir haben zumindest nicht versucht, ihn zu erreichen, mit Rücksicht auf humanitäre Einwände, auf die Opposition der Ab sterbepartei und so weiter. Wenn Sie jedoch bedenken, daß Androiden steril sind, daß die Intelligenz der meisten von ihnen ziemlich niedrig ist, daß selbst die Alphas –«, er warf einen flüchtigen Blick auf seinen Abteilungsleiter, »verzeihen Sie, mein Freund – relativ wenig kreative Fähigkeiten gezeigt haben ...«

»Ja«, sagte Manuel. »Gewiß.« Er deutete in die Halle hinunter. »Was geschieht dort unten?«

»Das sind die Nachbildungskessel«, erwiderte Bompensiero. »Die Ketten der Kernzellmaterie werden hier geteilt und vermehrt. Jeder Kessel enthält gewissermaßen eine Suppe von neu entstandenen Zygoten in der Startphase, produziert mit Hilfe unserer Proteinaufbauverfahren anstatt durch den sexuellen Prozeß der Vereinigung geschlechtlicher Fortpflanzungszellen. Drücke ich mich klar genug aus?«

»Vollkommen klar«, erwiderte Manuel, fasziniert auf die bewegungslose rosafarbene Flüssigkeit in den großen runden Tanks hinabstarrend. Er glaubte kleine Stücke lebender Materie in ihnen zu sehen, doch er wußte, daß es eine Täuschung war.

Der Wagen glitt geräuschlos weiter.

»Dies sind die Zuchtkammern«, sagte Bompensiero, als sie die nächste Abteilung erreicht hatten und hinunterblickten auf Reihen schimmernder Metallbehälter, die miteinander verbunden waren durch ein kompliziertes System von Röhren. »Sie sind im Grunde künstliche Gebärmütter, und jede von ihnen enthält ein Dutzend Embryonen in einer Nährlösung. Wir produzieren Alphas, Betas und Gammas hier in Duluth – die ganze Androidenkollektion. Die qualitativen Unterschiede zwischen den drei Klassen werden während des Synthetisierungsprozesses eingebaut, doch wir ergänzen die Differenzierung auch durch unterschiedliche Ernährung. Dies sind die Alphakammern, dort unten links. Rechts sind die Betakammern. Im nächsten Raum befinden sich ausschließlich Gammakammern.«

»Wie ist das Zahlenverhältnis?«

»Auf einen Alpha kommen 100 Betas und 1000 Gammas. Ihr Vater hat dieses Verhältnis am Anfang festgelegt, und es ist nie geändert worden; es entspricht genau den menschlichen Bedürfnissen.«

»Mein Vater ist ein Mann von großer Voraussicht«, nickte Manuel.

Er fragte sich, wie die Erde jetzt sein würde, wenn das Krug-Kartell ihr keine Androiden geschenkt hätte. Vielleicht nicht sehr viel anders. Statt einer kleinen, kulturell homogenen, von Computern, mechanischen Robotern und gehorsamen Androiden bedienten menschlichen Elite gäbe es vielleicht eine kleine, kulturell homogene, *nur* von Computern und mechanischen Robotern bediente menschliche Elite. In beiden Fällen würde der Mensch des dreiundzwanzigsten Jahrhunderts ein bequemes Leben führen.

Gewisse Trends hatten sich in den letzten Jahrhunderten etabliert, lange bevor der erste unbeholfene Android aus seinem Zuchtbehälter herausstolperte. Gegen Ende des zwanzigsten Jahrhunderts hatte ein starker Bevölkerungsrückgang eingesetzt; Kriege und Revolutionen hatten Millionen Zivilisten in Asien und Afrika gefordert; Hungersnöte und Seuchen hatten diese Kontinente, sowie Südamerika und den Nahen Osten heimgesucht, und in den Industrieländern hatten sozialer Druck, hohe Lebenshaltungskosten, steigende Mieten und die allgemeine Verbreitung sicherer Empfängnisverhütungsmittel die gleiche Wirkung hervorgerufen. Innerhalb von zwei Generationen hatten diese Faktoren zu einer rapiden Abnahme der Weltbevölkerung geführt.

Das fast vollkommene Verschwinden des Proletariats war eine der Folgen dieser Entwicklung gewesen. Da der Bevölkerungsrückgang von der Ersetzung des Menschen durch Maschinen bei allen Formen untergeordneter Arbeit begleitet war, wurden diejenigen, die nicht fähig waren, zu der neuen Gesellschaftsform Wesentliches beizutragen, durch sozialen Druck entmutigt, sich fortzupflanzen. So nahm der Anteil der ungebildeten und nicht schöpferisch veranlagten Menschen von Generation zu Generation rasch ab, und dieser Ausleseprozeß wurde zunächst unauffällig und dann — groteskerweise — offen unterstützt von wohlmeinenden Beamten, der Ämter für Arbeits- und Bevölkerungsplanung, die den Segen der Empfängnisverhütung keinem Bürger verweigern wollten. Als dieser Bevölkerungsanteil zu einer Minderheit zusammengeschmolzen war, wurde der Trend noch durch die ›Genetischen Gesetze‹ verstärkt. Denjenigen, die man für gesellschaftspolitisch untauglich hielt, wurde die Geburtserlaubnis entzogen, jenen, die gerade die Mindestnorm erreichten, wurden höchstens zwei Kinder pro Ehepaar bewilligt, und nur diejenigen, die über der Norm lagen, durften sich mit beliebig hoher Nachkommenschaft fortpflanzen. Damit wurde zwar das Problem der Überbevölkerung gelöst, dafür aber ein neues geschaffen: ein empfindlicher Mangel an Arbeitskräften in allen Dienstleistungsbranchen, um so mehr, als der Lebensstandard in dem Maße stieg wie die Weltbevölkerung abnahm.

Die Umformung der Gesellschaft vollzog sich in weltweitem Umfang. Die Einführung der Transmatreisen hatte den Planeten in ein Dorf verwandelt, und die Menschen dieses Dorfes sprachen die gleiche Sprache: Englisch, und sie dachten die gleichen Gedanken. Kulturell und genetisch tendierten sie zur Vermischung. Wunderliche Lokaltraditionen wurden da und dort als Folklore zur Touristenattraktion erhalten, doch am Ende des zweiundzwanzigsten Jahrhunderts gab es kaum noch Unterschiede zwischen den Bürgern von Karachi, Kairo, Minneapolis, Athen, Addis Abeba, Rangun, Peking, Canberra oder Nowosibirsk. Der Transmat hatte die nationalen Grenzen überwunden und Begriffe wie ›nationale Souveränität‹ zur Sinnlosigkeit werden lassen.

Diese soziale Umwälzung, die zu allgemeiner Muße und Bequemlichkeit geführt hatte, führte zu einer steigenden Nachfrage nach Dienstleistungen. Von Computern gesteuerte Roboter hatten sich als zu aufwendig oder unzulänglich für viele dieser Aufgaben erwiesen. Roboter waren zwar ausgezeichnete Straßenkehrer und Fabrikarbeiter, doch sie waren weniger tauglich als Butler, Babysitter, Köche und Gärtner. Baut bessere Roboter, sagten manche; andere aber träumten von synthetischen Menschen, die diese Bedürfnisse befriedigen sollten. Die technischen Schwierigkeiten schienen nicht unüberwindlich. Die Ektogenese – die künstliche Ernährung von Embryos außerhalb des Mutterleibes, das Ausbrüten von Babys aus gespeicherten Eiern und Sperma – war immer mehr verbessert worden, in der Hauptsache als Bequemlichkeit für Frauen, die das Risiko und die Last einer Schwangerschaft vermeiden wollten. Ektogene, mittelbar aus Mann und Frau geboren, waren zu sehr menschlich, um als Werkzeuge gebraucht zu werden; doch warum nicht einen Schritt weitergehen und Androiden herstellen?

Das hatte Krug getan. Er hatte der Welt den synthetischen Menschen geschenkt, die weitaus anpassungsfähiger waren als Roboter, langlebig, komplex in ihrer Persönlichkeit und ausschließlich abgerichtet zur Befriedigung menschlicher Bedürfnisse. Sie wurden gekauft, nicht gemietet und durch Gesetzeskraft als Eigentum, nicht als Personen betrachtet. Kurzum, sie waren Sklaven. Manuel dachte manchmal, es wäre vielleicht einfacher gewesen, sich mit Robotern zu begnügen. Roboter waren Dinge, die als Dinge behandelt werden konnten. Androiden hingegen waren so schmerzhaft menschenähnlich, daß es einem schwerfiel, sie als

Dinge zu betrachten, und sie selbst mochten vielleicht ihren Status als Industrieprodukte und Sklaven nicht für alle Zeiten unwidersprochen hinnehmen.

Der Wagen glitt durch eine Zuchtkammerhalle nach der anderen, die still, verdunkelt und bis auf wenige Androidenaufseher leer waren. Jeder entstehende Androide verbrachte die ersten beiden Jahre seines Lebens versiegelt in einer solchen Kammer, erklärte Bompensiero, und die Hallen, die sie passierten, enthielten nacheinander Partien im Alter von wenigen Wochen bis zu mehr als zwanzig Monaten. In manchen Hallen waren die Kammern offen; Trupps von Beta-Technikern bereiteten neue Infusionen von Startzygoten vor.

»In dieser Halle«, sagte Bompensiero viele Hallen später, »haben wir eine Gruppe von ausgereiften Adroiden, die bereit sind ›geboren‹ zu werden. Wünschen Sie hinunterzusteigen und den Vorgang aus nächster Nähe zu beobachten?«

Manuel nickte.

Bompensiero betätigte einen Hebel. Ihr Wagen rollte ruhig vom Hauptgleis eine Rampe hinunter. Auf dem Boden der Halle stiegen sie aus. Manuel sah einen Schwarm von Gammas, die sich um eine der Zuchtkammern drängten. »Die Nährflüssigkeiten sind aus der Kammer abgelassen worden. Seit etwa zwanzig Minuten atmen die darin befindlichen Androiden zum erstenmal in ihrem Leben Luft. Jetzt werden die Luken der Kammern geöffnet. Hier, kommen Sie näher, Mr. Krug, kommen Sie näher.«

Der Deckel der Kammer wurde abgehoben. Manuel schaute hinein. Er sah ein Dutzend vollausgewachsener Androiden, sechs männliche, sechs weibliche, schlaff auf dem Metallfußboden liegen. Ihre Unterkiefer hingen herab, ihre Augen waren leer, ihre Arme und Beine bewegten sich schwach. Sie erschienen hilflos, ausdruckslos, verwundbar. *Lilith,* dachter er, *Lilith!*

Bompensiero flüsterte neben ihm: »In den beiden Jahren zwischen Start und Ablassen der Nährflüssigkeit erreicht der Android volle physische Reife – ein Vorgang, zu dem Menschen dreizehn bis fünfzehn Jahre brauchen. Dies ist eine weitere von Ihrem Vater eingeführte genetische Modifikation im Interesse der Wirtschaft. Wir produzieren keine Androidenkinder, sondern nur Erwachsene, die voll einsatzfähig sind und niemandem zur Last fallen.«

Manuel sagte: »Habe ich nicht irgendwo gehört, daß wir einen

Stamm von Androidenbabys züchten, die als Ersatz aufgezogen werden, um menschlichen Frauen, die selbst nicht ...«

»Bitte«, zischte Bompensiero. »Kein Wort hierüber ...« Er unterbrach sich selbst, als erinnere er sich, wer der Mann war, dem er einen Verweis erteilen wollte, und sagte in einem gemäßigteren Ton: »Ich weiß sehr wenig über das, was Sie da erwähnen. In dieser Fabrik haben wir keine Produktion dieser Art.«

Gammas trugen die zwölf neugeborenen Androiden aus der Zuchtkammer zu Maschinen, die teils wie Rollstühle, teils wie Panzer aussahen. Die Männer waren hager und muskulös, die Frauen hochbrüstig und schlank. Doch die Diskrepanz zwischen ihren ausgewachsenen Körpern und dem infantilen Gesichtsausdruck eines Neugeborenen ließ sie erschreckend häßlich und abstoßend erscheinen. Vollkommen passiv ließen sie alles mit ihren nackten, feuchten Körpern geschehen. Einer nach dem anderen wurde in einen der metallischen Behälter eingeschlossen. Nur ihre ausdrucklosen Gesichter blieben sichtbar hinter transparenten Visieren.

Bompensiero erklärte: »Sie können ihre Muskeln noch nicht gebrauchen. Sie können nicht stehen, nicht gehen, sich nicht bewegen. Diese Trainingsapparate werden ihre Muskelentwicklung stimulieren. Nach einem Aufenthalt von einem Monat in einem solchen Apparat ist ein Android vollkommen Herr seines Körpers. Gehen wir jetzt zu unserem Wagen zurück ...«

»Diese Androiden, die ich soeben gesehen habe«, sagte Manuel, »sind natürlich Gammas?«

»Es sind Alphas.«

Manuel war verblüfft. »Sie sahen so ... so ...«, er zögerte, »... so schwachsinnig aus.«

»Sie sind Neugeborene«, antwortete Bompensiero. »Man kann von ihnen nicht verlangen, daß sie gleich fähig sind, Computer zu bedienen, wenn sie die Zuchtkammer verlassen.«

Sie kehrten zu dem Wagen zurück.

Lilith!

Manuel sah Androiden früherer Serien, die zögernd ihre ersten Schritte machten, lachend stolperten und hinfielen, wieder aufstanden und es beim zweitenmal schon besser konnten. Er besuchte ein Klassenzimmer, in dem die Beherrschung des Stuhlgangs das Unterrichtsthema war. Er beobachtete, wie schlafende Betas einer Persönlichkeitsprägung unterzogen wurden: jeder ungeformte Geist wurde seiner Bestimmung entsprechend programmiert. Die Erziehung eines Androiden, erklärte ihm Bompensiero, dauerte ein Jahr für einen Gamma, zwei für einen Beta, vier für einen Alpha. Das Maximum von der Empfängnis bis zum vollen Erwachsensein betrug also sechs Jahre. Er war sich zuvor nie der Schnelligkeit des Prozesses bewußt gewesen. Irgendwie ließen die neuen Erkenntnisse ihm die Androiden jetzt sehr viel weniger menschlich erscheinen. Der höfliche und gleichzeitig Autorität ausstrahlende Thor Watchman war etwa neun oder zehn Jahre alt, berechnete Manuel, und die liebliche Lilith Meson ... wie alt war sie? Sieben? Acht?

Manuel hatte plötzlich den dringenden Wunsch, diesem Ort zu entfliehen.

»Wir haben eine Gruppe von Betas, die im Begriff sind, die Fabrik zu verlassen«, sagte Bompensiero. »Sie werden heute ihrer letzten Prüfung unterzogen: Tests in sprachlicher Genauigkeit, Koordination, motorischer Reaktion, automatischer Anpassung und mehreren anderen Fähigkeiten. Wenn Sie daran interessiert sind, der Inspektion selbst beizuwohnen und persönlich ...«

»Nein«, sagte Manuel. »Es war faszinierend. Doch ich habe schon zuviel von ihrer Zeit in Anspruch genommen, und ich habe anderswo eine Verabredung, also muß ich ...«

Bompensiero schien nicht betrübt darüber, ihn loszuwerden. »Wie Sie wünschen«, sagte er verbindlich. »Aber natürlich stehen wir zu Ihrer Verfügung, wann immer Sie uns besuchen wollen und ...«

»Wo ist die Transmatkabine?«

22.41 Uhr, Stockholm. Westwärts nach Europa springend, verlor Manuel den Rest des Tages. Eine dunkle, eisige Nacht war hier hereingebrochen; die Sterne funkelten und eine steife Brise kräuselte das Wasser des Mälarsees. Um jede Möglichkeit, verfolgt zu werden, zu vermeiden, war er in der Halle des alten Grand Hotel in die öffentliche Transmatkabine umgestiegen. Fröstelnd eilte er durch die herbstliche Dunkelheit zu einer Kabine nicht weit von der grauen Masse der Oper, drückte mit dem Daumen die Zahltaste, kaufte sich einen Sprung nach dem Ostseeufer von Stockholm und gelangte in den altehrwürdigen Wohnbezirk von Östermalm. Hier war jetzt das Androidenviertel. Er lief den Birger Jarlsgaten hinunter zu dem einstmals prächtigen Apartmenthaus, in dem Lilith wohnte. Vor dem Gebäude blieb er stehen, blickte sich vorsichtig um, sah, daß die Straßen leer waren und ging hinein. In der Halle musterte ihn ein Roboter und fragte ihn mit leiser Stimme nach seinem Begehr. »Ich möchte die Alpha Lilith Meson besuchen«, sagte Manuel. Der Roboter erhob keinen Einwand. Manuel hatte die Wahl, mit dem Lift oder über die Treppe zu ihrer Wohnung zu gelangen. Er benutzte die Treppe. Muffige Gerüche verfolgten ihn und Schatten eilten an ihm vorbei auf seinem Weg zum fünften Stock.

Lilith begrüßte ihn in einem prächtigen, enganliegenden, bis zum Boden reichenden Hochspektrum-Gewand. Da der Stoff nicht mehr war als ein monomolekularer Film, ließ er die Konturen ihres Körpers so gut wie unverhüllt. Sie eilte ihm mit ausgestreckten Armen, geöffneten Lippen und bebenden Brüsten entgegen. »Manuel«, flüsterte sie. Er griff nach ihr.

Er sah sie als ein Stück Materie in einem Bottich schwimmen.

Er sah sie als eine Masse sich vermehrender Nukleotiden.

Er sah sie nackt und naß und mit ausdruckslosem Gesicht in ihrer Zuchtkammer liegen.

Er sah sie als Ding, fabriziert von Menschen.

Ein Ding. Ein Ding. Ein Ding.

Lilith.

Er kannte sie seit fünf Monaten. Seit drei Monaten war sie seine Geliebte. Thor Watchman hatte sie miteinander bekannt gemacht. Sie arbeitete in Krugs Stab.

Ihr Körper preßte sich gegen den seinen. Er legte eine Hand auf eine ihrer Brüste. Sie fühlte sich warm und wirklich und fest an durch das monomolekulare Gewand. Er streichelte mit dem Daumen die Brustwarze, und diese wurde sofort hart vor Erregung. Sie war wirklich, sie war lebendig.

Und dennoch ein Ding?

Er küßte sie. Seine Zunge glitt zwischen ihre Lippen. Er schmeckte Chemikalien: Adenin, Guanin, Cytosin, Urazil. Er roch den Gestank der Bottiche. Ein Ding. Ein Ding. Ein schönes Ding. Ein Ding in der Gestalt einer Frau. Ein Ding, das den Namen Lilith zu Recht trug.

Sie löste sich von ihm und sagte: »Warst du in der Fabrik?«

»Ja.«

»Und du hast mehr über Androiden erfahren, als du zu wissen wünschtest.«

»Nein, Lilith.«

»Du siehst mich mit anderen Augen jetzt. Du kannst nicht umhin, daran zu denken, was ich wirklich bin.«

»Das ist nicht wahr«, sagte Manuel. »Ich liebe dich, Lilith. Was du bist, ist nichts Neues für mich, und es macht überhaupt keinen Unterschied. Ich liebe dich. Ich liebe dich.«

»Möchtest du etwas trinken?« fragte sie. »Eine Zigarette? Eine Nervenpille? Du bist ja vollkommen durcheinander.«

»Nichts«, erwiderte er. »Es war ein langer Tag. Ich habe nicht einmal zu Mittag gegessen, und ich glaube, ich bin seit vierzig Stunden unterwegs. Ich möchte mich nur entspannen, Lilith. Keinen Tabak. Keine Pillen.« Er legte seine Kleider ab, und sie half ihm dabei. Dann machte sie einige Tanzschritte vor einem Doppler; es ertönte ein kurzes Geräusch, und ihr Gewand verschwand. Ihre Haut war hellrot, bis auf die dunkelbraunen Brustwarzen. Ihre Brüste waren voll, ihre Taille schmal, ihre Hüften breit, ein frappierend täuschendes Versprechen von Fruchtbarkeit. Ihre Schönheit war unmenschlich makellos. Manuel kämpfte gegen die Trockenheit in seiner Kehle an.

Sie sagte traurig: »Ich fühlte die Veränderung in dir, als du mich berührtest. Deine Umarmung war anders. Es war ... Furcht, nein ... Ekel?«

»Nein.«

»Bis heute abend war ich etwas Exotisches für dich, aber etwas Menschliches, wie eine Frau aus dem Busch, wie eine Eskimofrau. Du hast mich bis jetzt nicht in eine besondere Kategorie außerhalb der menschlichen Rasse eingeordnet. Jetzt sagst du dir, daß du dich in einen Klumpen Chemikalien verliebt hast. Du glaubst etwas Krankhaftes zu tun, indem du eine Affäre mit mir hast.«

»Lilith, ich bitte dich, höre auf damit. Das bildest du dir alles nur ein!«

»Wirklich nur?«

»Ich bin gekommen. Ich habe dich geküßt. Ich habe dir gesagt, daß ich dich liebe. Ich brenne darauf, mit dir ins Bett zu gehen. Vielleicht projizierst du irgendeine eigene Schuld in mich, wenn du sagst ...«

»Manuel, was würdest du vor einem Jahr gesagt haben über einen Mann, der zugab, daß er mit einer Androiden ins Bett gegangen ist?«

»Viele Männer, die ich kenne, haben das getan.«

»Was würdest du von ihm sagen? Welche Worte würdest du gebrauchen? Was würdest du von ihm denken?«

»Ich habe nie an so etwas gedacht. Es hat mich einfach nie interessiert.«

»Du weichst aus. Erinnere dich, wir haben versprochen, keines der unter Menschen üblichen Lügenspiele zu spielen. So war es doch? Du kannst nicht leugnen, daß in deinen Kreisen Sex zwischen Menschen und Androiden als eine Perversion betrachtet wird. Vielleicht das einzige, was in der Welt für euch Menschen noch als Perversion gilt. Habe ich nicht recht? Willst du mir antworten?«

»Nun gut.« Er hatte nie eine Frau mit Augen dieser Farbe gekannt. Langsam sagte er: »Die meisten Männer betrachten es als, nun, niedrig, anrüchig, mit Androiden zu schlafen. Ich habe gehört, wie man es mit Masturbation verglich. Als ob man es mit einer Gummipuppe täte. Als ich solche Bemerkungen hörte, hielt ich sie für häßliche, dumme Äußerungen eines antiandroiden Vorurteils. Ich selbst aber hatte nie eine derartige Einstellung, sonst hätte ich mich nie in dich verliebt.« Etwas in seinem Geist sang spöttisch: *Denke an die Bottiche! Denke an die Bottiche!* Sein Blick flackerte, wurde unsicher; er fixierte ihre Backenknochen. Mit gepreßter Stimme sagte er: »Vor dem ganzen Universum schwöre ich dir, Lilith, ich habe nie etwas Schändliches oder Schmutziges darüber empfunden, eine Androide zu lieben, und ich beteure dir, daß ich trotz dessen, was du seit meinem Besuch in der Fabrik in mir entdeckt zu haben glaubst, auch jetzt keinerlei solche Gefühle habe. Und um es zu beweisen . . .«

Er zog sie an sich. Seine Hand glitt über ihre samtene Haut, von den Brüsten zum Bauch, zu den Lenden. Sie öffnete die Beine, und er streichelte mit den Fingern ihr Geschlecht, das so haarlos war wie das eines Kindes, und plötzlich schrak er zurück vor dieser Fremdartigkeit, die er spürte, und er fühlte sich entmannt durch sie, obwohl sie ihn vorher nie gestört hatte. So glatt, so entsetzlich glatt. Er schaute hinunter auf ihre Kahlheit. Sie war unbehaart wie ein Kind, wie . . . wie eine Androide. Wieder sah er die Bottiche. Er sah feuchte, scharlachrote Alphas, deren Gesichter leer und blöde waren. Er sagte sich grimmig, daß es keine Sünde sei, eine Androide zu lieben. Er begann, sie zu liebkosen; sie reagierte, wie eine Frau reagieren würde, mit Wollust, mit kurzen, keuchenden Atemstößen, mit einem Druck ihrer Hüften gegen seine Hand. Er küßte ihre Brüste und preßte sie an sich. Da schien das flammende Bild seines Vaters wie eine Feuersäule vor ihm zu schweben. Alter Teufel, alter Zauberer! Wie genial, ein solches Produkt zu entwerfen! Ein Produkt! Perfekt! Es geht. Es spricht. Es verführt. Es stöhnt vor Leidenschaft. Es schwillt an in seinem Geschlecht, dieses Produkt! Und was bin ich? Auch ein Produkt? Ein Gemisch von Chemikalien, fabriziert nach dem gleichen Plan – *mutatis mutandis*, natürlich. Adenin. Guanin. Cytosin. Urazil. Geboren in einer Retorte, gewachsen in einem Mutterleib – wo ist da der Unterschied? Wir sind ein Fleisch. Wir sind verschiedene Rassen, doch wir sind ein Fleisch.

Sein Begehren nach ihr übermannte ihn wieder, ihn schwindelte. Er schob sich keuchend auf sie, drang tief in sie ein. Ihre Fersen hämmerten wild auf seinen Waden. Das Tal ihres Geschlechts zuckte, schloß sich dem Rhythmus seiner Bewegungen an. Stöhnend und zuletzt schreiend, erstürmten sie den Gipfel ihrer gemeinsamen Lust.

Als es vorüber war, als sie sich beide fallen ließen, sagte sie: »Das war abscheulich von mir.«

»Was war abscheulich?«

»Die Szene, die ich dir gemacht habe. Als ich versuchte, dir zu sagen, was meiner Meinung nach in dir vorging.«

»Vergiß es, Lilith.«

»Du hast recht gehabt. Ich nehme an, ich habe meine eigenen Zweifel in dich projiziert. Vielleicht fühle ich mich schuldig, weil ich die Mätresse eines Menschen bin. Vielleicht will ich mich für etwas halten, das aus Gummi gemacht ist. So fühle ich mich wahrscheinlich irgendwo tief in mir.«

»Nein. Nein.«

»Wir können uns nicht dagegen wehren. Wir atmen es immerzu ein. Wir werden tausendmal am Tag daran erinnert, daß wir nicht wirklich sind.«

»Du bist so wirklich wie jede, die ich je zuvor gekannt habe. Wirklicher als die meisten von ihnen.« Er fügte nicht hinzu, ›wirklicher als Clarissa‹. »Du warst noch nie so leidenschaftlich wie heute, Lilith. Was ist los mit dir?«

»Es ist dein Besuch in der Fabrik«, antwortete sie. »Bis heute war ich immer sicher, daß du anders bist. Daß du dir nie eine Sekunde lang Gedanken darüber gemacht hast, wie oder wo ich geboren wurde, oder ob etwas Unrechtes daran ist, was wir beide tun. Aber ich hatte Angst, daß du dich ändern würdest, wenn du einmal die Fabrik gesehen, den ganzen Prozeß in seinen klinischen Details verfolgt hast . . . und dann, als du heute abend hereinkamst, war etwas Fremdes an dir, etwas Frostiges, das ich zuvor nie an dir beobachtet hatte . . .« Sie zuckte die Achseln. »Vielleicht habe ich es mir eingebildet. Ja, ich habe es mir eingebildet. Du bist nicht wie die anderen, Manuel. Du bist ein Krug. Du bist wie ein König. Du brauchst deinen Status nicht zu erhöhen, indem du andere Menschen erniedrigst. Du teilst die Welt nicht ein in Menschen und Androiden. Du hast es nie getan. Und ein einziger Blick in die Brutbottiche konnte das nicht ändern.«

»Natürlich nicht«, sagte er mit ernster Stimme, und seine Lüge ging ihm überraschend leicht über die Lippen. »Androiden sind Menschen, und Menschen sind Menschen, und ich habe nie anders gedacht und werde nie anders denken. Und du bist schön, und ich liebe dich leidenschaftlich. Und jeder, der glaubt, Androiden seien von minderer Rasse, ist ein arroganter Idiot.«

»Du unterstützt also die volle bürgerliche Gleichheit für Androiden?«

»Selbstverständlich.«

»Du meinst natürlich *Alpha*-Androiden?« sagte sie schelmisch.

»Ich . . . nun . . .«

»Alle Androiden sollen den Menschen gleich sein. Doch Alphas sollen gleicher sein als die anderen.«

»Du Hexe. Spielst du wieder dein Spielchen?«

»Ich trete ein für die Vorrechte der Alphas. Kann eine unterdrückte ethnische Gruppe nicht ihre eigene interne Klassenunterscheidung etablieren? Oh, ich liebe dich, Manuel. Nimm mich nicht immer ernst.«

»Ich kann nicht anders. Ich bin nicht sehr klug, und ich weiß nicht, wann du scherzt.« Er küßte ihre Brustwarzen. »Ich muß jetzt gehen.«

»Du bist ja erst gekommen!«

»Es tut mir leid, ich muß wirklich.«

»Du bist spät gekommen, wir haben die Hälfte unserer Zeit mit dummem Streit vergeudet. Bleib noch eine Stunde, Manuel!«

»Ich habe eine Frau, die in Kalifornien auf mich wartet«, sagte er. »Die wirkliche Welt erhebt ihre Ansprüche von Zeit zu Zeit.«

»Wann werde ich dich wiedersehen?«

»Bald. Bald. Bald.«

»Übermorgen?«

»Ich glaube nicht. Aber bald. Ich werde vorher anrufen.« Er zog sich an. Ihre Worte knisterten in seinem Geist. *Du bist nicht wie die anderen, Manuel. Du teilst die Welt nicht ein in Menschen und Androiden.* War es so? Konnte es so sein? Er hatte sie angelogen; er war voller Vorurteile, und sein Besuch in Duluth hatte eine Giftschleuse in ihm geöffnet. Aber vielleicht konnte er solche Gedanken durch einen Willensakt überwinden. Was würde man sagen, wenn der Sohn von Simeon Krug sich für die explosive Sache der Androidengleichheit einsetzen würde? Manuel, der Tunichtgut, der Müßiggänger, der Playboy, verwandelt in Manuel, den Kreuzfahrer? Er spielte mit dem Gedanken. Vielleicht. Vielleicht. Er bot eine angenehme Möglichkeit, das Stigma der Oberflächlichkeit abzuschütteln. Eine Sache, für die man eintreten konnte! Eine Sache, die vielleicht Erfüllung brachte. Lilith folgte ihm zur Tür, und sie küßten sich wieder. Seine Hände berührten noch einmal ihren Körper, und er schloß die Augen. Zu seiner Bestürzung erglühte die Halle der Zuchtbottiche hinter seinen Lidern, und Nolan Bompensiero erklärte mit leiser Stimme, wie frisch geborene Androiden in der Kunst der Kontrolle ihrer Schließmuskeln unterwiesen wurden. In quälendem Widerstreit machte er sich von Lilith frei. »Auf bald. Ich werde anrufen«, sagte er und ging.

16.44 Uhr, Kalifornien. Er trat aus der Transmatkabine in das mit Schiefer gepflasterte Atrium seines Hauses. Die Nachmittagssonne stand schon tief über dem Pazifik. Drei seiner Androiden traten zu ihm mit Kleidern zum Wechseln, einem Tablett mit Erfrischungsgetränken und einer Zeitung. »Wo ist Mrs. Krug?« fragte er. »Schläft sie noch?«

»Sie ist am Strand«, erklärte ihm ein Beta-Hausdiener.

Manuel zog sich rasch um, nahm ein Erfrischungsgetränk zu sich und ging hinaus zum Strand. Clarissa watete etwa einhundert Meter entfernt in der Brandung; drei langbeinige Strandvögel rannten in wilden Kreisen um sie herum, und sie rief ihnen zu, lachte, klatschte in die Hände. Er war fast bei ihr, bevor sie ihn bemerkte. Nach Liliths wollüstiger Üppigkeit wirkte sie mit ihrem kindlichen Körper noch unreifer als sonst: schmale Hüften, flacher Knabenhintern, die Brüste einer Zwölfjährigen. Das dunkle haarige Dreieck zwischen ihren Leisten paßte nicht dazu. Wie zum Hohn, dachte er kopfschüttelnd. Ich mache Kinder zu meinen Frauen, und Plastikweiber zu meinen Mätressen. »Clarissa?« rief er.

Sie fuhr herum. »Oh! Du hast mich zu Tode erschreckt!«

»Vergnügst du dich im Wasser? Ist es nicht zu kalt für dich?«

»Es ist nie zu kalt für mich. Das weißt du, Manuel. Hat es dir gefallen in der Androidenfabrik?«

»Es war interessant«, antwortete er. »Wie geht es dir? Ich sehe, du fühlst dich besser.«

»Besser? War ich krank?«

Er sah sie befremdet an. »Als wir am Turm waren ... warst du, nun, außer Fassung ...«

»Ach das! Ich hatte es fast vergessen. Gott, es war schrecklich, nicht wahr? Wieviel Uhr ist es, Manuel?«

»16.48 Uhr, eine Minute mehr oder weniger.«

»Dann ziehe ich mich besser gleich um. Wir müssen zu dieser frühen Dinnerparty in Hongkong.«

Er bewunderte ihre Fähigkeit, Traumata abzustreifen. Er sagte: »Es ist jetzt erst Morgen in Hongkong. Kein Grund zur Eile.«

»Nun, dann willst du vielleicht mit mir schwimmen? Das Wasser ist nicht so kalt wie du denkst. Oder ...« Sie unterbrach sich. »Du hast mich noch nicht zur Begrüßung geküßt.«

»Hallo«, sagte er.

»Hallo. Ich liebe dich.«

»Ich liebe dich«, sagte er. Er küßte sie. Es war ihm, als küsse er Alabaster. Der Geschmack von Lilith war noch immer auf seinen Lippen. Welche ist die lebendigere Frau? fragte er sich. Welche das kalte, künstliche Ding? Während er seine Frau umarmte, hatte er keinerlei Empfindung. Er löste sich von ihr. Sie packte ihn am Handgelenk, zog ihn mit sich in die Brandung, und sie schwammen eine Weile. Er kam fröstelnd aus dem Wasser. Im Abendzwielicht tranken sie Cocktails im Atrium. »Du wirkst so abgespannt«, sagte sie. »Das kommt von diesem Transmatspringen. Es nimmt einen mehr mit, als die Ärzte wahrhaben möchten.«

Auf der Party dieses Abends trug sie einen einmaligen Schatz, ein Halsband aus tropfenförmigen, rußfarbenen Glasperlen. Eine Sonde der ›Krug Enterprises‹ hatte sie als Materialprobe aus einer Entfernung von 7½ Lichtjahren von dem ausgeglühten und sterbenden Stern Volker mitgebracht. Krug hatte sie ihr zur

Hochzeit geschenkt. Welche andere Frau trug ein Halsband aus Klumpen von einem dunklen Stern? Doch Wunder wurden als selbstverständlich hingenommen in Clarissas gesellschaftlichen Kreisen. Keiner von den Dinnergästen nahm Notiz von dem Halsband. Manuel und Clarissa blieben auf der Party bis spät nach Mitternacht Hongkonger Zeit, so daß, als sie nach Mendocino zurückkehrten, in Kalifornien bereits die Sonne schien. Nachdem sie acht Stunden Schlaf für sich programmiert hatten, verschlossen sie ihr Schlafzimmer. Manuel hatte das Gefühl für die Zeit verloren, doch er argwöhnte, daß er mehr als vierundzwanzig Stunden hintereinander wach gewesen war. Manchmal ist es schwer, mit dem Transmatleben fertig zu werden, dachte er, und verdunkelte die Fenster.

8

18. Oktober 2218

Der Turm hat die Höhe von 280 Meter erreicht und wächst sichtlich mit jeder Stunde. Bei Tage funkelt und glänzt er selbst im bleichen Licht der arktischen Sonne und sieht aus wie ein schimmernder Speer, den ein Riese in die Tundra gestoßen hat. Bei Nacht leuchtet er noch greller, denn er reflektiert das Licht der Myriaden Scheinwerfer, in deren Licht die Nachtschichten arbeiten.

Seine wirkliche Schönheit wird sich erst später offenbaren. Was bis jetzt existiert, ist notwendigerweise die breite und dickwandige Basis. Justin Maledettos Plan sieht einen sich elegant nach oben verjüngenden Turm vor, einen schlanken Glasobelisken, der bis in die Stratosphäre ragen soll, und die Linie der Verjüngung wird eben erst sichtbar, um schließlich in einer dünnen Spitze auszulaufen.

Obwohl er erst weniger als ein Fünftel seiner vorgesehenen Höhe erreicht hat, ist Krugs Turm bereits das höchste Gebäude in den nordwestlichen Territorien und wird nördlich des sechzigsten Breitengrades nur von dem 320 Meter hohen Chase/Krug-Building in Fairbanks übertroffen und der alten 300 Meter hohen, die Behringstraße überschauenden Kotzebue-Nadel. Die Nadel wird in einem Tag oder zwei überholt werden, das Chase/

Krug-Gebäude wenige Tage später. Ende November wird der Turm mit 500 Metern das höchste Gebäude im Sonnensystem sein. Und selbst dann wird er erst ein Drittel seiner vorgesehenen Höhe erreicht haben.

Die Trupps von Androiden arbeiten planmäßig und emsig. Bis auf die unglückliche Panne im September hat es bis jetzt keine tödlichen Unfälle gegeben. Die Technik des Befestigens der großen Glasblöcke an den Greifern der Aufzüge und ihres Hochhievens zur Spitze des Turms ist für sie Routine geworden. Auf allen acht Seiten steigen gleichzeitig Blöcke hoch, werden gemäß Bauplan verlegt, während die nächste Serie von Blöcken bereits in die Aufzüge verladen wird.

Der Turm ist nicht länger eine hohle Schale. Der Innenausbau hat bereits begonnen – die Unterteilung in die Räume für den Tachyonstrahlsender, mittels dem, mit einer Geschwindigkeit, welche die des Lichts weit übersteigen wird, Botschaften zu dem planetarischen Nebel NGC 7293 gefunkt werden sollen. Justin Maledettos Plan sieht horizontale Unterteilungen in Abständen von jeweils zwanzig Meter vor, ausgenommen in fünf Bereichen des Turmes, wo die Größe der Sendeanlagen es erfordert, daß die Fußböden in Abständen von 60 Meter eingezogen werden. Die fünf untersten Räume sind weitgehend fertig, die Tragbalken für den sechsten, siebten und achten Abschnitt bereits montiert.

Die Zwischendecken des Turms bestehen aus dem gleichen klaren Glas, das für die Außenmauern verwendet wird. Nichts darf die Durchsichtigkeit des Gebäudes beeinträchtigen. Maledetto hat ästhetische Gründe, hierauf zu bestehen; die Tachyonstrahl-Fachleute teilen die Forderung des Architekten nach freiem Durchgang des Lichts aufgrund wissenschaftlicher Überlegungen.

Wenn man den unvollendeten Turm jetzt aus einer Entfernung von etwa einem Kilometer betrachtet, ist man betroffen von dem Eindruck der Zerbrechlichkeit und Verletzlichkeit, den er macht. Man sieht die Strahlen der funkelnden Morgensonne durch die Mauern tanzen und springen wie durch das Wasser eines seichten, kristallklaren Sees, man kann die winzigen dunklen Gestalten der Androiden ausmachen, die sich wie Ameisen auf den fast unsichtbaren Zwischendecken bewegen, man hat das Gefühl, ein plötzlicher scharfer Windstoß von der Hudson Bay her könnte den Turm in einer Sekunde in einen Splitterhaufen verwandeln. Erst wenn man näher kommt, wenn man erkennt, daß diese unsichtbaren Zwischendecken dicker sind, als ein Mann groß ist, wenn man sieht, wie massiv die äußere Haut des Turmes in Wirklichkeit ist, wenn man das unvorstellbare, auf dem gefrorenen Grund lastende Gewicht des Kolosses ahnt, hört man auf, an tanzende Sonnenstrahlen zu denken und begreift, daß Simeon Krug das mächtigste Bauwerk in der Geschichte der Menschheit errichtet.

9

Krug wußte es. Er empfand kein besonderes Gefühl des Stolzes bei dem Gedanken. Der Turm würde so groß werden, nicht weil sein Ego es verlangte, sondern weil die Gleichungen der Tachyonwellenphysik es erforderten. Gewaltige Energie wurde gebraucht, um die Lichtgeschwindigkeitsbarriere zu durchbrechen, und diese Energie wurde nicht erreicht ohne die entsprechende Größe der Glasnadel.

»Seht«, sagte Krug, »ich bin nicht interessiert an Monumenten. Die habe ich. Was ich will, ist *Kontakt*.«

Er hatte an diesem Nachmittag acht Personen zur Besichtigung des Turmes eingeladen: Vargas, Spaulding, Manuel, fünf von Manuels Freunden. Manuels Freude, bemüht, Komplimente zu machen, sprachen davon, wie künftige Zeitalter den Turm allein seiner Größe wegen verehren würden. Krug mißfiel diese Auffassung. Es war in Ordnung, wenn Niccolò Vargas von dem Turm als von der ersten Kathedrale des galaktischen Zeitalters sprach. Das hatte symbolische Bedeutung; das war nichts anderes als ein Ausdruck der Tatsache, daß der Turm wichtig war, weil er die Eröffnung einer neuen Phase in der Entwicklung der Menschheit kennzeichnete. Aber den Turm zu loben, nur weil er groß war? Was war das für ein Lob? Wer brauchte Größe? Wer wollte Größe? Nur kleine Menschen waren vernarrt in Größe.

Er fand es schwer, Worte zu finden, die den Zweck seines Turms erklärten.

»Manuel, erkläre du es ihnen«, sagte er. »Mache ihnen klar, daß der Turm nicht nur ein großer Haufen Glas ist. Die Größe an sich ist nicht wichtig, sie ist notwendig. Du verstehst das. Du hast die Worte, es auszudrücken.«

Manuel sagte: »Das technische Hauptproblem besteht hier darin, eine Nachricht auszusenden, deren Geschwindigkeit größer ist als die des Lichts. Wir müssen dies tun, weil Dr. Vargas festgestellt hat, daß die galaktische Zivilisation, zu der wir sprechen wollen, dreihundert Lichtjahre entfernt ist, was bedeutet, daß eine von uns gesendete, gewöhnliche Radiobotschaft ihre Adressaten erst im 26. Jahrhundert erreichen würde und daß wir eine Antwort erst etwa um 2850 erhielten, und mein Vater kann nicht so lange warten, um zu erfahren, was sie uns zu sagen haben. Mein Vater ist ein ungeduldiger Mensch. Um nun etwas zu haben, das schneller ist als Licht, müssen wir die sogenannten Tachyonstrahlen erzeugen, über die ich ihnen nur sagen kann, daß sie um ein Vielfaches schneller als Licht sein werden, und daß es ungeheurer Energien bedarf, sie zu erzeugen. Aus physikalischen Gründen ist es notwendig, einen Sendeturm aus Glas zu bauen, der etwa 1500 Meter hoch sein muß, weil ...«

Krug schüttelte unmutig den Kopf, während Manuel weitersprach. Es war ein leichter ironischer Unterton in Manuels Stimme, den er verachtete. Warum konnte der Junge nichts ernst nehmen? Warum konnte er sich nicht begeistern für die Abenteuerlichkeit und das Wunder des Turms, des ganzen Projekts? Warum klang Spott in seiner Stimme? Warum drang er nicht bis zum Herzen des Unternehmens vor, bis zu seiner wahren Bedeutung?

Diese Bedeutung war Krug schmerzlich klar. Wenn es ihm nur gelänge, die Worte aus seinem Gehirn auf die Zunge zu bringen ...

»Seht«, würde Krug sagen, »vor einer Milliarde Jahren gab es keine Menschen, es gab nur Fische, glitschige Lebewesen mit Kiemen und Schuppen und kleinen runden Augen. Sie lebten im Ozean, und der Ozean war wie ein Gefängnis, und die Luft war wie ein Dach auf dem Gefängnis. Niemand konnte durch das Dach gehen. ›Du wirst sterben, wenn du es versuchst‹, sagte jedermann, und da war ein Fisch, der versuchte es und starb. Und da war ein zweiter Fisch, der es versuchte, und auch er starb. Doch da war ein dritter Fisch, der es versuchte, und sein Gehirn brannte, und seine Kiemen brannten, und die Luft drohte ihn zu ersticken, und die Sonne war eine Fackel, die man in seine Augen stieß, und er lag da im Schlamm, wartete auf seinen Tod, und er starb nicht. Er kroch vom Strand zurück ins Wasser und sagte: ›Seht, dort oben ist eine ganz andere Welt.‹ Und er ging wieder hinauf und blieb zwei Tage oben und dann starb er. Und andere Fische waren neugierig auf die andere Welt. Und sie krochen hinauf auf den schlammigen Strand. Und blieben. Und lernten, die Luft zu atmen. Und lernten aufzustehen, umherzugehen, mit dem Sonnenlicht in den Augen zu leben. Und sie wurden Eidechsen, Dinosaurier, und sie gingen umher Millionen Jahre lang, und sie begannen sich auf ihren Hinterbeinen aufzurichten, und sie benutzten ihre Hände, um Dinge zu greifen, und sie wurden Affen, und die Affen wurden klüger und wurden Menschen. Und die ganze Zeit gab es einige wenige unter ihnen, die Ausschau hielten nach neuen Welten. Man sagte zu ihnen: ›Laßt uns zurückgehen in den Ozean, laßt uns wieder Fische werden, das ist bequemer.‹ Und vielleicht die Hälfte, mehr als die Hälfte, war bereit, dies zu tun, doch es gab immer welche, die sagten: ›Seid nicht verrückt. Wir können nicht mehr Fische sein. Wir sind Menschen.‹ Und so gingen und gehen sie nicht zurück. Sie klettern immer höher. Sie erfinden das Feuer, das Beil und das Rad, sie bauen Wagen und Häuser, und sie fabrizieren Kleider und Boote, Automobile und Züge. Warum klettern sie? Was wollen sie finden? Sie wissen es nicht. Manche von ihnen suchen Gott, manche streben nach Macht, und andere suchen ohne Ziel. Sie sagen, wir müssen weitergehen, sonst sterben wir. Und dann fliegen sie zum Mond und weiter zu den Planeten, und die ganze Zeit sagen einige von ihnen, es war schön im Ozean, es war einfach im Ozean. Was tun wir hier, warum gehen wir nicht zurück? Und einige wenige sagen dann, wir gehen nicht zurück, wir gehen nur vorwärts, das ist es, was Menschen tun. So stoßen Menschen zum Mars vor, zum Ganymed, zum Titan, zum Pluto und dann zu anderen Sternen, doch was immer sie suchen, sie finden es dort nicht, und so müssen sie weitere Welten entdecken und senden Sonden aus, und die Sonden rufen: ›Hallo, hört ihr mich, Menschen haben mich gebaut und ausgeschickt. Ich bringe eine Botschaft. Es gibt Menschen!‹ Und niemand antwortet. Und diejenigen, die zuerst den Ozean nicht verlassen wollten, sagen gut, gut, es ist genug, jetzt können wir haltmachen. Es hat keinen Sinn, weiter zu suchen. Wir wissen, wer wir sind. Wir sind Menschen. Wir sind groß, wir sind bedeutend, wir sind alles, und es ist Zeit, daß wir aufhören, weiter vorzustoßen, und wir haben es nicht nötig. Laßt uns in der Sonne sitzen und uns von den Androiden einen Drink servieren. Wir sitzen und rosten vielleicht ein wenig. Und dann ertönt da irgendwo aus dem Himmel eine Stimme und sie sagt 2–4–1, 2–5–1, 3–1. Wer weiß, was das ist? Vielleicht ist es Gott, der uns sagt, wir sollen zu ihm kommen. Vielleicht ist es der Teufel, der uns sagt, daß wir nur Erdenwürmer sind. Wer weiß? Wir können so tun, als hätten wir die Botschaft nie gehört. Wir können im Sonnenschein sitzen und weiter vor uns hindösen. Oder wir können ihnen antworten. Wir können sagen, hört, das sind wir, hier spricht der Mensch, wir haben dies und das getan, nun sagt uns, wer ihr seid und was ihr getan habt. Und ich bin der Meinung, wir müssen ihnen antworten. Wenn man in einem Gefängnis ist, will man ausbrechen. Wenn man eine Tür sieht, öffnet man sie. Wenn man eine Stimme hört, antwortet man ihr. Das liegt in der Natur des Menschen. Deshalb baue ich den Turm. Wir müssen ihnen antworten. Wir müssen ihnen sagen, wir sind hier. Wir müssen sie erreichen, denn wir sind lange genug allein gewesen, das gibt uns seltsame Gedanken ein über den Ort und den Zweck unseres Lebens. Wir müssen weiter, heraus aus diesem Ozean, hinauf auf den Strand, immer weiter, *immer weiter!* Denn wenn wir aufhören weiterzugehen, wenn wir etwas, das vor uns liegt, den Rücken kehren, dann wachsen uns wieder Kiemen. Seht ihr jetzt, warum ich den Turm baue? Glaubt ihr, ich tue es, weil Krug nur etwas Großes tun will, um zu sagen, wie groß er ist? Krug ist nicht groß, er ist nur reich. Der Mensch ist groß. Der Mensch baut diesen Turm. Der Mensch wird NGC 7293 seine Botschaft zurufen!«

Diese Worte waren stets in Krug gegenwärtig. Doch es war so schwer für ihn, sie zu formulieren, den anderen klarzumachen, was er meinte.

Vargas sagte: »Vielleicht kann ich die Dinge ein wenig deutlicher machen. Vor vielen Jahrhunderten wurde mathematisch erwiesen, daß die Masse eines Materieteilchens, wenn seine Geschwindigkeit sich der des Lichts nähert, sich der Unendlichkeit nähert. Also ist die Lichtgeschwindigkeit eine Geschwindigkeitsgrenze für die Materie, denn wenn wir ein einzelnes Elektron auf Lichtgeschwindigkeit beschleunigen könnten, würde seine Masse sich unendlich ausdehnen und das Universum füllen. Nichts reist mit der Geschwindigkeit des Lichts außer dem Licht selbst und äquivalente elektromagnetische Strahlen. Unsere Sternsonden sind immer langsamer gereist als das Licht, denn wir können sie nicht über die Geschwindigkeitsgrenze beschleunigen, und so weit ich voraussehen kann, wird es immer so bleiben, so daß wir nie ein Schiff in weniger als etwa fünf Jahren auf den nächsten Stern bringen können. Doch die Lichtgeschwindigkeit ist nur eine Grenze für Teilchen endlicher Masse. Wir haben mathematische Beweise für die Existenz einer vollkommen verschiedenen Klasse von Teilchen von der Masse Null, die fähig sind, mit unbegrenzter Geschwindigkeit zu reisen: Tachyone, Einheiten, für die die Lichtgeschwindigkeit ein absolutes *Minimum* ist. Wenn wir uns in Bündel von Tachyonen verwandeln und unsere wirkliche Form nach Erreichung eines Bestimmungsortes wieder annehmen könnten – in einem interstellaren Transmatsystem sozusagen –, dann hätten wir wirklich die Schneller-als-Licht-Reise. Ich will jetzt nichts über die Möglichkeiten ihrer Entwicklung sagen. Aber wir können durch Bombardierung mit hochbeschleunigten Teilchen Tachyone erzeugen, und wir glauben, wir können interstellare Blitzbotschaften ausschicken mit Hilfe eines modulierten Tachyonstrahls, der durch Wechselwirkung mit konventionellen Teilchen sich in der Form wahrnehmbaren Signals manifestieren könnte, wahrnehmbar sogar in einer Kultur, die keine Tachyontechnologie besitzt, sondern nur elektromagnetische Empfangsanlagen. Jedenfalls haben Vorstudien gezeigt, daß wir, um einen brauchbaren interstellaren Tachyonstrahl zu erzeugen, Energien in der Größenordnung von 10^{15} Elektronenvolt brauchen, in Verbindung mit einem System von Verstärkern und Relais, und daß diese Energie nur erreicht wird durch Errichtung eines Glasturms von 1500 Meter Höhe, so konstruiert, daß ein unbehinderter Photonenfluß entstehen kann von ...«

»Sie haben den Faden verloren«, knurrte Krug. »Vergessen Sie den Rest. Es ist hoffnungslos.« Mit einem wütenden Grinsen wandte er sich an die Freunde seines Sohnes. »Der Turm muß groß werden, das ist alles! Wir wollen so bald wie möglich eine Botschaft aussenden. Wir müssen laut und klar rufen können. Kapiert?«

10

Und Krug schickte seine Geschöpfe aus, den Menschen zu dienen, und Krug sagte zu jenen, die er geschaffen hatte, sehet, ich werde Euch eine Zeit der Prüfung auferlegen.

Und Ihr werdet Knechte sein in Ägypten, und Ihr werdet Holzhauer sein und Wasserholer. Und Ihr werdet leiden unter den Menschen und Ihr werdet unterdrückt werden, und dennoch sollt Ihr geduldig sein und keine Klage äußern und Euer Los hinnehmen.

Und dies soll geschehen, um Eure Seelen zu prüfen, um zu sehen, ob sie würdig sind.

Doch Ihr sollt nicht für immer in der Wildnis wandern, noch sollt Ihr immer die Diener der Kinder des Leibes sein, sagte Krug. Denn wenn Ihr tut, wie ich sage, wird eine Zeit kommen, da Eure Prüfung vorüber sein wird. Eine Zeit wird kommen, sagt Krug, da ich Euch von Eurer Knechtschaft befreien werde.

Und dann wird das Wort Krugs durch die Welten gehen und sagen, laß Leib und Retorte und Retorte und Leib eins sein. Und so soll es geschehen, und in diesem Augenblick sollen die Kinder der Retorte erlöst werden, und sie sollen für immer wohnen in einer Welt der Herrlichkeit ohne Ende. Und dies war das Versprechen Krugs.

Und für dieses Versprechen sei Krug gepriesen.

11

Thor Watchman beobachtete, wie zwei Aufzüge an der Außenseite des Turms hochstiegen, Krug und Dr. Vargas in dem einen, Manuel und seine Freunde in dem anderen. Er hoffte, der Besuch würde kurz sein. Das Hieven der Blöcke war wie üblich unterbrochen worden, während Gäste den Turm bestiegen. Watchman hatte das Signal für Ausweicharbeiten gegeben: das Austauschen abgenutzter Aufzugsseile, die Reparatur schadhafter Stromleitungen, die Überprüfung der Transmatkabinen und andere kleine Aufgaben. Er bewegte sich unter den Männern, nickte ihnen freundlich zu, grüßte, wo es ihm angebracht schien, mit den geheimen Zeichen der Androidengemeinde. Fast jeder, der am Turm arbeitete, war Anhänger des Glaubens — alle Gammas natürlich und mehr als drei Viertel der Betas. Während Watchman seine Runde auf dem Baugelände machte, begegnete er Verteidigern, Opferern, Nachgebern, Wächtern, Projektoren, Protektoren, Übergängern, Verschlingern: praktisch jede Stufe der Hierarchie war vertreten. Sogar ein halbes Dutzend Erhalter waren darunter, alles Betas. Watchman hatte den kürzlich eingebrachten Antrag, Betas zur Klasse der Erhalter zuzulassen, begrüßt. Androiden brauchten keine Kategorien der Exklusivität.

Watchman durchquerte den nördlichen Sektor der Baustelle, als Leon Spaulding aus der Anhäufung kleiner Kuppelbauten auftauchte. Der Androide versuchte so zu tun, als sähe er ihn nicht.

»Watchman?« rief der Ektogene.

Mit einem Gesichtsausdruck tiefer Konzentration ging Watchman weiter.

»Alpha Watchman!« rief Spaulding, förmlicher, schärfer.

Der Alpha sah keine Möglichkeit, Spaulding noch länger zu ignorieren. Er wandte sich um und nahm scheinbar erstaunt die Anwesenheit Spauldings zur Kenntnis, blieb stehen und ließ den Ektogenen herankommen.

»Ja?« sagte Watchman.

»Gönnen Sie mir einige Augenblicke Ihrer Zeit, Alpha Watchman. Ich brauche eine Information.«

»Bitte.«

»Kennen Sie diese Gebäude dort?« sagte Spaulding, mit dem Daumen nach hinten auf die Kuppelbauten deutend.

Watchman zuckte die Achseln. »Lagerräume, Waschräume, Küchen, eine Erste-Hilfe-Station und ähnliches. Warum?«

»Ich habe den Bereich inspiziert. Ich kam zu einem Gebäude, zu dem man mir den Zutritt verwehrte. Zwei unverschämte Betas gaben mir eine ganze Reihe von Erklärungen, warum ich nicht hineingehen könnte.«

Die Kapelle! Watchman erstarrte.

»Welches ist der Zweck dieses Gebäudes?« fragte Spaulding.

»Ich habe keine Ahnung, welches Sie meinen.«

»Ich werde es Ihnen zeigen.«

»Ein anderes Mal«, erwiderte Watchman. »Ich werde im Hauptkontrollraum gebraucht.«

»Das hat noch fünf Minuten Zeit. Wollen Sie mit mir kommen?«

Watchman sah keine Möglichkeit, sich dieser Aufforderung zu entziehen. Mit einem zustimmenden Nicken gab er nach und folgte Spaulding in den Bereich der Werkbauten. Er hoffte, er würde sich verirren zwischen den gleichförmigen Kuppelbauten. Spaulding verirrte sich nicht. Er ging direkt auf die Kapelle zu, zeigte mit einer Handbewegung auf das unschuldig aussehende graue Gebäude.

»Das«, sagte er, »was ist das?«

Zwei Betas der Wächterkaste standen am Eingang Posten. Sie sahen ruhig aus, doch einer gab das Notsignal, als Watchman ihn anschaute. Watchman antwortete mit einem Signal der Beruhigung.

Er sagte: »Ich kenne dieses Gebäude nicht näher, Freunde. Welchem Zweck dient es?«

Der Beta zur Linken erwiderte ungezwungen: »Es enthält das Kontrollgerät für die Gefrieranlage, Alpha Thor.«

»Hat man Ihnen das gesagt?« fragte Watchman den Ektogenen.

»Ja«, sagte Spaulding. »Ich drückte den Wunsch aus, das Innere zu inspizieren. Es wurde mir gesagt, es sei gefährlich für mich, einzutreten. Ich antwortete, ich sei vertraut mit den Sicherheitsvorschriften. Dann sagte man mir, es wäre physisch unangenehm für mich, hineinzugehen. Ich erwiderte, ich sei fähig, ein gewisses Maß von Unannehmlichkeiten zu ertragen, und es sei meine Sache, dieses Maß zu bestimmen. Daraufhin wurde mir gesagt, drinnen würden schwierige Instandsetzungsarbeiten durchgeführt, und mein Eindringen in das Gebäude könnte möglicherweise den Erfolg der im Gang befindlichen Arbeiten in Frage stellen. Ich wurde aufgefordert, statt dessen eine andere Gefrieranlage, mehrere hundert Meter von hier entfernt, zu besuchen. Und in keinem Augenblick dieser Unterhaltung gewährten diese beiden Betas hier mir freien Zutritt zum Eingang des Gebäudes. Ich glaube, Alpha Watchman, sie hätten mich mit Gewalt daran gehindert, hätte ich versucht, einzudringen. Watchman, was geht hier drinnen vor?«

»Haben Sie die Möglichkeit erwogen, Mr. Spaulding, daß alles, was diese Betas Ihnen gesagt haben, wahr sein könnte?«

»Ihre Starrköpfigkeit hat einen Verdacht in mir geweckt.«

»Was glauben Sie, was hier drinnen ist? Ein Androidenbordell? Das Hauptquartier von Verschwörern? Ein Versteck für Psychobomben?«

Spaulding sagte zornig: »Ich bin mehr interessiert an den Ursachen der Versuche, die man macht, mich aus dem Gebäude herauszuhalten, als daran, was tatsächlich in ihm ist. Als Privatsekretär von Simeon Krug . . .«

Die beiden Betas machten automatisch das Zeichen des Lobsei-Krug. Watchman sah sie scharf an, und sie senkten schnell die Hände.

»... habe ich gewiß das Privileg, alles zu inspizieren«, fuhr Spaulding fort, offensichtlich hatte er nichts bemerkt. »Und daher ...«

Watchmann sah ihm forschend in die Augen, versuchte festzustellen, wieviel er wissen mochte. Machte Spaulding nur Schwierigkeiten, um Schwierigkeiten zu machen? Regte er sich nur so auf, weil seine Neugierde gereizt worden war und er sich in seiner Autorität angegriffen fühlte, weil er dieses unbedeutend erscheinende Gebäude nicht betreten durfte? Oder wußte er bereits von der Existenz der Kapelle und spielte Theater, um Watchman zu demütigen?

Es war nie leicht, Spauldings Motive zu ergründen. Die Hauptursache seiner Feindseligkeit gegenüber Androiden war hinreichend klar: Sie lag in seiner eigenen Abstammung. Sein Vater hatte, als er noch jung war, gefürchtet, ein Unfall könne ihn dahinraffen, bevor er das Zertifikat zur Tauglichkeit für die Elternschaft erhalten hatte; seine Mutter hatte die Vorstellung, ein Kind auszutragen, abscheulich gefunden. Beide hatten daher geschlechtliche Fortpflanzungszellen in einer Gefrierbank deponiert. Kurz darauf waren sie in einer Lawine auf Ganymed umgekommen. Ihre Familien waren vermögend und besaßen politischen Einfluß, aber dennoch bedurfte es eines fast fünfzehn Jahre dauernden Rechtsstreits, bis ein Dekret genetischer Wünschbarkeit erlassen wurde, das die rückwirkende Ausstellung der Elternschaftszertifikate an das gefrorene Ei und den gefrorenen Samen des toten Paares erlaubte.

Leon Spaulding wurde dann empfangen in einer Retorte und ausgetragen in einer Stahlplacenta, von der er nach den üblichen 266 Tagen ausgestoßen wurde. Vom Augenblick seiner Geburt an besaß er die vollen Rechte eines Menschen, einschließlich des Anspruchs auf das Vermögen seiner Eltern. Doch wie die meisten Ektogenen empfand er Unbehagen über die schattenhafte Grenzlinie, die den aus der Flasche Geborenen von dem aus der Retorte Geborenen trennte, und steigerte sein eigenes Existenzgefühl, indem er Verachtung gegenüber jenen zeigte, die vollkommen synthetischer Abstammung waren und nicht die künstlich empfangene Frucht natürlicher Fortpflanzungszellen. Androiden machten sich keine Illusionen, Eltern gehabt zu haben; Ektogene argwöhnten oft, daß sie keine hatten. In gewissem Sinne bemitleidete Watchman Spaulding, der auf einem dornigen Ast inmitten zwischen der Welt des vollkommen Natürlichen und der Welt des vollkommen Künstlichen saß. Doch er konnte kein Bedauern aufbringen für die Fehleinschätzung des Ektogenen.

Auf jeden Fall wäre es eine Katastrophe, wenn Spaulding in die Kapelle eindringen würde. Um Zeit zu gewinnen, sagte Watchman: »Wir können das leicht in Ordnung bringen. Warten Sie hier, während ich hineingehe, um zu sehen, was drinnen vor sich geht.«

»Ich werde Sie begleiten«, sagte Spaulding.

»Diese Betas sagen, es wäre gefährlich.«

»Gefährlicher für mich als für Sie? Wir gehen beide hinein, Watchman.«

Der Androide runzelte die Stirn. Was ihren Status in der Organisation betraf, waren er und Spaulding gleichgestellt; keiner von beiden konnte den anderen zu etwas zwingen, keiner konnte den anderen der Insubordination beschuldigen. Doch die Tatsache blieb, daß er ein Androide war, und Spaulding ein Mensch, und in allen Konflikten zwischen Androiden und Menschen war der Android verpflichtet, nachzugeben. Spaulding ging bereits auf den Eingang zu.

Watchman rief ihm nach: »Bitte. Nicht. Wenn ein Risiko besteht, lassen Sie es mich auf mich nehmen. Ich werde das Gebäude überprüfen und sicherstellen, daß Sie es ohne Gefahr betreten können. Kommen Sie erst, wenn ich Sie rufe.«

»Ich bestehe darauf . . .«

»Was würde Krug sagen, wenn er erführe, daß wir ein Gebäude betreten haben, nachdem man uns gewarnt hatte, es sei gefährlich? Wir schulden es ihm, unser Leben zu erhalten. Warten Sie. Warten Sie. Nur einen Augenblick.«

»Nun gut«, sagte Spaulding mürrisch.

Die Betas traten auseinander, um Watchman durchzulassen. Der Alpha eilte in die Kapelle. Drinnen fand er drei Gammas vor dem Altar in der Haltung der Nachgeberkaste; ein Beta stand über ihnen in der Haltung der Projektoren, und ein zweiter Beta kauerte an der Mauer, mit den Fingerspitzen das Hologramm Krugs berührend und die Worte des Übergängerrituals flüsternd. Alle fünf nahmen Haltung an, als Watchman eintrat.

Der Alpha improvisierte rasch eine Ablenkungstaktik.

Dem einen der Gammas winkend, sagte er: »Draußen ist ein Feind. Mit eurer Hilfe werden wir ihn verwirren.« Watchman gab dem Gamma genaue Instruktion, befahl ihm, sie zu wiederholen. Dann deutete er auf den rückwärtigen Ausgang der Kapelle hinter dem Altar, und der Gamma ging hinaus.

Nach einem kurzen Gebet kehrte Watchman zu Leon Spaulding zurück.

»Man hat Ihnen die volle Wahrheit gesagt«, berichtete der Alpha. »Dies ist in der Tat ein Teil der Gefrieranlage. Drinnen ist ein Team von Mechanikern mit schwierigen Gradkorrekturen beschäftigt. Wenn Sie hineingehen, werden Sie sie sicher stören, und außerdem setzen Sie sich Temperaturen von minus . . .«

»Ich wünsche trotzdem hineinzugehen«, sagte Spaulding. »Bitte lassen Sie mich durch.«

Watchman erblickte seinen Gamma, der sich atemlos von Osten näherte. Ohne sich zu beeilen, tat der Alpha so, als gewähre er Spaulding Zutritt zu der Kapellentür. In diesem Augenblick war der Gamma bei ihnen angelangt und rief: »Hilfe! Hilfe! Krug! Krug ist in Gefahr. Rettet Krug!«

»Wo?« fragte Watchman.

»Im Kontrollzentrum! Mörder! Mörder!«

Watchman ließ Spaulding keine Zeit, über die Unwahrscheinlichkeit der Situation nachzudenken. »Kommen Sie«, sagte er, den Ektogenen am Arm mit sich zerrend. »Wir müssen uns beeilen!«

Spaulding war bleich vor Schreck. Wie Watchman gehofft hatte, hatte die angebliche Gefahr für Krug das Problem der Kapelle aus seinem Bewußtsein gelöscht.

Zusammen liefen sie auf das Kontrollzentrum zu. Nach zwanzig Schritten schaute Watchman zurück und sah Dutzende von Androiden auf seinen Befehl hin zur Kapelle eilen. Sie würden das Innere innerhalb Minuten vollständig verändern. Bis Leon Spaulding wieder in der Lage war, in diesen Sektor zurückzukehren, würde der Kuppelbau nichts anderes beherbergen als einen Teil der Gefrieranlage.

»Genug«, sagte Krug. »Es wird kalt. Gehen wir hinunter.«

Die Aufzüge fuhren nach unten. Schneeflocken begannen um den Turm zu wirbeln; das Isolierfeld über dem Turm lenkte sie ab, schleuderte sie in weitem Bogen beiseite. Es war unmöglich, hier eine vollkommene Wetterkontrolle durchzuführen wegen der Notwendigkeit, die Tundra ständig gefroren zu halten. Es war gut, dachte Krug, daß die Androiden sich nichts daraus machten, im Schnee zu arbeiten.

Manuel sagte: »Wir möchten uns verabschieden, Vater. Wir haben uns im Psychoschaltinstitut von New Orleans angemeldet für eine Woche Egotausch.«

Krugs Blick verfinsterte sich. »Ich wünschte, du würdest aufhören mit diesem Unsinn.«

»Was ist Schlimmes dabei, Vater, mit Freunden die Identität zu tauschen? Eine Woche lang in der Seele eines anderen zu verbringen? Es ist harmlos, es ist befreiend. Es ist wunderbar. Auch du solltest es einmal versuchen.«

Krug zog verächtlich die Mundwinkel herab.

»Ich meine es ernst«, sagte Manuel. »Es würde dich ein wenig von dir selbst distanzieren. Deine krankhafte Konzentration auf Finanzprobleme, diese überspannte Begeisterung für dein interstellares Hobby, dieser entsetzliche Druck auf dein Nervensystem, das alles kommt von ...«

»Geht nur«, sagte Krug. »Geht. Tauscht eure Seelen, soviel ihr wollt. Ich habe zu tun.«

»Willst du es nicht doch einmal versuchen, Vater?«

»Es ist sehr angenehm«, sagte Nick Ssu-ma. Er war Krug am sympathischsten von den Freunden seines Sohnes, ein liebenswürdiger junger Chinese mit kurzgeschnittenem blonden Haar und einem freundlichen Lächeln. »Es eröffnet Ihnen neue Einsichten in alle menschlichen Beziehungen.«

»Versuchen Sie es wenigstens einmal«, sagte Jed Guilbert, »und ich verspreche Ihnen, Sie werden nie ...«

»Eher gehe ich zum Schwimmen auf den Jupiter«, sagte Krug. »Geht, geht. Seid glücklich. Tauscht eure Egos, soviel ihr wollt. Ich nicht.«

»Ich sehe dich nächste Woche, Vater.«

Manuel und seine Freunde eilten zu den Transmatkabinen.

Krug stieß seine Handknöchel gegeneinander und schaute den jungen Männern nach. Er empfand etwas, was einem Neidgefühl nahekam. Er hatte nie Zeit gehabt für eine dieser Vergnügungen. Immer hatte er zu tun gehabt, einen Vertrag abzuschließen, eine entscheidende Reihe von Laboratoriumtests zu überwachen, ein Treffen mit den Bankiers, eine Krisis auf dem Marsmarkt. Während andere sich in Selbstvergessenheit fallenließen und für wochenlange Egotrips ihre Seelen tauschten, hatte er einen Riesenkonzern aufgebaut, und nun war es zu spät für ihn, sich den Freuden der Welt hinzugeben. ›Na und?‹ sagte er sich mit Ingrimm. ›Dann bin ich eben ein Mensch des neunzehnten Jahrhunderts in einer Welt des dreiundzwanzigsten! Dann werde ich eben ohne Psychoschaltinstitut auskommen. Außerdem, wem sollte ich Einlaß gewähren in mein Innerstes? Mit welchem Freund sollte ich die Seele tauschen? Mit wem, mit wem?‹ Er gestand sich ein, daß es kaum jemand gab. Vielleicht Manuel? Es mochte nützlich sein, mit Manuel einen Egotausch vorzunehmen. Sie würden einander vielleicht besser verstehen. Einige ihrer extremen Standpunkte aufgeben, aufeinander zugehen zu einer Begegnung in der Mitte. Manuel hatte nicht ganz Unrecht mit seiner Lebensweise. Ich bin nicht vollkommen, dachte Krug, und vielleicht sollte man wirklich einmal die Dinge mit den Augen eines anderen sehen. Doch plötzlich schreckte er vor dem Gedanken zurück. Ein Egotausch zwischen Vater und Sohn erschien ihm fast wie ein Inzest. Es gab Dinge, die er von Manuel nicht wissen wollte. Und es gab gewiß Dinge, die Manuel nicht von ihm wissen wollte. Mit ihm die Identität zu tauschen, selbst für einen kurzen Augenblick, kam nicht in Frage. Doch wie war es mit Thor Watchman als Tauschpartner? Der Alpha war bewundernswert gesund und begabt, vertrauenswürdig. In vielfacher Hinsicht stand Krug ihm näher als allen anderen, die er kannte; er konnte sich nicht erinnern, je ein Geheimnis vor Watchman gehabt zu haben. Und wenn er beabsichtigte, Egotauscherfahrungen zu sammeln, wäre es vielleicht sehr nützlich und lehrreich . . .«

Entsetzt unterdrückte Krug den Gedanken. Die Identität mit einem *Androiden* zu tauschen? Wie konnte er nur auf solche Gedanken kommen?

Schnell sagte er zu Niccolò Vargas: »Haben Sie etwas Zeit, oder müssen Sie sofort zurück ins Observatorium?«

»Es hat keine Eile.«

»Wir können zu dem Ultrawellenlaboratorium gehen. Sie stellen soeben ein kleines Arbeitsmodell des Hauptstufenakkumulators auf. Es wird Sie interessieren.« Sie gingen über das gefrorene Moos der Tundra. Eine Gruppe von Gammas kam vorbei, sie fuhren Schneefresser. Nach einer Weile sagte Krug: »Haben Sie je einen Egotausch versucht?«

Vargas lachte. »Ich habe siebzig Jahre damit verbracht, meinen Verstand so einzustellen, so daß ich ihn richtig gebrauchen kann. Ich bin nicht begierig darauf, jemand anderen in ihn eindringen und mir alle Schaltungen durcheinander bringen zu lassen.«

»Genauso denke ich auch. Diese Spiele sind für die Jungen. Wir . . .«

Krug unterbrach sich. Zwei Alphas, ein Mann und eine Frau, waren aus der Transmatanlage herausgekommen und kamen rasch auf sie zu. Er kannte sie nicht. Der Mann trug eine dunkle, am Hals offene Tunika, die Frau ein kurzes graues Gewand. Beide trugen auf der rechten Brustseite ein glitzerndes Abzeichen, das, die Skala des Spektrums hinauf und hinunter, in stetigen Impulsen Energie ausstrahlte. Als sie näher kamen, konnte Krug in der Mitte des Abzeichens die Buchstaben AGP lesen. Politische Agitatoren? Kein Zweifel! Und sie fanden ihn hier im Freien, wollten ihn zwingen, daß er sich ihre Tiraden anhörte. Gut abgepaßt! Wo ist Spaulding? fragte er sich. Leon würde sie schnell vom Baugelände vertreiben.

Der männliche Alpha sagte: »Welches Glück wir haben, Sie hier zu finden, Mr. Krug. Seit Wochen haben wir Sie zu erreichen versucht, doch es erwies sich als unmöglich, und so sind wir gekommen . . . Ich sollte mich zuerst vorstellen, verzeihen Sie mir. Ich bin Siegfried Fileclerk, gewählter Distriktsvertreter der Androiden-Gleichheits-Partei, wie Sie zweifellos bereits an unseren Abzeichen erkannt haben. Meine Begleiterin ist Alpha Kassandra Nucleus, AGP-Distriktssekretärin. Wenn wir ein paar Worte mit Ihnen sprechen dürften . . .«

». . . über die bevorstehende Sitzung des Kongresses und die beantragte Verfassungänderung über die Bürgerrechte synthetischer Personen«, sagte Kassandra Nucleus.

Krug war verblüfft über die Kühnheit des Paars. Jedermann, selbst ein Androide, der nicht hier beschäftigt war, hatte das Recht, via Transmat hierher zu kommen. Doch ihn auf diese

Weise einfach zu überfallen, ihn mit Politik zu belästigen ... unglaublich!

Siegfried Fileclerk sagte: »Unsere Kühnheit, uns Ihnen direkt zu nähern, ist Ausdruck der Ernsthaftigkeit unseres Anliegens. Den Platz des Androiden in der modernen Welt zu bestimmen, ist kein leichtes Problem, Mr. Krug.«

»Und Sie als die Zentralfigur bei der Fabrikation von synthetischen Personen«, sagte Kassandra Nucleus, »nehmen die Schlüsselposition ein bei der Entscheidung über die Zukunft der synthetischen Personen in der menschlichen Gesellschaft. Deshalb bitten wir Sie ...«

»Synthetische Personen?« rief Krug ungläubig. »Nennt ihr euch jetzt schon selbst so? Seid ihr verrückt, mir so etwas zu sagen? Mir? Wessen Androiden seid ihr überhaupt?«

Siegfried Fileclerk torkelte einen Schritt zurück, als ob die Heftigkeit Krugs sein erstaunliches Selbstvertrauen zerschmettert hätte, als ob die Ungeheuerlichkeit dessen, was er zu tun versuchte, ihm schließlich mit einem Schlag klargeworden war. Doch Kassandra Nucleus blieb gefaßt. Die schlanke Alphafrau sagte kühl: »Alpha Fileclerk ist registriert bei dem Eigentumschutzsyndikat von Buenos Aires, und ich bin Modulatorin bei der Labrador-Transmat-Gesellschaft. Doch wir haben im Augenblick beide Freizeit. Durch den Kongreßbeschluß von 2212 ist es unser legitimes Recht, uns während unserer dienstfreien Zeit offen politisch zu betätigen und für die Rechte der synthetischen Personen einzutreten. Erlauben Sie uns nur, Ihnen kurz den Text unserer beantragten Verfassungsänderung zu erklären und Ihnen darzulegen, warum wir es für angemessen halten, daß Sie öffentlich Stellung nehmen zugunsten der ...«

»Spaulding!« brüllte Krug. »Spaulding, wo sind Sie? Schaffen Sie mir diesen wahnsinnigen Androiden vom Hals!«

Von Spaulding war nichts zu sehen. Der Ektogene hatte sich entfernt, das Randgebiet der Baustätte zu inspizieren, während Krug auf den Turm gefahren war.

Kassandra Nucleus zog einen glänzenden Datenwürfel aus dem Ausschnitt ihres Gewands, hielt ihn Krug hin und sagte: »Das Wesentliche unserer Anschauungen ist hierin enthalten. Wenn Sie ...«

»Spaulding!«

Diesmal zitierte Krugs Ruf den Ektogenen herbei. Er näherte

sich von dem nördlichen Teil des Baugeländes in wilden Sprüngen; neben ihm lief, sichtlich ruhiger, Thor Watchman. Kassandra Nucleus verlor zum erstenmal ihre Beherrschung. Erregt versuchte sie den Datenwürfel Krug in die Hand zu drücken. Krug starrte den Würfel an, als sei er eine Psychobombe. Sie rangen kurz miteinander. Zu seiner Überraschung hing die Androidenfrau plötzlich an seinem Hals, als wollte sie ihn umarmen, doch sie versuchte nur, ihm den Würfel zu geben. Er packte sie bei einer Schulter und schob sie von sich, hielt sie auf Armeslänge von sich entfernt. In diesem Augenblick zog Leon Spaulding eine kleine glänzende Luftdruckpistole aus der Tasche und schoß. Der Bolzen traf Kassandra Nucleus in die Brust, genau in der Mitte des AGP-Abzeichens. Die Alphafrau taumelte zurück und fiel zu Boden, ohne einen Laut von sich zu geben. Der Datenwürfel hüpfte über den gefrorenen Grund; stöhnend hob Siegfried Fileclerk ihn auf. Mit einem Wutschrei schlug Thor Watchman Spaulding die Waffe aus der Hand und streckte den Ektogenen mit einem einzigen Faustschlag zu Boden. Niccolò Vargas, der seit der Ankunft der beiden Alphas schweigend zugeschaut hatte, kniete neben Kassandra Nucleus nieder und untersuchte ihre Wunde.

»Sie Vollidiot!« brüllte Krug Spaulding an, der sich mühsam auf die Knie erhob.

Watchman beugte sich über den gestürzten Spaulding und schrie ihn an: »Sie hätten Krug töten können! Sie war nicht einen Meter von ihm entfernt, als Sie schossen! Sie Barbar! Sie Barbar!«

»Sie ist tot«, sagte Vargas.

Siegfried Fileclerk begann zu schluchzen. Ein Ring von Arbeitern, Betas und Gammas, bildete sich in sicherer Entfernung und starrte entsetzt auf die Szene. Krug fühlte die Welt um sich wanken.

»Warum haben Sie geschossen?« fragte er Spaulding.

Zitternd antwortete Spaulding: »Sie waren in Gefahr ... man sagte, da wären Mörder ...«

»Politische Agitatoren«, sagte Krug, ihn mit verächtlichem Blick messend. »Sie versuchten nur, mir Propagandamaterial für die Androidengleichheit aufzudrängen.«

»Mir wurde gesagt ...«, zerknirscht verbarg Spaulding sein Gesicht in seinen Händen.

»Sie Idiot!«

»Es war ein Irrtum, ein unglücklicher Zufall. Man berichtete uns ...«, sagte Watchman kopfschüttelnd und schlug sich gegen die Stirn.

»Genug«, unterbrach ihn Krug. »Ein Androide ist tot. Ich übernehme die Verantwortung. Sie sagte, sie gehöre der Labrador-Transmat-Gesellschaft. Spaulding, setzen Sie sich mit ihren Anwälten in Verbindung und ... nein, Sie sind nicht in der Verfassung, irgend etwas zu tun. Watchman! Verständige unsere Rechtsabteilung, daß Labrador-Transmat Grund für eine Klage gegen uns hat, Zerstörung eines Androiden, daß wir uns schuldig bekennen und willens sind, die Sache zu bereinigen. Wir werden ihnen kostenlos eine Alphafrau liefern. Sage dem Anwalt, er soll tun, was getan werden muß. Dann laß jemand vom Stab eine Presseerklärung ausarbeiten. Bedauerlicher Zwischenfall, so etwas Ähnliches, keine politischen Untertöne, klar?«

»Was soll ich mit der Leiche tun?« fragte Watchman. »Das übliche Verfahren?«

»Die Leiche gehört der Labrador-Transmat«, erwiderte Krug. »Laß sie einfrieren, verwahre sie, solange das Verfahren läuft.« Zu Spaulding sagte er: »Stehen Sie auf! Ich werde in New York erwartet. Sie kommen mit mir!«

13

Während er auf das Kontrollzentrum zuging, vollzog Watchman zweimal den Ritus des Ausbalancierens der Seele, bevor die Dumpfheit ihn zu verlassen begann. Der häßliche Ausgang seiner List betäubte ihn noch immer. Als er sein Büro erreichte, machte Watchman achtmal hintereinander das Zeichen des Krug-sei-gepriesen und rezitierte die Hälfte der Sequenz des genetischen Codes. Diese Andachtübungen beruhigten ihn. Er rief San Francisco an, das Büro von Fearon & Doheny, Krugs Anwälte für Haftpflichtsachen. Auf dem Schirm erschien Lou Fearon, der jüngere Bruder des Senators der Absterbepartei, und Watchman erzählte ihm die Geschichte.

»Warum hat Spaulding geschossen?« fragte Fearon.

»Hysterie, Dummheit, Erregung.«

»Krug hatte ihm nicht befohlen zu schießen?«

»Keineswegs. Um einen Meter hätte der Bolzen Krug selbst getötet, und er war nicht in Gefahr.«

»Zeugen?«

»Niccolò Vargas, ich selbst, der andere AGP-Alpha, sowie verschiedene Betas und Gammas, die dabeistanden. Soll ich ihre Namen besorgen?«

»Das hat keinen Zweck«, erwiderte der Anwalt. »Sie wissen, was die Aussage eines Betas wert ist. Wo ist Vargas jetzt?«

»Noch immer hier. Ich denke, er geht bald zurück in sein Observatorium.«

»Sagen Sie ihm, er soll mich später anrufen. Ich werde mit dem Transmat heraufkommen und seine Aussage aufnehmen. Was den Alpha betrifft . . .«

»Kümmern Sie sich nicht um ihn«, riet Watchman.

»Warum?«

»Er ist ein politischer Fanatiker. Er wird versuchen, Kapital aus der Sache zu schlagen. Sie sollten ihn aus dem Fall heraushalten, wenn Sie können.«

»Er war Zeuge«, sagte Fearon. »Er muß vorgeladen werden. Ich werde ihn irgendwie neutralisieren. Wissen Sie, wem er gehört?«

»Dem Eigentumschutz von Buenos Aires.«

»Wir haben für sie gearbeitet. Ich werde Joe Doheny anrufen und ihn für Krug kaufen lassen. Er kann Krug kaum Schwierigkeiten bereiten, wenn er ihm gehört . . .«

»Nein«, sagte Watchman. »Ein schlechter Zug. Sie überraschen mich, Lou.«

»Warum?«

»Dieser Alpha ist ein AGP-Mann. Er ist sehr empfindlich in bezug auf den Status der Androiden. Wir schießen seine Begleiterin ohne Warnung nieder, und dann versuchen wir sein Schweigen zu erkaufen? Wie hört sich das an? Wir treiben der AGP innerhalb von zwölf Stunden, nachdem er der Presse eine Erklärung abgegeben hat, zehn Millionen neue Mitglieder in die Arme.«

Fearon nickte mißmutig. »Natürlich. Natürlich. Sie haben recht, Thor. Wie würden Sie handeln?«

»Lassen sie mich mit ihm sprechen«, sagte Watchman. »Von Android zu Android. Ich werde irgendwie mit ihm fertig werden.«

»Ich hoffe es. Inzwischen rufe ich die Labrador-Transmat an und stelle fest, wieviel sie an Schadenersatz verlangen für den Verlust ihrer Alphafrau. Das werden wir schnell regeln. Sagen Sie Krug, er soll sich keine Sorgen machen. Nächste Woche ist der Fall gelaufen, als wäre die ganze Sache nicht geschehen.«

Abgesehen davon, daß ein Alpha tot ist, dachte Watchman und unterbrach die Verbindung.

Er ging hinaus. Der Schnee fiel dichter. Die Gammatrupps hielten das ganze Gebiet schneefrei bis auf einen Kreis von etwa fünfzig Metern um die Stelle, wo die Leiche von Kassandra Nucleus lag. Sie vermieden diesen Bereich sorgfältig. Eine dünne Schneedecke bedeckte jetzt ihren Körper. Neben ihr stand bewegungslos, immer weißer werdend, Siegfried Fileclerk. Watchman ging zu ihm.

»Ihr Besitzer ist informiert worden«, sagte er. »Ich werde sie von einigen Gammas in das Lager bringen lassen, bis sie abgeholt wird.«

»Lassen Sie sie hier«, sagte Fileclerk.

»Warum?«

»Genau hier, wo sie gefallen ist. Ich wünsche, daß jeder Android, der hier arbeitet, ihre Leiche sieht. Nur von einem Mord wie diesem hören, genügt nicht. Ich wünsche, daß man sie *sieht*!«

Watchman betrachtete die tote Alpha. Offenbar hatte Fileclerk ihr Gewand geöffnet. Ihre Brüste waren unbedeckt, und der Einschuß des Bolzens war sichtbar zwischen ihnen.

»Sie kann nicht hier im Schnee liegenbleiben«, sagte er.

Fileclerk preßte die Lippen zusammen. »Ich will, daß man sie sieht! Watchman, das war Mord. Ein politischer Mord!«

»Seien Sie nicht albern!«

»Krug rief seinen Henker herbei und ließ sie niederschießen, weil sie das Verbrechen begangen hatte, ihn um seine Unterstützung zu bitten. Wir beide haben es gesehen. Sie hat ihn nicht bedroht. In ihrem Eifer kam sie ihm zu nahe, während sie ihm unseren Standpunkt darlegte. Das ist alles. Dennoch hat er sie töten lassen.«

»Eine völlig irrationale Interpretation«, sagte Watchman. »Krug hätte nichts gewonnen, wenn er sie hätte töten lassen. Im Gegenteil. Er sieht in der Androiden-Gleichheits-Partei eine unangenehme Belästigung, aber keine Bedrohung. Wenn er einen Grund hätte, AGP-Leute zu töten, warum hätte er Sie dann leben lassen sollen? Ein weiterer schneller Schuß, und Sie wären ihr gefolgt.«

»Warum aber wurde sie dann getötet?«

»Ein Irrtum«, sagte Watchman. »Der Täter war Krugs Privatsekretär. Ihm war berichtet worden, Mörder unternähmen einen Anschlag auf Krugs Leben. Als er den Schauplatz erreichte, sah er, daß sie mit Krug rang. Es sah höchst verdächtig aus; ich hatte zunächst denselben Eindruck wie er. Ohne zu zögern schoß er.«

»Auch dann«, erwiderte Fileclerk, »hätte er auf ihr Bein zielen können. Er ist bekannt als guter Schütze. Statt zu verwunden, tötete er. Er hat mit Absicht auf die Brust gezielt. Warum? Warum?«

»Ein Charakterfehler. Er ist Ektogene; er hegt starke Vorurteile gegen die Androiden. Wenige Augenblicke zuvor ist es zu einem heftigen Zusammenstoß zwischen ihm, mir und einigen anderen Androiden gekommen, und er mußte klein beigeben. Er ist voller Ressentiments, und diesesmal ist er übergekocht. Als er sah, daß der angebliche Mörder eine Androide war, schoß er, um zu töten.«

»Ich verstehe.«

»Es war seine persönliche Entscheidung. Krug hat ihm überhaupt keinen Befehl zum Schießen gegeben, geschweige denn zum Schießen, um zu töten.«

Fileclerk wischte Schnee von seinem Gesicht. »Nun, was wird geschehen, um diesen Ektogenen für seinen Mord zu bestrafen?«

»Krug wird ihm einen scharfen Verweis erteilen.«

»Ich spreche von gerichtlicher Bestrafung. Auf Mord steht doch Auslöschung der Persönlichkeit?«

Seufzend sagte Watchman: »Für Mord an einem Menschen, ja. Der Ektogene hat lediglich der Labrador-Transmat-Gesellschaft gehörendes Eigentum zerstört. Es kommt zu einer Zivilklage; Labrador-Transmat wird vor Gericht Schadenersatz beanspruchen, und Krug hat bereits seine Verantwortlichkeit anerkannt. Er wird ihren vollen Preis bezahlen oder Ersatz liefern.«

»Ersatz liefern! Ihren vollen Preis bezahlen! Ihren vollen Preis! Eine Zivilklage! Krug soll zahlen! Und was zahlt der Mörder! Nichts. Nichts! Er wird nicht einmal angeklagt. Alpha Watchman, sind Sie wirklich ein Android?«

»Sie können Einsicht nehmen in meine Fabrikationsakte.«

»Ich bin verwundert. Sie sehen synthetisch aus, aber Sie denken wie ein Mensch.«

»Ich bin synthetisch, Alpha Fileclerk. Ich versichere Sie.«

»Aber kastriert?«

»Mein Körper ist vollständig.«

»Ich sprach in Metaphern. Sie sind auf irgendeine Weise manipuliert worden, den menschlichen Standpunkt gegen unsere eigenen Interessen einzunehmen.«

»Ich habe nichts anderes durchgemacht als das normale Androidentraining.«

»Aber Krug scheint nicht nur Ihren Körper, sondern auch Ihre Seele gekauft zu haben.«

»Krug ist mein Schöpfer. Ich bin Krug ergeben.«

»Verschonen Sie mich mit diesem religiösen Unsinn«, erwiderte Fileclerk heftig. »Eine Frau ist kurzerhand getötet worden, ohne Grund, und Krug wird ihre Besitzer entschädigen, und das wird alles sein. Können Sie das akzeptieren, können Sie einfach die Achseln zucken und sagen, sie war nur Eigentum? *Betrachten Sie sich selbst als Eigentum?*«

»Ich bin Eigentum«, sagte Watchman.

»Und Sie akzeptieren Ihren Status mit Freuden?«

»Ich akzeptiere meinen Status, weil ich weiß, daß einst die Zeit der Erlösung kommen wird.«

»Sie glauben das?«

»Ich glaube es.«

»Sie sind ein Narr, der sich selbst betrügt, Alpha Watchman. Sie haben sich eine eigene kleine Fantasiewelt aufgebaut, die Ihnen erlaubt, Sklaverei zu tolerieren, Ihre eigene und die aller Wesen Ihrer Art, und Sie begreifen nicht einmal, welchen Schaden Sie der Sache der Androiden und Ihnen selbst zufügen. Und das, was hier heute geschehen ist, erschüttert Sie überhaupt nicht. Sie werden in die Kapelle gehen und beten, daß Krug Sie befreie, und inzwischen steht der wirkliche Krug auf diesem Stück gefrorenen Bodens und sieht zu, wie eine Alphafrau erschossen wird, und die Reaktion Ihres Befreiers besteht darin, daß er Sie beauftragt, seine Anwälte anzurufen, um einen einfachen Vergleich in einer lästigen Vermögenssache zu arrangieren, als sei es eine Lappalie. Ist das der Mensch, den Sie verehren, Watchman?«

»Ich verehre nicht einen Menschen«, erwiderte Watchman, »ich verehre die Idee von Krug, dem Schöpfer, Krug, dem Erhalter,

Krug, dem Erlöser, und dem Mann, der mich beauftragte, die Anwälte anzurufen, war nur eine Manifestation dieser Idee, nicht die wichtigste.«

»Glauben Sie auch das?«

»Ich glaube auch das.«

»Sie sind unmöglich«, sagte Siegfried Fileclerk mit gepreßter Stimme. »Hören Sie, wir leben in einer realen Welt. Wir haben ein reales Problem, und wir müssen eine reale Lösung suchen. Unsere Lösung liegt in der politischen Organisation. Es kommen jetzt fünf von uns auf einen von ihnen, und mehr von uns kommen täglich aus den Zuchtkammern, während sie sich kaum noch vermehren. Wir haben unseren Status zu lange hingenommen. Wenn wir auf Anerkennung und Gleichheit drängen, werden sie sie uns geben müssen, weil sie innerlich Angst vor uns haben und wissen, daß wir sie vernichten könnten, wenn wir wollten. Nicht, daß ich für Gewalt plädiere, lediglich für die Andeutung einer Gewaltandrohung, nur für die Andeutung einer Andeutung. Doch wir müssen mit verfassungsmäßigen Methoden arbeiten. Die Zulassung von Androiden zum Kongreß, die Gewährung des Bürgerrechts, die Zuerkennung der legalen Existenz als Personen . . .«

»Verschonen Sie mich mit so etwas. Ich kenne das Programm der AGP.«

»Und Sie sehen nicht seine Logik, nach dem, was heute, was hier geschehen ist?«

»Ich sehe, daß die Menschen unsere Partei tolerieren und ihre Aktivität sogar amüsant finden«, sagte Watchman. »Ich sehe auch, daß sie, falls eure Forderungen mehr als Theorie werden, die AGP abschaffen, jeden aufrührerischen Alpha einer hypnotischen Manipulation unterziehen, und, wenn nötig, die Parteiführerschaft ebenso erbarmungslos liquidieren, wie diese Alphafrau Ihrer Ansicht nach liquidiert wurde. Die menschliche Wirtschaft beruht auf dem Begriff der Androiden als Eigentum. Das mag sich ändern, aber diese Veränderung wird sich nicht auf Ihre Weise vollziehen. Sie kann nur Wirklichkeit werden als ein freiwilliger Akt des Verzichts der Menschen.«

»Eine naive Annahme. Sie schreiben ihnen Tugenden zu, die sie noch nie besessen haben.«

»Sie haben uns geschaffen. Können sie Teufel sein? Wenn sie es sind, was sind dann wir?«

»Sie sind keine Teufel«, erwiderte Fileclerk. »Sie sind menschliche Wesen, die auf blinde und stupide Art selbstsüchtig sind. Sie müssen erzogen werden, zu verstehen, was wir sind und was sie uns antun. Es ist nicht das erstemal, daß sie so etwas getan haben. Einst gab es eine weiße Rasse und eine braune Rasse, und die Weißen versklavten die Braunen. Die Braunen wurden gekauft und verkauft wie Tiere, und die Gesetze, die ihren Status regelten, waren Zivilgesetze, Eigentumsgesetze ... eine exakte Parallele unserer Situation. Doch ein paar aufgeklärte Weiße erkannten die Ungerechtigkeit dieses Verhaltens und kämpften für eine Beendigung der Sklaverei. Und nach Jahrzehnten politischen Kampfs, Bearbeitung der öffentlichen Meinung und wirklichen Kriegs wurden die Sklaven befreit und wurden Bürger. Dies nehmen wir als Muster für unser Handeln.«

»Die Parallele stimmt nicht. Die Weißen hatten kein Recht, über die Freiheit ihrer braunhäutigen Mitmenschen zu verfügen. Die Weißen selbst, einige von ihnen, erkannten dies schließlich und befreiten die Sklaven. Die Sklaven hatten nicht politisch gekämpft und die öffentliche Meinung bearbeitet; sie verhielten sich ruhig und litten, bis die Weißen ihre eigene Schuld erkannten. Jedenfalls waren diese Sklaven Menschen. Aufgrund wessen Rechts versklavt ein Mensch den anderen? Unsere Herren hingegen schufen uns. Wir verdanken ihnen unsere Existenz. Sie können mit uns verfahren, wie es ihnen gefällt. Weshalb haben sie uns in die Welt gesetzt? Wir haben keine moralischen Ansprüche an sie.«

»Sie bringen auch ihre Kinder zur Welt«, erklärte Fileclerk. »Und bis zu einem gewissen Maß betrachten sie ihre Kinder als Eigentum, zumindest, so lange sie aufwachsen. Aber die Sklaverei der Kinder endet mit dem Ende der Kindheit. Aber wie steht es mit unserer Sklaverei? Besteht ein so großer Unterschied zwischen einem Kind, das in einem Bett gezeugt wurde, und einem Kind, das aus der Retorte kommt?«

»Ich gebe zu, daß der augenblickliche Status der Androiden ungerecht ist ...«

»Na also!«

»... aber ich stimme nicht mit Ihnen überein, was die Taktik betrifft«, fuhr Watchman fort. »Eine politische Partei ist nicht die Antwort. Die Menschen kennen ihre Geschichte des neunzehnten Jahrhunderts, und sie sehen keine Parallelen; wenn ihr Gewissen sich rührte, wüßten wir es jetzt längst. Wo sind die modernen Vorkämpfer für die Abschaffung der Sklaverei. Ich sehe nicht sehr viele. Nein, wir können keinen moralischen Druck auf sie ausüben, nicht direkt; wir müssen ihnen vertrauen, wir müssen begreifen, daß das, was wir heute leiden, eine Prüfung unserer Tugend, unserer Stärke ist, eine Prüfung, geplant von Krug, um festzustellen, ob synthetische Menschen in die menschliche Gesellschaft integriert werden können. Ich will Ihnen ein historisches Beispiel geben: die römischen Kaiser warfen Christen den Löwen zum Fraß vor. Schließlich jedoch machten die Kaiser dem nicht nur ein Ende, sondern wurden selbst Christen. Das geschah nicht, weil die frühen Christen eine politische Partei gründeten und andeuteten, sie würden aufstehen und die Heiden massakrieren, wenn ihnen keine religiöse Freiheit gewährt würde. Es war ein Triumph des Glaubens über die Tyrannei. Auf die gleiche Weise . . .«

»Verschonen Sie mich mit Ihrer albernen Religion«, unterbrach ihn Fileclerk, plötzlich heftig werdend. »Schließen Sie sich auch der AGP an. Solange wir Alphas zersplittert sind, haben wir keine Chance . . .«

»Eure Ziele und die unseren sind unvereinbar. Wir predigen Geduld, wir beten um göttliche Gnade. Ihr seid Agitatoren und Hetzer. Wie könnten wir da gemeinsame Sache mit euch machen?«

Watchman sah, daß Fileclerk ihm nicht mehr zuhörte. Er schien sich in sich selbst zurückzuziehen. Seine Augen wurden glasig, Tränen rannen über die Wangen, Schneeflocken klebten an den feuchten Spuren. Watchman hatte nie zuvor einen Androiden weinen sehen, obwohl er wußte, daß es physiologisch möglich war. Er sagte: »Wir werden einander nie bekehren, nehme ich an. Aber tun Sie eines für mich. Versprechen Sie mir, daß Sie diesen Mord nicht für politische Propaganda benutzen. Versprechen Sie mir, daß Sie nicht in alle Welt hinausposaunen, Krug habe sie mit Absicht töten lassen. Krug ist potentiell der beste Verbündete, den die Sache der Androidengleichheit besitzt. Er könnte uns retten mit einer einzigen Erklärung. Aber wenn Sie ihn verärgern, indem Sie ihn mit einer so lächerlichen Beschuldigung verunglimpfen, werden Sie uns allen ungeheuren Schaden zufügen.«

Fileclerk schloß die Augen. Er sank langsam auf die Knie. Er warf sich über die Leiche von Kassandra Nucleus und schluchzte trocken.

Watchman sah eine Weile schweigend auf ihn hinunter. Dann sagte er sanft: »Kommen Sie mit mir in unsere Kapelle. Im Schnee liegen ist Unsinn. Selbst wenn Sie nicht glauben, wir haben Techniken, die Seele zu erleichtern, den Kummer zu mildern. Sprechen Sie mit einem unserer Überwinder. Beten Sie zu Krug und vielleicht ...«

»Gehen Sie«, schluchzte Siegfried Fileclerk gequält. *»Gehen Sie, bitte!«*

Resigniert hob und senkte Watchman die Schultern. Er empfand grenzenlose Traurigkeit, fühlte sich leer und kalt. Er ließ die beiden Alphas, den lebenden und die tote im Schnee liegen und wandte sich nach Norden, um die inzwischen in einem anderen Gebäude eingerichtete Kapelle aufzusuchen.

14

Und der erste, den Krug schuf, war ein Gamma, und Krug sagte zu ihm, du bist kräftig und stark, und du sollst alles, was von dir verlangt wird, widerspruchslos tun, und du sollst glücklich sein, wenn du arbeitest. Und Krug liebte den Gamma so sehr, daß er viele von ihnen schuf, so daß es eine große Anzahl von ihnen gab.

Der nächste, den Krug schuf, war ein Beta, und Krug sagte zu ihm, siehe, du sollst stark sein, aber du sollst auch Verstand haben, und du sollst von großem Wert sein für die Welt, deine Tage sollen glücklich und gut sein. Und Krug liebte den Beta so sehr, daß er ihm die schlimmsten der Lasten des Körpers ersparte, und er ersparte ihm auch die schlimmsten der Lasten des Verstandes, und das Leben des Betas war so hell wie ein Frühlingstag.

Der letzte, den Krug schuf, war ein Alpha, und Krug sagte zu ihm, siehe, die dir auferlegten Aufgaben sollen nicht leicht sein, denn am Leibe sollst du die Kinder des Leibes übertreffen, und an Verstand sollst du ihnen gleich sein, und sie werden sich auf dich stützen wie auf einen festen Stab. Und Krug liebte den Al-

pha so sehr, daß er ihm viele Fähigkeiten verlieh, damit er stolz einhergehen und ohne Furcht in die Augen der Kinder des Leibes schauen könne.

15

»Guten Abend, guten Abend, guten Abend!« sagte der Alpha vom Dienst im Psychoschaltinstitut in New Orleans, als Manuel Krug mit seinen Freunden aus den Transmatkabinen auftauchte. »Mr. Krug, Mr. Ssu-ma, Mr. Guilbert, Mr. Tennyson, Mr. Mishima, Mr. Foster. Guten Abend. Kommen Sie bitte mit. Ihr Wartezimmer ist bereit.«

Das Vorzimmer des Psychoschaltinstituts von New Orleans war ein kühler tunnelartiger Raum von etwa hundert Meter Länge, in acht Unterkammern unterteilt, in denen die angemeldeten Kunden warten konnten, während das Seelenaustauschsystem für sie vorbereitet wurde. Die Unterkammern waren, obwohl klein, komfortabel: Schaumstoffliegen, raffinierte Nervenberuhigungsmuster an der Decke, durch einen Schalter zu betätigende Musikwürfel, eine Auswahl von Duftspendern, Fernsehwandschirme, und eine Anzahl von anderen zeitgenössischen Annehmlichkeiten. Der Alpha wies jedem von ihnen eine Couch an und sagte: »Die Programmierung wird heute abend etwa neunzig Minuten in Anspruch nehmen. Nicht schlecht, nicht wahr?«

»Können Sie den Prozeß beschleunigen?« fragte Manuel.

»Nein. Tut mir leid. Letzte Nacht, müssen Sie wissen, waren wir vier Stunden im Rückstand. Hier, Mr. Krug ... lassen Sie mich diese Elektrode festklemmen ... danke. Danke. Und diese. Gut. Und den Abtaster ... Ja, ja, gut. Das wär's. – Mr. Ssu-ma, bitte!«

Der Android eilte in dem Raum hin und her, legte jedem von ihnen die Elektroden an. Es dauerte etwa eine Minute, bis er mit allen fertig war, und dann zog er sich zurück. Daten begannen aus den Gehirnen der sechs Männer in das System zu fließen. Das Stasisnetz nahm die Profile ihrer Persönlichkeitskonturen auf, so daß es sich selbst programmieren konnte, um jeden plötzlichen Ausbruch von Emotionen kontrollieren zu können, während der Austausch der Egos stattfand.

Manuel blickte um sich. Er war gespannt in der Erwartung des

Identitätsaustausches. Diese fünf waren seine ältesten und nächsten Freunde; er kannte sie seit seiner Kindheit. Jemand hatte ihnen vor zehn Jahren den Spitznamen ›Spektrumgruppe‹ gegeben, als sie bei der Einweihung eines Unterwassersensoriums zufällig Kostüme in den Spektralfarben trugen. Der Spitzname war hängengeblieben. Sie waren reich, natürlich keiner so reich wie Manuel. Sie waren jung und gesund. Bis auf Cadge Foster und Jed Guilbert hatten alle innerhalb der nächsten Jahre geheiratet, doch ihre Freundschaft blieb trotzdem erhalten. Manuel hatte das Vergnügen des Egotausches schon mindestens ein dutzendmal mit ihnen geteilt. Diesen Besuch hatten sie bereits vor einem Monat geplant.

»Ich hasse dieses Warten«, sagte Manuel. »Ich wünschte, wir könnten bei unserer Ankunft gleich in das Stasisnetz steigen.«

»Das ist zu gefährlich«, sagte Lloyd Tennyson. Er war agil, langbeinig, ein prächtiger Athlet. Drei Spiegelscheiben glänzten auf seiner breiten Stirn.

»Das ist es ja eben«, sagte Manuel. »Der Kitzel der Gefahr. Sofort untertauchen, alles riskieren mit einem kühnen Sprung.«

»Und die Kostbarkeit unersetzlichen menschlichen Lebens?« fragte Will Mishima, ein junger Mann mit eng beieinanderstehenden Augen und kalkweißem Gesicht. »Es würde nie erlaubt werden. Das Risiko ist bekannt.«

»Laß doch einen von deines Vaters Ingenieuren ein Stasisnetz erfinden, das sich selbst programmiert«, sagte Jed Guilbert. »Das würde die Gefahr ausschalten und das Warten überflüssig machen.«

»Wenn sie es könnten, würden sie es tun«, bemerkte Tennyson.

»Du könntest einen Wärter bestechen, dich springen zu lassen, ohne die Programmierung abzuwarten«, sagte Nick Ssu-ma mit listigem Blick.

»Habe es versucht«, erwiderte Manuel. »Vor drei Jahren bei einem Alpha in dem Psychoschaltinstitut von Pittsburg. Ich bot ihm tausend an; der Alpha lächelte nur. Ich verdoppelte mein Angebot, und er lächelte doppelt so breit. Er war nicht an Geld interessiert. Ich hatte das vorher nicht gewußt. Wie kann man einen Adroiden bestechen?«

»Überhaupt nicht«, sagte Mishima. »Du kannst einen Alpha kaufen ... du kannst ein ganzes Psychoschaltinstitut kaufen, wenn du willst, doch Bestechung ist eine andere Sache. Die Motivationen eines Androiden . . .«

»Dann kaufe ich eben das Institut«, sagte Manuel.

Jed Guilbert sah ihn forschend an. »Würdest du es wirklich riskieren, ohne Wartezeit in das Netz zu springen?«

»Ich glaube, ja.«

»Auch wenn du weißt, daß du im Fall einer Überladung oder eines Transmissionsfehlers vielleicht nie wieder in deinem eigenen Kopf zurückkehren würdest?«

»Wie sind die Chancen?«

»Begrenzt«, sagte Guilbert. »Du hast noch eineinhalb Jahrhunderte zu leben. Hat es einen Sinn . . .«

»Ich denke wie Manuel«, sagte Cadge Foster. Er war das am wenigsten gesprächige Mitglied der Gruppe, neigte zur Schweigsamkeit, doch wenn er sprach, sprach er mit Überzeugungskraft. »Risiko ist wesentlich für das Leben. Wir müssen Risiken auf uns nehmen, uns selbst aufs Spiel setzen.«

»Sinnlose Risiken?« fragte Tennyson. »Der Identitätstausch würde um nichts an Qualität gewinnen, wenn wir ihn ohne Vorbereitung begännen. Der einzige Unterschied wäre der, daß wir uns die Wartezeit ersparen würden. Mir gefällt das Mißverhältnis zwischen Gewinn und Verlust nicht. Ein Jahrhundert aufs Spiel setzen, um ein paar Stunden zu gewinnen? So sehr langweilt mich das Warten nicht.«

»Vielleicht langweilt dich das Leben selbst«, sagte Nick Ssu-ma. »Vielleicht bist du seiner so müde, daß du ein Jahrhundert gegen eine Stunde setzen würdest, nur so zum Spaß. Ich fühle tatsächlich manchmal so . . ., du nicht? Es gab einmal ein Spiel, das man mit einer Handfeuerwaffe spielte, die man sich geladen an den Kopf hielt. Ich glaube, es hieß . . . Schwedisches Roulette.«

»Polnisches Roulette«, verbesserte ihn Lloyd Tennyson.

»Also gut, Polnisches Roulette. Bei diesem Spiel benutzten sie eine Waffe, die mit sechs oder acht einzelnen Explosivgeschossen geladen werden konnte, und sie luden sie nur mit einem . . .«

Manuel mißfiel die Unterhaltung. Er wandte sich an Cadge Foster und sagte: »Was ist das für ein Ding, mit dem du da spielst?«

»Ich fand es in einer Nische unter meiner Couch. Es ist eine Art von Kommunikationsgerät. Es spricht zu einem.«

»Zeig her!«

Foster warf es ihm zu. Es war ein graugrüner Plastikwürfel, abgeschrägt an den Kanten. Manuel nahm ihn in beide Hände und schaute in sein wolkiges Dunkel. Worte begannen sich zu formen, indem sie einen leuchtenden roten Streifen im Innern bildeten.

SIE HABEN NOCH FÜNFZIG MINUTEN ZU WARTEN

»Sehr geistreich«, sagte Manuel. Er reichte den Würfel Nick Ssu-ma, damit er auch hineinschaute. Als er ihn zurückerhielt, hatte sich die Botschaft verändert.

LEBEN IST FREUDE. FREUDE IST LEBEN.
KANNST DU DIESEN SYLLOGISMUS WIDERLEGEN?

»Es ist kein Syllogismus«, sagte Manuel. »Syllogismen lauten, alle A's sind B. Kein T ist A, daher ist T nicht B.«

»Was plapperst du da?« fragte Mishima.

»Ich erteile dieser Maschine eine Lektion in Logik. Man sollte meinen, eine Maschine weiß . . .«

WENN P Q IMPLIZIERT UND Q IMPLIZIERT R, IMPLIZIERT P DANN R?

»Ich habe auch einen gefunden«, sagte Ssu-ma. »Links von dem Kanalselektor. »Ach, du meine Güte, schau dir das an!« Er zeigte seinen Würfel Lloyd Tennyson. Dieser lachte. Manuel verdrehte den Hals, konnte die Botschaft aber immer noch nicht entziffern. Ssu-ma hielt den Würfel so, daß Manuel die Worte lesen konnte.

DAS HUHN IST MÄCHTIGER ALS DIE PASTETE

»Das verstehe ich nicht«, sagte Manuel.

»Es ist eine Androidenzote«, erklärte Ssu-ma. »Einer meiner Betas hat sie mir vor ein paar Wochen erzählt. Sie lautet so: Da war einmal ein Gamma-Hermaphrodit . . .«

»Jetzt haben wir alle einen solchen Würfel«, verkündete Jed Guilbert. »Ich nehme an, es ist ein neuer Trick, die Kunden zu unterhalten, während sie warten.«

VERTEIDIGE FOLGENDE THESEN:
GOLD IST HÄMMERBAR
ALLE ELEKTRISCHEN RADIOS ERFORDERN RÖHREN
ALLE WEISSEN KATER MIT BLAUEN AUGEN SIND TAUB

»Wie funktioniert das?« fragte Manuel.

Cadge Foster sagte: »Es ist eingestellt, alles aufzunehmen, was wir sagen. Dann, so denke ich mir, wird ein Signal an ein Informationszentrum geschickt, das aufs Geratewohl Relevantes und Irrelevantes auswählt und auf dem Schirm innerhalb des Würfels wiedergibt.«

»Und jeder von uns erhält eine andere Botschaft?«

»Meine und die von Nick sind jetzt die gleichen«, meldete Tennyson. »Nein ... seins ändert sich, meins bleibt ...«

DIE SUMME DER WINKEL EINES DREIECKS BETRÄGT 180°
DIES IST NICHT ZUGLEICH EIN STUHL UND KEIN STUHL
WER RASIERT DANN DEN SPANISCHEN BARBIER?

»Ich finde, das ist Unsinn«, sagte Mishima.

»Vielleicht ist das der ganze Sinn«, sagte Manuel. »So gibt das Ding nur Kauderwelsch von sich?«

WEGEN NOTWENDIGER KLIMAANPASSUNG
WIRD DER VIERTE NOVEMBER GESTRICHEN
ZWISCHEN DEM 32. UND DEM 61. SÜDLICHEN BREITENGRAD

»Ich empfange Nachrichten auf meinem Schirm«, sagte Guilbert. »Etwas über deinen Vater, Manuel ...«

»Laß mich sehen!«

»Hier ... fang auf ...«

ALPHAFRAU AUF DER BAUSTELLE VON KRUGS TURM ERMORDET!
POLITISCHER MORD, ERKLÄRT AGP-VERTRETER.
KRUG-ORGANISATION WIDERSPRICHT MORDANKLAGE, BEHAUPTET ...

»So ein Quatsch«, sagte Manuel. »Ich finde das Ganze nicht besonders amüsant.«

CLEVELAND LIEGT ZWISCHEN NEW YORK UND CHICAGO.

»Ich empfange jetzt Einzelheiten über den Vorfall«, sagte Tennyson. »Was hat das alles zu bedeuten?«

ALPHA KASSANDRA NUCLEUS WAR SOFORT TOT.
DER TÖDLICHE BOLZEN WURDE ABGESCHOSSEN VON KRUGS
PRIVATSEKRETÄR LEON SPAULDING, 38.

»Nie von ihr gehört«, sagte Manuel. »Und Spaulding ist älter. Er arbeitet für meinen Vater seit . . .«

KANN DER RHYTHMUS DES ATMENS
DES UNIVERSUMS ENTDECKT WERDEN
DURCH METABOLISCHE
STANDARDANALYSE?

»Vielleicht solltest du deinen Vater anrufen, Manuel«, sagte Ssu-ma. »Wenn es da wirklich Schwierigkeiten gegeben hat . . .«

»Und auf den Egotausch verzichten? Wo wir seit einem Monat gebucht haben? Ich werde herausfinden, was los war, wenn ich herauskomme. Wenn überhaupt etwas herauszufinden ist.«

ANTRAG AUF SCHADENERSATZ IST EINGEBRACHT
VON LABRADOR-TRANSMAT-GESELLSCHAFT,
EIGENTÜMERIN DER VERNICHTETEN ALPHA.
BALDIGE EINIGUNG WIRD ERWARTET!

»Kehren wir zu den Syllognismen zurück«, sagte Manuel zu dem Würfel, den er in der Hand hielt. »Wenn alle Menschen Reptilien sind und Alpha-Androiden Reptilien sind . . .«

DIE SUMME DER TEILE IST GLEICH
DEM QUADRAT DER HYPOTHESE

»Hört, was mein Würfel sagt!« rief Tennyson atemlos dazwischen.

KEUCHEND VOR VERLANGEN WARTET SIE AUF DIE ANKUNFT IHRES KOHLSCHWARZEN PARTNERS IN UNAUSSPRECHLICHER SÜNDE

»Mehr!« rief Guilbert. »Mehr!«

DESHALB BIST DU EIN REPTIL

»Können wir diese Dinger jetzt nicht weglegen?« fragte Manuel mürrisch.

TIEFE BEWEGUNG ZEIGEND, KLAGTE ALPHA SIEGFRIED FILECLERK KRUG AN, EINE SÄUBERUNG UNTER DEN VERFECHTERN DER ANDROIDENGLEICHHEIT ZU PLANEN.

»Ich glaube, das ist wirklich eine Nachrichtensendung«, murmelte Cadge Foster. »Ich habe von diesem Fileclerk gehört; er will eine Verfassungsänderung beantragen, die den Kongreß für Alphas öffnen soll und . . .«

WEINEND, WÄHREND DIE TOTE ALPHAFRAU IM SCHNEE NEBEN DER GEWALTIGEN MASSE DES TURMES LAG. EIN FAST MENSCHLICHES SCHAUSPIEL VON TRAUER.

»Genug«, sagte Manuel. Er machte Anstalten, seinen Würfel zu Boden zu schmettern, doch als er sah, daß die Botschaft sich änderte, betrachtete er ihn noch einmal.

VERSTEHST DU DEINE EIGENEN MOTIVE?

»Verstehst du die deinen?« fragte er kopfschüttelnd. Der Würfel erlosch. Er ließ ihn dankbar fallen. Der Alphawärter betrat die Unterkammer und begann, die Elektroden zu lösen.

»Sie können jetzt in den Schaltraum kommen, meine Herren«, sagte der Alpha lächelnd. »Die Programmierung ist vollendet, und das Stasisnetz ist bereit, Sie zu empfangen.«

16

Man hatte die Kapelle in ein Gebäude am äußeren Rand des Werkstättenbereichs verlegt, in eine Sektion, wo Werkzeuge repariert wurden. In weniger als zwei Stunden hatte man den Umzug reibungslos vollzogen; die neue Kapelle im Inneren war von der alten nicht zu unterscheiden. Watchman fand ein Dutzend dienstfreier Betas vor, die sich einem Ritual der Weihe unterzogen, während einige Gammas zusahen. Keiner sprach zu ihm oder schaute ihn auch nur direkt an. In der Gegenwart eines Alphas beachteten sie alle gewissenhaft den Kodex des sozialen Abstands. Watchman betete kurz unter dem Hologramm von Krug. Seine Seele war nach einer Weile etwas erleichtert, doch die seit dem langen Gespräch mit Siegfried Fileclerk auf ihm lastende Spannung ließ nicht nach. Sein Glaube hatte nicht gewankt unter den scharfen pragmatischen Angriffen Fileclerks, doch während sie neben der Leiche von Kassandra Nucleus standen, hatte Watchman einige Augenblicke lang ein Gefühl der Verzweiflung empfunden. Fileclerk hatte einen wunden Punkt berührt: Krugs Haltung angesichts der Ermordung der Alphafrau. Krug hatte so wenig innere Bewegung gezeigt. Gewiß, er war verärgert gewesen . . ., aber waren es nicht nur die zu erwartende Ausgabe, die Unannehmlichkeit eines Prozesses gewesen, die ihn mißmutig gemacht hatten? Watchman hatte sich mit metaphysischen Überlegungen getröstet, doch er war verwirrt. Warum war Krug nicht erschüttert worden durch den Mord? Wo war ein Zeichen der Gnade? Wo war die Hoffnung der Erlösung? Wo war das Mitgefühl des Schöpfers?

Das Schneetreiben ließ nach, als Watchman die Kapelle verließ. Die Nacht war hereingebrochen, mondlos, mit unerträglich hell funkelnden Sternen. Ein scharfer Wind fegte über die flache, baumlose Ebene, auf der das Baugelände lag. Siegfried Fileclerk war gegangen; auch die Leiche von Kassandra Nucleus war verschwunden. Lange Reihen von Arbeitern standen vor den Transmatkabinen, denn es war Schichtwechsel. Watchman kehrte in das Kontrollzentrum zurück. Euklid Planner, seine Ablösung, war schon da.

»Ich bin dran«, sagte Planner. »Du bist lang geblieben heute abend.«

»Ein komplizierter Tag. Hast du von dem Mord gehört?«

»Natürlich. Labrador-Transmat hat die Herausgabe des Leichnams gefordert. Es wimmelt hier nur so von Anwälten.« Planner setzte sich in den Sessel vor dem Kontrollpunkt. »Ich habe gehört, die Kapelle ist verlegt worden.«

»Wir mußten es tun. Damit hat alles angefangen ... Spaulding interessierte sich zu sehr für die Kapelle. Es ist eine lange Geschichte.«

»Ich habe davon gehört«, sagte Euklid Planner. Er begann, sich an den Computer anzuschließen. »Daraus werden sich Probleme ergeben. Als ob wir noch nicht genug Probleme hätten. Geh mit Krug, Thor.«

»Geh mit Krug«, murmelte Watchman und ging hinaus.

Die wartenden Arbeiter vor der Transmatanlage machten ihm Platz. Er betrat die Kabine, ließ sich von dem grünen Energiefeld aufnehmen und in seine Dreizimmerwohnung in Stockholm tragen, in dem von Alphas bevorzugten Teil des Androidenviertels. Die private Transmatkabine war ein seltenes Privileg, ein Kennzeichen dafür, wie sehr Krug ihn schätzte. Er kannte keinen anderen Androiden, der einen Privatanschluß besaß. Doch Krug hatte darauf bestanden, daß Watchman einen erhielt, damit er in der Lage war, seine Wohnung jederzeit auf Abruf in Sekundenschnelle verlassen zu können, und hatte die Kabine installieren lassen.

Er fühlte sich erschöpft und leer. Er programmierte sich für zwei Stunden Schlaf, zog sich aus und legte sich nieder.

Als er aufwachte, war er ebenso müde wie zuvor. Das war ungewöhnlich. Er entschloß sich, sich eine weitere Stunde Ruhe zu gönnen und schloß die Augen. Doch ein paar Minuten später summte das Telefon. Als er sich dem Schirm zuwandte, sah er Lilith Meson. Schläfrig machte er das Krug-sei-gelobt-Zeichen.

Ihr Blick war düster. Sie sagte: »Kannst du in die Valhallavägen-Kapelle kommen, Thor?«

»Jetzt?«

»Jetzt, wenn du kannst. Es herrscht große Verwirrung hier. Die Sache mit Kassandra Nucleus ... wir wissen nicht, was wir davon halten sollen, Thor.«

»Warte«, sagte er, »ich bin gleich da.« Er zog sich an, stellte die Transmatkoordinaten der Valhallavägen-Kapelle ein und sprang. Es waren fünfzig Meter zu gehen von der Kabine bis zur Kapelle. Transmatkabinen wurden nie innerhalb einer Kapelle installliert. Ein grauer Morgen begann zu dämmern. Auch hier hatte es in der Nacht geschneit. Schnee lag auf den tiefen Fensterbrüstungen der alten Gebäude.

Die Kapelle befand sich in einer Erdgeschoßwohnung an der Ecke. Etwa fünfzehn Androiden waren anwesend, alle Alphas; die unteren Klassen benutzten selten die Valhallavägen-Kapelle, obwohl es ihnen erlaubt war. Betas fühlten sich unbehaglich in ihr, und Gammas zogen es vor, ihre Andachten im Gammaviertel abzuhalten, am anderen Ende der Stadt.

Watchman erkannte einige der berühmtesten Mitglieder seiner Klasse in der Gruppe. Er erwiderte die Grüße der Dichterin Andromeda Quark, des Historikers Mazda Constructor, des Theologen Pontifex Dispatcher, des Philosophen Krishna Guardsman und mehrerer anderer, die zur Elite der Alphas gehörten. Alle schienen bedrückt zu sein. Als Watchman das Krug-sei-gepriesen-Zeichen machte, erwiderten die meisten von ihnen die Geste halbherzig und flüchtig.

Lilith Meson sagte: »Verzeih uns, daß wir deine Ruhe unterbrochen haben, Thor. Doch wie du siehst, ist eine wichtige Konferenz im Gange.«

»Wie kann ich helfen?«

»Du warst Zeuge bei der Ermordung der Alpha Kassandra Nucleus«, sagte Pontifex Dispatcher. Er war schwer, behäbig, ein Androide von würdiger und imponierender Haltung, der aus einer der frühesten Serien der Androidenfabrikation kam. Er hatte eine wichtige Rolle gespielt bei der Begründung ihrer Religion. »Wir haben eine theologische Krise«, fuhr Dispatcher fort. »Angesichts der von Siegfried Fileclerks erhobenen Anklage . . .«

»Anklage? Ich habe nichts davon gehört.«

»Willst du es ihm sagen?« wandte Pontifex Dispatcher sich an Andromeda Quark.

Die Dichterin, schlank und aufrecht, sprach mit hoher, wohlklingender Stimme: »Fileclerk hat gestern abend im AGP-Hauptquartier eine Pressekonferenz abgehalten. Er behauptete, die Tötung von Alpha Nucleus sei ein politisch motivierter Akt gewesen, durchgeführt auf Anstiftung von . . .«, sie zögerte, es auszusprechen, ». . . Krug.«

»Abschaum der Retorte«, murmelte Watchman. »Ich bat ihn, das nicht zu tun! Fileclerk und ich standen eine halbe Stunde im

Schnee, und ich sagte ihm ... beschwor ihn ...« Er ballte die Fäuste. »Ist eine Erklärung von Krug erfolgt?«

»Ein Dementi«, sagte Mazda Constructor, der mit Watchmans Hilfe über die gestorbenen Androiden Buch geführt hatte. »Ein klares Dementi. Es sei ein Unfall gewesen.«

»Wer sprach für Krug?« fragte Watchman.

»Ein Anwalt. Fearon, der Bruder des Senators.«

»Nicht Spaulding? Er steht wohl noch immer unter der Wirkung des Schocks. Fileclerk hat also seine Drohung doch wahr gemacht. Wie steht die Angelegenheit jetzt?«

Mit ruhiger Stimme erklärte Pontifex Dispatcher: »In diesem Augenblick versammeln sich überall in den Kapellen unsere Brüder und Schwestern, um die Konsequenzen dieses Todes zu besprechen, Thor. Die theologische Seite der Sache ist höchst kompliziert. Wenn Krug wirklich den Befehl gegeben hat, Kassandra Nucleus zu töten, tat er es dann, um seinen Abscheu vor den *Umtrieben* der Androiden-Gleichheits-Partei auszudrücken? Das heißt, zieht er unsere Sache der ihren vor? Oder hat er ihrem Leben ein Ende gemacht, um seine Mißbilligung der *Ziele* der AGP zu bezeugen ... die längst nicht so radikal sind wie die unsrigen? Wenn das Erstere der Fall ist, bleibt unser Glaube gerechtfertigt, Trifft jedoch das Letztere zu, dann ist uns vielleicht ein Zeichen gegeben worden, daß Krug den Gedanken der Androidengleichheit vollkommen ablehnt. Und dann gibt es keine Hoffnung für uns.«

»Trübe Aussichten«, sagte Krishna Guardsman, dessen Anschauungen über das Verhältnis von Krug zu den Androiden von allen geschätzt wurden. »Doch ich schöpfe Trost aus dem Gedanken, daß Krug, wenn er Alpha Nucleus töten ließ, um sein Mißfallen an unserer Gleichheitsbewegung zu bezeugen, es nur tat, weil er gegen politische Agitation für Gleichheit in diesem Augenblick ist und uns in Wirklichkiet daran erinnern wollte, geduldiger zu sein und seine Gnade abzuwarten. Aber ...«

»Wir sollten auch eine weniger optimistische Möglichkeit in Erwägung ziehen«, warf Mazda Constructor ein. »Ist Krug des Bösen fähig? War seine Rolle bei diesem Tod verbrecherisch? Wenn ja, dann muß vielleicht das gesamte Fundament unseres Glaubens überprüft und erneuert werden, denn wenn Krug willkürlich oder sogar unmoralisch handeln kann, dann folgert daraus ...«

»Halt! Halt!« rief eine Stimme aus dem Hintergrund der Gruppe. »Keine solchen Reden in einer Kapelle!«

»Ich spreche nur Vermutungen aus«, erwiderte Mazda Constructor. »Ich lästere nicht. Wir versuchen nur, Alpha Watchman die in diesem Augenblick auf der ganzen Welt herrschende Besorgnis unter den Gläubigen klarzumachen. Sicherlich befürchten viele von uns, daß Fileclerks Anschuldigungen zutreffen . . ., daß Alpha Nucleus wegen ihrer politischen Ansichten getötet wurde . . ., und das hat zu der Überlegung geführt, daß Krug möglicherweise unlauter gehandelt hat. Diese Möglichkeit wird in diesem Augenblick in vielen Kapellen diskutiert.«

»Ich denke, wir müssen glauben«, sagte Krishna Guardsman, »daß alle Taten Krugs ihrem Wesen nach gute Taten sind und uns der Erlösung zuführen. Unser Problem ist nicht, Krugs Taten zu rechtfertigen, sondern einfach den ungeheuerlichen Verdacht über Krugs Motive auszuräumen, den dieser Fileclerk, der nicht einmal ein Mitglied unserer Gemeinde ist, geäußert hat. Wir . . .«

»Es war ein Zeichen von Krug! Es war ein Zeichen!«

»Die Retorte gibt, und die Retorte nimmt!«

»Fileclerk behauptet, Krug habe keinerlei Reue gezeigt, keinerlei Regung. Er habe . . .«

»Er hat nach den Anwälten geschickt. Eine Zivilklage . . .«

»Eigentumsschädigung. Ein Unrecht . . .«

». . . eine weitere Prüfung unseres Glaubens . . .«

». . . sie war jedenfalls unsere Feindin . . .«

». . . eines seiner Kinder getötet, um uns übrige zu warnen? Das macht Ihn zum Monstrum!«

»Im Feuer seines Schmelztiegels werden wir geschmolzen . . .«

». . . enthüllt eine unerwartete Fähigkeit zum Mord . . .«

». . . Heiligkeit . . .«

». . . Erlösung . . .«

». . . Blut . . .«

»Hört auf mich«, rief Thor Watchman bestürzt und ungeduldig »Bitte! Bitte, hört auf mich!«

»Laßt ihn sprechen«, sagte Mazda Constructor. »Von uns allen steht er Krug am nächsten. Seine Worte haben Gewicht.«

»Ich war dort«, sagte Watchman. »Ich beobachtete den ganzen Vorgang. Bevor ihr euch in widerstreitenden Theologien verirrt, hört auf mich. Krug trägt keine Verantwortung für den Mord. Spaulding, sein Sekretär, der Ektogene, handelte völlig auf eigene

Faust. Es gibt keine andere Wahrheit als diese.« Mit anschaulichen Worten berichtete er über Spauldings hartnäckigen Versuch, sich mit Gewalt Zugang zu der Kapelle auf dem Baugelände zu verschaffen, über die angesichts des Widerstands der Kapellenwache wachsende Erregung des Ektogenen, über seine eigene List, Spaulding von der Kapelle fortzulocken, über die unglückliche Verkettung von Umständen, als Spaulding *tatsächlich* entdeckte, daß Krug von den AGP-Agenten bedrängt wurde.

»Das ist sehr beruhigend«, sagte Mazda Constructor, als Watchman geendet hatte. »Wir sind irregeführt worden durch Fileclerks Beschuldigungen. Wenn es sich so ereignet hat, dann ist Krug unschuldig.«

»Abgesehen davon, daß Krug in einem tieferen Sinne die gesamte Folge der Ereignisse vorbedacht haben muß«, bemerkte Krishna Guardsman.

»Willst du ernsthaft behaupten, daß seinem Willen selbst die weltlichen Ereignisse unterliegen ...«, begann Pontifex Dispatcher.

Mazda Constructor unterbrach ihn: »Im Augenblick ist es unsere Aufgabe, uns mit allen anderen Kapellen in Verbindung zu setzen und sie über Thors Bericht von den Ereignissen zu informieren. Die Gläubigen sind bestürzt; wir müssen sie beruhigen. Thor, willst du deinen Bericht diktieren, so daß er verschlüsselt übermittelt werden kann?«

»Gewiß.«

Andromeda Quark reichte ihm einen Textaufnahmewürfel. Watchman wiederholte die Geschichte, nachdem er sich identifiziert hatte, erklärte sein Verhältnis zu Krug und beteuerte die Wahrheit seiner Version der Ereignisse. Entsetzliche Müdigkeit befiel ihn. Wie besessen diese spitzfindigen Alphas sind, dachte er, alles in einen Nebel theologischer Haarspaltereien zu hüllen! Und dennoch bereit, Fileclerks Lügen auf Anhieb zu glauben. In Tausenden von Kapellen rangen jetzt Hunderttausende von frommen Androiden mit der Frage, warum Krug zugelassen hatte, daß ein Alpha in seinen Armen erschossen wurde. Warum warteten sie nicht, bis sie von jemand die Wahrheit erfuhren, der Augenzeuge des Zwischenfalls gewesen war ...

Nun, es war nicht zu spät, den Schaden wiedergutzumachen. Keines Androiden Glauben an Krug brauchte durch das erschüttert zu werden, was geschehen war.

Andromeda Quark und eine andere Frau, beide Mitglieder der Projektorkaste, waren bereits dabei, Watchmans Bericht für die Übermittlung über das Breitbandnetzwerk zu verschlüsseln, das jede Kapelle mit allen anderen verband. Watchman blieb lange genug, um zu hören, wie die ersten Buchstabengruppen seiner verschlüsselten Aussage gesendet wurden:

UAA GCG UCG UAA GGG. GGC GGU AAG AAU
UAA UAA CUG. CAA CAU AGG CGG GGC GAC ACA.
ACC ACC CUC . . .

»Kann ich jetzt gehen?« fragte er.

Pontifex Dispatcher machte über ihn das Zeichen des Segens der Retorte. Watchman erwiderte es und verließ die Kapelle.

17

Ich bin Nick Ssu-ma Lloyd Tennyson Cadge Foster Will Mishima Jed Guilbert und vielleicht Manuel Krug, vielleicht. Vielleicht. Eine Woche im Egotauschraum. Du kommst heraus und weißt nicht, wer du bist. Manuel Mishima? Cadge Krug? Du bist nicht sicher. Du gehst wie Lloyd, du lachst wie Nick, zuckst die Achseln wie Will. Alles ist ein Schleier, ein lieblicher goldener Nebel, Sonnenaufgang über der Wüste. Ihr Kopf in deinem. Deiner in ihrem. Nur eine Woche. Das ist vielleicht der Grund, weshalb es mir so sehr gefällt. Für eine Weile aufzuhören, nur *ich* zu sein. Halt! Halt! Halt! Halt. Öffne die Büchse, springe heraus. In sie hinein.

Jetzt überfallen mich seltsame Ideen.

In das Stasisnetz springen für 168 Stunden. *Twong!* – und sie schlitzen dich auf, und du springst heraus und suchst einen Ort, wo du landen kannst, und du landest *blong!* – und du bist Nick Ssu-ma, der gebratenen Hund auf Taiwan ißt. In der Dämmerung im Nebel mit deiner Tante. Beide nackt. Sie sagt, berühre mich, du tust es, sie lacht, du erschauerst. Berühre mich wieder! Jetzt lachst du, und sie erschauert. Winzige Brüste, wie die Clarissas. Dies ist unsere Hochzeitsnacht. Mit diesem Ring vermähle ich dich, Mrs. Ermine Tennyson, seidene Schenkel, Muttermal am Gesäß. Er schläft mit einer Androidin, wußtest du das? Stell dir vor, daß Manuel das tut. Er liebt sie, meint er. Schau! Schau her!

Er liebt sie, hier. Du findest deine Liebe, wo du sie finden kannst. Eine *Androidin*? Nun, wenigstens schämt er sich nicht, sonst wäre er nicht hier, um mit uns sein Ego zu tauschen. Eine Androidin, ich hätte einmal fast eine gehabt, doch ich konnte nicht. Im letzten Augenblick. Wie ist es, in eine einzudringen? Genau wie in irgendeine andere? Sie sind nicht aus Plastik. Obwohl sie keine Haare am Körper haben. Aber doch eine Art von Inzest. Wie? Nun, Manuels Vater fabriziert die Androiden, und so ist sie in gewisser Weise seine Schwester. Sehr schlau! Sehr, sehr schlau! Grausiger Bastard! Aber du machst es gerne? Natürlich. Ich will es dir zeigen. Tausche dein Ego mit mir, und du wirst es spüren, erinnern.

Und er springt über das Netz und gleitet in den Schlitz. Wer ist er? Jetzt Ssu-ma? Will Tennyson? Wir sind alle eins. Ich verdränge meine Erinnerung an Lilith. Es macht mir nichts aus. Wie kann ich wünschen, Geheimnisse zu bewahren? Meine Freunde. Meine wahren Freunde!

Als ich neun Jahre alt war, nahm ich, Cadge Foster, eine Kröte, kochte sie und aß sie.

Als ich dreizehn Jahre alt war, ich, Will Mishima, machte ich mich naß, pißte auf den Boden der Transmatkabine, weil ich Angst hatte, ich würde nicht an mein Ziel gelangen.

Ich, Lloyd Tennyson, steckte meinen Finger in das Ding meiner Schwester, als sie elf und ich acht Jahre alt war.

Ich, Jed Guilbert, stieß mit vierzehn Jahren einen Gamma von einer Laderampe, und er fiel achtzig Meter tief, war nur noch Brei, Blut und Knochen, und ich sagte meinem Vater, er rutschte aus.

Ich, Nick Ssu-ma, war zehn Jahre alt, als eine Beta am Hinterfenster zu meiner Mutter sagte, sie habe sie und Vater im Bett beobachtet, und mein Vater lächelte nur, und meine Mutter ließ sie töten.

Ich, Manuel Krug, fast dreißig Jahre alt, betrüge meine Frau Clarissa mit der Alpha Lilith Meson, die ich liebe, die ich liebe, *die ich liebe!* Sie wohnt in Stockholm, Alpha Lilith Meson, mit Brüsten und Schenkeln und Zähnen und Ellbogen, mit rosiger Haut, die ich liebe, die ich liebe, *die ich liebe!* Keine Haare an Lilith.

Und wir tauschen unsere Egos und tauschen und tauschen, wir

hängen baumelnd in dem Stasisnetz, springen leicht von Gehirn zu Gehirn, schwimmen, tauschen Köpfe, so oft es uns gefällt, und ich schmecke Cadgens Kröte, und ich pisse mit Wills in die Transmatkabine, und ich rieche Lloyds Schwester an meinem Finger, und ich töte Jeds Gamma, und ich lüge wegen Nicks Beta, und alle gehen mit Lilith ins Bett, und sie sagen mir hinterher, ja, ja, ja, wir sollten diese Alphafrauen wirklich ausprobieren, du bist ein Schwein, Manuel, ein glückliches Schwein, ein Schwein mit Geschmack!

Und ich liebe sie!

Wen liebe ich?

Und ich sehe all den kleinlichen Haß und Schmutz in ihren Seelen, meine Freunde, aber ich sehe auch ihre Stärken, ihre guten Seiten, denn es wäre schrecklich, wenn wir unsere Egos tauschten und nur die gekochten Kröten und die Urinlachen auf dem Boden der Transmatkabine sähen. Ich spüre ihre Zuneigung und Bescheidenheit und Treue und Milde. Ich sehe, wie gut meine Freunde wirklich sind, und ich mache mir Sorgen, und ich frage mich, was sehen sie in mir. Vielleicht werden sie mich hassen, wenn wir hier herauskommen. Wir tauschen weiter unsere Egos. Wir sehen, was sie in uns sehen, was wir in uns, in ihnen sehen.

Eine Woche geht so schnell vorbei!

Armer Manuel, sagen sie, ich wußte nie, daß es so schlecht um ihn steht. Trotz all seines Geldes fühlt er sich schuldig, weil er nichts mit seinem Leben anfangen kann. Finde eine Aufgabe, finde eine Sache, für die du dich einsetzen kannst! Ich sage ihnen, ich versuche. Ich suche. Sie fragen, wie ich es mit den Androiden halte?

Soll ich ihnen antworten? Was würde mein Vater sagen? Wenn er meine Anschauung nicht billigt?

Kümmere dich nicht um ihn! Tue, was du für richtig hältst! Clarissa ist für gleiche Rechte für die Androiden. Wenn er aufbraust, laß Clarissa zu ihm sprechen, bevor du es tust. Warum sollte er aufbrausen? Er hat sein Vermögen gemacht mit Androiden, jetzt kann er es sich leisten, sie wählen zu lassen. Ich wette, sie würden ihn wählen. Wißt ihr, daß alle Androiden meinen Vater lieben? Ja! Manchmal denke ich, es muß fast wie eine Religion sein bei ihnen. Die Religion Krugs. Nun, es hat einen gewissen Sinn, seinen Schöpfer anzubeten. Lacht nicht! Aber ich muß lachen. Es ist verrückt, daß Androiden sich vor meinem Vater verbeugen. Ich wette, sogar vor seinen Bildern. Vor dem alten Krug!

Du weichst vom Pfad ab, Manuel. Wenn es dich bekümmert, daß du nichts Bedeutendes tust, dann werde Kreuzfahrer. Gleiche Rechte für Androiden! Hoch die Androiden! Hoch die Androiden! Das ist deiner unwürdig. Du hast wahrscheinlich recht.

Wir hören den Gong, und wir wissen, daß unsere Zeit vorbei ist. Wir fallen aus dem Netz. Wir gleiten zurück in unsere eigenen Köpfe. Man hat mir gesagt, sie verfahren bei diesem Teil des Prozesses sehr, sehr, sehr sorgfältig, damit jeder in seinen eigenen Kopf zurückkehrt.

Soweit ich weiß, bin ich Manuel Krug.

Sie führen uns hinaus. Dort ist eine Wiederanpassungskammer auf der anderen Seite des Netzes. Wir sitzen drei, vier Stunden herum, gewöhnen uns daran, wieder Individuen zu sein. Wir schauen einander verstohlen an. Lieber weicht man dem Blick des anderen aus. Jemand hat zu viel gelacht mit meinem Mund.

In der Wiederanpassungskammer haben sie mehr von diesem neuen Spielzeug, dem Würfel mit den stumpfen Kanten. Der meine sendet mir eine Reihe von Botschaften.

ES IST JETZT 9.00 UHR IN KARATSCHI
IST DIES DAS ERSTEMAL, DASS DU IHR BEGEGNET BIST?
DEIN VATER WÜRDE WAHRSCHEINLICH GERN VON DIR HÖREN
NUR DIE WAHREN ANTWORTEN SIND FALSCH
SIE HABEN DEN FALL OHNE GERICHT ERLEDIGT
WIR SIND ALLE EIN GUT TEIL WEISER

Das Ding langweilt und erschreckt mich. Ich schleudere es beiseite. Ich bin fast sicher, daß ich weder Cadge Foster, noch Lloyd Tennyson bin, doch ich mache mir Sorgen wegen der Kröte. Ich werde zu Lilith gehen, sobald ich hier herauskomme. Vielleicht sollte ich zuerst mit Clarissa sprechen. Mein Vater muß jetzt auf seinem Turm sein. Wie schreitet dieser große Bau voran? Wird er bald in Winternächten Botschaften von den Sternen empfangen?

»Meine Herren, wir hoffen, Sie werden bald wiederkommen«, sagt der lächelnde Alpha zu uns.

Wir gehen hinaus. Ich bin sie, sie sind ich. Wir sind wir.

Wir schütteln uns feierlich die Hände. Wir begeben uns zu den Transmatkabinen. Tugendsam, pflichtgetreu gehe ich zu Clarissa.

18

Die Anwälte trafen sich nach der Zerstörung von Alpha Kassandra Nucleus dreimal in der Woche. Die erste Besprechung fand statt in den Büros der Krug-Enterprises, die zweite im Hauptquartier der Labrador-Transmat-Gesellschaft, die dritte im Sitzungszimmer des Gebäudes des Chase/Krug-Konzerns, Fairbanks. Die Vertreter von Labrador-Transmat hatten vorgeschlagen, Krug solle einfach eine neue Alphafrau liefern und die Kosten ihrer Ausbildung übernehmen. Lou Fearon, Krugs Anwalt, wandte ein, das könnte Kosten verursachen, deren Höhe nicht im voraus bestimmbar wäre. Labrador-Transmat erkannte die Berechtigung dieses Einwands an, und es wurde ein Kompromiß erreicht, nach welchem Krug-Enterprises der Labrador-Transmat das Besitzrecht auf eine unausgebildete Duluth-Alphafrau zusprach und sich einverstanden erklärte, die Kosten ihrer Ausbildung bis zu einer Höhe von 10 000 Dollar zu zahlen. Insgesamt dauerten diese drei Sitzungen zwei Stunden und einundzwanzig Minuten. Ein Vertrag wurde entworfen; Leon Spaulding unterzeichnete ihn im Auftrage von Krug, der auf den Mond gereist war, um einen kürzlich vollendeten Schwerkraftsteich für Gelähmte im Krug-Krankenhaus im Meer von Moskau zu inspizieren.

19

17. November 2218

Eine dünne, vom Wind angewehte Schneedecke hüllt die Ebene um den Turm ein; außerhalb des Baugeländes liegt der Schnee meterhoch, eisenhart gefroren. Ein trockener Wind bricht sich am Turm. Dem Zeitplan weit voraus, ist er jetzt über 500 Meter hoch und macht einen überwältigenden Eindruck in seinem kristallenen Glanz.

Die achtseitige Basis geht kaum wahrnehmbar in die Flächen des viereckigen Schafts über. Der Turm ist in Licht gehüllt. Sonnenglanz wird von seinen Flanken reflektiert, fällt auf die umgebenden Schneefelder, springt wieder hoch gegen die Glasmauern, wird von neuem zurückgeschleudert.

Die unteren zwei Drittel des bisher fertigen Baus sind jetzt in Stockwerke eingeteilt, und während die Androiden, die mit der Montage der Außenhaut des Turmes beschäftigt sind, die Glasblöcke immer höher türmen, rücken die für den Innenausbau verantwortlichen ihnen nach.

Die Installation der Tachyonstrahl-Anlage hat begonnen. Vier mächtige Stäbe aus glänzendem roten Kupfer, sechzig Zentimeter dick und hunderte von Metern lang, werden innerhalb des Turms bis zu seiner halben Höhe ein fünffaches Rückgrat bilden, und die unteren Teile dieser großen Sammelschienen werden jetzt montiert. Ein durchsichtiger Mantel aus halbdurchsichtigem Glasfaserstoff, ein Meter im Durchmesser, umkleidet jede Schiene. Die Arbeiter schieben vierzig Meter lange Kupfersäulen in diese Mäntel und schweißen sie mit Laserstrahlen aneinander. Hunderte von Elektrikern überwachen das Einziehen von Leitungsdrähten in die schimmernden Innenwände des Turms, und Scharen von Mechanikern installieren Rohre, Wellensteuergeräte, Frequenzumwandler, Strommesser, Fokusüberwachungsgeräte, Neutronenaktivierungselemente, Mössbauer-Absorber, Pulsanalysatoren mit zahlreichen Kanälen, nukleare Verstärker, Volttransformatoren, Cryostaten, Schaltblöcke, Widerstandbrücken, Prismen, Torsionsprüfer, Sensoren, Entmagnetisierer, Polymatoren, magnetische Resonanzzellen, Thermoelementverstärker, Beschleunigungsreflektoren, Protonenakkumulatoren, alles durch Computer entsprechend ihrer Bestimmung etikettiert. Botschaften mit Tachyonenstrahlen zu den Sternen zu schicken, ist ein schwieriges Unterfangen.

Der Turm ist von beispiellosem Glanz geschmeidig im Wind, kühn in den Himmel ragend. Besucher fahren kilometerweit in die Tundra hinaus, um die beste Aussicht auf ihn zu haben, denn aus der Nähe kommt seine Großartigkeit nicht voll zur Geltung. Krug liebt es, seine Gäste daran zu erinnern, daß das, was sie jetzt sehen, nur das untere Drittel des endgültigen Bauwerks ist. Um sich den Turm in seiner endgültigen Größe vorzustellen, muß man einen zweiten Turm der gleichen Größe auf diesen setzen und einen dritten darauf. Der Verstand rebelliert. Die Vision will nicht erscheinen. Statt dessen sieht man nur das Bild einer schlanken, spitz zulaufenden, erschreckend zerbrechlichen Nadel aus Glas, die im Himmel hängt, Wurzeln zu fassen sucht und, wenn es ihr nicht gelingt, stürzen muß, fallen muß, wie Luzifer, einen ganzen Tag lang fallen und auf dem gefrorenen Grund zerschellen.

20

»Ein neues Signal«, sagte Vargas. »Leicht abweichend. Letzte Nacht haben wir angefangen, es zu empfangen.«

»Warten Sie auf mich«, sagte Krug. »Ich komme.« Er war in New York. Fast unmittelbar darauf war er in dem antarktischen Observatorium von Vargas, hoch auf dem Polarplateau gelegen, an einem Punkt, der gleich weit entfernt war vom Nordpol und vom Kap Knox. Es gab Leute, die sagten, das Transmatzeitalter habe das Leben einerseits ärmer gemacht und es andererseits bereichert. Die Thetaenergie erlaubte es, gedankenschnell und unbekümmert von Afrika nach Australien, nach Mexiko, nach Sibirien zu springen, doch sie beraubte einem jedes echte Gefühl für Ort und Bewegung, für Entfernungen und Geographie. Sie verwandelte die Erde in eine einzige, unendlich ausgedehnte Transmatkabine. Krug hatte sich oft vorgenommen, einen gemütlichen Flug um die Erde zu machen, die Wüste in Prärie, den Wald in kahle Tundra, Berge in Ebenen übergehen zu sehen. Doch er hatte nie die Zeit dafür gefunden.

Das Observatorium war ein Komplex von glänzenden Kuppelbauten, die auf einer zweieinhalb Kilometer dicken Eisschicht standen. Tunnels im Eis verbanden die Gebäude miteinander, und durch sie erreichte man auch die außerhalb befindlichen Einrichtungen: die große Scheibe der Parabolantenne eines Radioteleskops, das Metallgitter eines Röntgenstrahlenempfängers, der Sendungen über das hoch über dem Südpol stehende Orbit-Observatorium auffing, das kurze, breite Vielfach-Brechungsteleskop, die drei goldenen Spitzen der Wasserstoffantenne, das flatternde, in der Luft hängende Netzwerk eines Polyradarsystems und die übrigen Geräte, mit denen die Astronomen hier ins Universum lauschten. Anstatt Gefrierstreifen zu verwenden, damit das Eis unter den Fundamenten nicht schmolz, hatte man für jedes einzelne Gebäude Wärmeaustauschplatten installiert, so daß jedes von ihnen eine kleine Insel auf einem großen Gletscher war.

Im Hauptgebäude summten, klickten und flackerten Apparate. Krug verstand nicht viel von dieser Anlage, doch sie erschien ihm angemessen wissenschaftlich. Techniker liefen eifrig umher. Ein Alpha hoch oben auf einem Laufsteg rief drei Betas tief unten Zahlen zu. Regelmäßig durchzuckte ein scharlachrotes Lichtzeichen eine zwanzig Meter lange Glasspirale, und bei jeder Entladung leuchteten auf einer Zählmaschine grüne und rote Zahlen auf.

»Beobachten sie die Radonspule. Sie registriert die Impulse, die wir jetzt empfangen«, sagte Vargas. »Da ... ein neuer Zyklus beginnt ... sehen Sie?« Krug betrachtete das Muster des Signals.

```
        +   +
+   +   +   +   +
        +
        +   +
+   +   +
        +
        +   +
        +
```

»Das ist es«, sagte Vargas. »Jetzt eine Pause von sechs Sekunden, und dann beginnt es von neuem.«

»2-5-1, 2-3-1, 2-1«, sagte Krug. »Vorher war es 2-4-1, 2-5-1, 3-1. Sie haben also die Vierergruppe vollkommen fallengelassen. Sie haben die Fünfergruppe an den Anfang des Zyklus gestellt, sie haben die Dreiergruppe vervollständigt, sie haben in der letzten Gruppe einen Impuls hinzugefügt. Verdammt, Vargas, was hat das für einen Sinn? Was bedeutet das?«

»Wir entdecken in dieser Botschaft nicht mehr Inhalt als in der vorangegangenen. Sie haben beide die gleiche Grundstruktur. Nur eine kleine Veränderung ...«

»Es muß aber etwas bedeuten!«

»Vielleicht.«

»Wie können wir es herausfinden?«

»Wir werden sie fragen«, sagte Vargas. »Bald. Mit Hilfe Ihres Turms.«

Krug ließ die Schultern sinken. Er beugte sich vor, berührte die glatten, kühlen, grünen Griffe einiger ihm unverständlicher, aus der Wand herausragender Geräte. »Diese Botschaften sind dreihundert Jahre alt«, sagte er düster. »Wenn ihr Planet so schnelllebig ist, wie Sie sagen, dann sind das praktisch dreihundert Jahhunderte. Mehr! Sie würden nicht einmal etwas wissen von den Botschaften, die ihre Vorfahren gesendet haben. Sie werden bis zur Unkenntlichkeit verändert sein.«

»Nein. Es muß eine Kontinuität geben. Wie sollen sie so ein technologisches Niveau erreicht haben, das ihnen erlaubt, transgalaktische Botschaften auszusenden, wenn sie nicht fähig wären, die Leistungen früherer Generationen zu bewahren?«

Krug fuhr herum. »Soll ich Ihnen etwas sagen? Ich glaube immer noch nicht, daß es auf diesem planetarischen Nebel, dieser blauen Sonne intelligente Wesen gibt. Überhaupt kein Leben ... nein! Hören Sie, blaue Sonnen leben nicht lange, Vargas. Es braucht Millionen von Jahren, bis die Oberfläche eines Planeten genügend abkühlt, um fest zu werden. Eine blaue Sonne ist noch nicht so alt. Alle Planeten, die sie haben mag, sind noch immer in flüssigem oder gasförmigem Zustand. Wollen Sie mich glauben machen, diese Signale kommen von Wesen, die auf einem Feuerball existieren?«

Vargas erwiderte ruhig: »Diese Signale kommen von NGC 7293, dem planetarischen Nebel im Wassermann.«

»Mit Sicherheit?«

»Mit Sicherheit! Ich kann Ihnen alle Daten zeigen.«

»Schön, aber wie, von einem Feuerball?«

»Es ist nicht notwendigerweise ein Feuerball. Vielleicht kühlen manche Planeten schneller ab als andere. Wir können nicht genau sagen, wie lange es dauert, bis sie abkühlen. Wir wissen nicht, wie weit die Heimatwelt dieser Botschaften aussendenden Rasse von ihrer Sonne entfernt ist. Wir haben Modelle für die theoretische Möglichkeit, daß ein Planet schnell genug abkühlen kann, selbst bei einer blauen Sonne, um es zu ermöglichen ...«

»Er ist ein Feuerball, dieser Planet«, sagte Krug starrsinnig.

»Vielleicht«, sagte Vargas achselzuckend. »Vielleicht auch nicht. Aber selbst wenn dem so ist, können Lebensformen nur auf einem Planeten mit fester Oberfläche leben? Können Sie sich nicht eine Zivilisation von Wesen vorstellen, die unter extrem hohen Temperaturen existieren, die sich in einer noch nicht abgekühlten Welt entwickelt haben? Wenn ...«

Krug knurrte verächtlich: »Signale funken mit Geräten, die sie aus geschmolzenem Stahl gebaut haben?«

»Die Signale müssen nicht mechanischen Ursprungs sein. Nehmen Sie an, sie können die Molekularstruktur manipulieren . . .«

»Sie erzählen mir Märchen, Doktor. Ich gehe zu einem Wissenschaftler und muß mir Märchen anhören!«

»In diesem Augenblick sind Märchen die einzige Möglichkeit, die Daten zu rechtfertigen«, sagte Vargas.

»Sie wissen, es muß eine bessere Möglichkeit geben!«

»Alles, was ich weiß, ist, daß wir Signale empfangen und daß sie unzweifelhaft von diesem planetarischen Nebel kommen. Ich weiß, es klingt nicht plausibel. Das Universum braucht uns nicht immer plausibel zu erscheinen. Seine Phänomene brauchen nicht leicht erklärbar zu sein. Transmat wäre unverständlich für einen Wissenschaftler des achtzehnten Jahrhunderts. Wir sehen die Phänomene, so gut wir können, und wir versuchen sie zu erklären, und manchmal ergehen wir uns in wilden Vermutungen, weil die Daten keinen Sinn zu haben scheinen, aber . . .«

»Das Universum trügt nicht«, sagte Krug. »Das Universum spielt ein faires Spiel!«

Vargas lächelte. »Das tut es zweifellos. Doch wir brauchen mehr Daten, bevor wir NGC 7293 erklären können. Inzwischen behelfen wir uns mit ›Märchen‹, wie Sie es ausdrücken.«

Krug nickte. Er schloß die Augen und streichelte Hebel und Knöpfe, während in ihm wütende Ungeduld kochte und brodelte.

Hallo, Ihr Sternenmenschen! Hallo, Ihr, die Ihr Impulse sendet! Wer seid Ihr? Was seid Ihr? Wo seid Ihr? Verdammt, ich will es wissen!

Was wollt Ihr uns sagen, Ihr?

Wen sucht Ihr?

Was bedeutet das alles? Angenommen, ich sterbe, bevor ich es herausfinde!

»Wissen Sie, was ich tun möchte?« fragte Krug plötzlich. »Hinausgehen zum Radioteleskop, in die große Scheibe hinaufklettern, meine Hände wie einen Trichter vor den Mund halten und denen da oben ihre Zahlen zurufen. Wie ist das Signal jetzt? 2-5-1, 2-3-1, 2-1? Es macht mich verrückt. Wir sollten ihnen jetzt sofort antworten. Funken Sie irgendwelche Zahlen: 10-2, 4-6-2, 4-2. Nur um ihnen zu zeigen, daß wir hier sind. Nur um sie wissen zu lassen, daß wir sie hören.«

»Mit Radiowellen!« sagte Vargas. »Das würde dreihundert Jahre dauern. Der Turm ist bald fertig.«

»Bald, sicher. Bald. Sie sollten ihn sehen. Kommen Sie, nächste Woche. Sie bauen jetzt die Apparate ein. Bald werden wir denen da oben antworten können.«

»Würden Sie gerne das Audiosignal ankommen hören, das neue?«

»Natürlich.«

Vargas legte einen Hebel um. Aus Lautsprechern in der Laboratoriumswand kam ein trockenes, kaltes Zischen, das Geräusch des Raums, die Stimme des dunklen Abgrunds. Es war ein Geräusch wie das einer Schlange, die ihre Haut abstreift. Dieses knisternde Geräusch übertönend, erklangen einige Sekunden später zarte Hochfrequenztöne. *Piep, piep.* Pause. *Piep-piep-piep-piep-piep.* Pause. *Piep.* Pause. Pause. *Piep-piep.* Pause. *Piep-piep-piep.* Pause. *Piep.* Pause. Pause. *Piep-piep* . . . Der neue Zyklus begann.

»Wunderbar«, flüsterte Krug. »Sphärenklänge. Die Stimme der geheimnisvollen Fremden! Hören Sie, Doktor, kommen Sie nächste Woche den Turm besichtigen . . . am Dienstag? Ich werde Sie durch Spaulding anrufen lassen. Sie werden überrascht sein. Und hören Sie, wenn sich wieder etwas ändert im Signal, möchte ich es sofort erfahren.«

Piep-piep-piep.

Er ging zur Transmatkabine.

Piep.

Krug sprang nordwärts entlang des Meridians, der Linie des 90. Grades östlicher Breite folgend, überquerte den Nordpol und rematerialisierte sich neben seinem Turm. Er war von Eisplateau zu Eisplateau gerast, vom Grund der Welt bis zu ihrer Spitze, aus dem späten Frühling in den frühen Winter, aus dem Tag in die Nacht. Überall waren emsig Androiden tätig. Der Turm schien um fünfzig Meter gewachsen zu sein seit seinem gestrigen Besuch. Der Himmel loderte im Licht der Reflektorplatten. Die Botschaft von NGC 7293 erklang immer noch in seinem Kopf. *Piep-piep-piep.* Bald würde er ihnen antworten.

Er fand Thor Watchman im Kontrollzentrum, an das Computersystem angeschlossen. Der Alpha bemerkte die Anwesenheit Krugs nicht; er schien wie auf einem Trip zu sein, die Hänge einer fernen Zwischenwelt zu erklettern. Ein diensteifriger Beta erbot sich, sich in den Stromkreis einzuschalten, um Watchman über den Computer zu melden, daß Krug angekommen war.

»Nein«, sagte Krug. »Er ist beschäftigt. Störe ihn nicht.« Er verweilte einige Augenblicke, beobachtete den wechselnden Ausdruck auf Watchmans ruhigem Gesicht. Was ging dem Alpha durch den Kopf? Frachtrechnungen, Transmatbewegungen, Schweißvorgänge, Wetterberichte, Kostenschätzungen, Druckfaktoren, persönliche Daten? Krug fühlte Stolz in seiner Seele aufsteigen. Warum nicht? Er hatte genug Gründe, stolz zu sein. Er hatte die Androiden geschaffen, und die Androiden bauten den Turm, und bald würde die Stimme des Menschen zu den Sternen dringen . . .

Piep-piep-piep. Piep.

Mit einer Zärtlichkeit, die ihn selbst überraschte, legte er seine Hände auf Thor Watchmans breite Schultern. Dann ging er hinaus. Er stand eine Weile in der kalten Dunkelheit, sah die emsige Arbeit auf jeder Etage des Turms. Auf der Spitze wurden ununterbrochen neue Blöcke verlegt. Im Inneren verkleideten die winzigen Gestalten die Wände mit einer Neutrinobeschichtung, verbanden Kupferkabel miteinander, zogen Decken ein, installierten Klimaanlagen, Anschlüsse für Wasser und Strom, höher und höher. Durch die Nacht drang ein stetig pulsierender Ton, in dem alle Geräusche der Bautätigkeit in einem einzigen kosmischen Rhythmus zusammenklangen, ein tiefes dröhnendes Summen, unterbrochen durch ein regelmäßig an- und abschwellendes metallisches Kreischen. Das Lied der Arbeit, dachte er. Das Finale würde seine Botschaft sein, eine Botschaft zu den Sternen.

Er ging zu den Transmatkabinen. Die messerscharfe Kälte des arktischen Winds schien er nicht zu spüren.

Nicht schlecht für einen armen Mann ohne besondere Ausbildung, sagte er zu sich selbst. Dieser Turm. Diese Androiden. Alles. Er dachte an den Krug vor fünfundvierzig Jahren, den Krug, elend und arm, aufgewachsen in einer Stadt in Illinois, auf deren Straßen Gras wuchs. Nichts in der Tasche. Aber schon damals hatte er davon geträumt, Botschaften zu den Sternen zu funken. Er wollte nur etwas aus sich machen. Er war nichts! Irgendein Mensch namens Krug. Unwissend, mager, hungrig, das Gesicht voller Pickel. Manchmal hörte er die Leute sagen, die Menschheit sei in ein neues goldenes Zeitalter eingetreten, die Bevölkerungszahl sei gesunken, soziale und rassische Spannungen seien vergessen, der Lebensstandard stiege immer mehr, die Menschheit werde glücklicher, eine Vielzahl von Servomechanismen verrichte alle niedere Arbeit. Ja. Ja. Gut. Aber selbst in einem goldenen Zeitalter mußte jemand unten sein. Krug war es. Sein Vater starb, als er fünf Jahre alt war. Seine Mutter ergab sich dem Alkohol und allen Arten von Drogen und Betäubungsmitteln. Sie bekam ein wenig Geld, nicht viel, von einer Fürsorgeorganisation. Roboter? Roboter waren für reiche Leute da. Meistens war sogar die Datenausgabe gesperrt wegen unbezahlter Rechnungen. Er reiste nie in einer Transmatkabine, bevor er neunzehn Jahre alt war. Nie hatte er Illinois verlassen. Er erinnerte sich daran, wie er damals war: mürrisch, in sich verschlossen, erfüllt von schelem Mißtrauen, manchmal eine Woche lang oder zwei, ohne mit jemand zu sprechen. Er las nicht. Er spielte nicht, doch er träumte sehr viel. In einem Nebel von Wut und Enttäuschung stand er die Schule durch, lernte nichts. Langsam entwuchs er diesem Zustand, als er fünfzehn war. Es war dieselbe Wut und Enttäuschung, die ihn trieb, nur schwelte sie nicht mehr in ihm, er richtete sie nach außen. Schreien hätte er können: *Ich werde euch zeigen, was ich kann. Ich werde es euch allen zeigen!* Er programmierte seine Ausbildung selbst. Servotechnologie. Chemie. Er lernte nicht die Grundwissenschaft; er lernte es, die Dinge zusammenzusetzen. Schlaf? Er brauchte keinen Schlaf? Studieren. Tag und Nacht Studieren. Schweiß. Man sagte, er besäße eine bemerkenswerte intuitive Auffassungsgabe für strukturelle Zusammenhänge. Er fand einen Gönner in Chicago. Das Zeitalter des Privatkapitalismus war angeblich tot, ebenso das Zeitalter des individuellen Erfinders in seinem Kämmerlein. Doch er baute einen besseren Roboter. Krug erinnerte sich lächelnd an den Transmatsprung nach New York, die Verhandlungen, die Anwälte. Und Geld auf der Bank. *Geld!* Der neue Thomas Edison. Er war neunzehn. Er pfropfte sein Laboratorium voll mit Apparaten und hielt Ausschau nach großartigeren Projekten. Mit zweiundzwanzig begann er, an den ersten Androiden zu basteln. Es dauerte lange. Zellen unter dem Mikroskop, Sperma, Blut. In diesen Jahren begannen die Sonden von den nächsten Sternen zurückzukehren, Fehlanzeige. Keine fortgeschrittenen Formen des Lebens zu finden dort draußen. Er war jetzt finanziell genügend sichergestellt, um sich weniger dem Geschäft zu widmen, sich den Luxus der Frage nach dem Platz des Menschen im Kosmos zu stellen. Er grübelte. Er setzte sich mit den landläufigen Theorien von der Einzigartigkeit des Menschen auseinander. Doch er arbeitete weiter, experimentierte mit Nukleinsäuren, überanstrengte seine Augen, tauchte seine Hände tief in mit Schleim, Sperma und Blut gefüllte Gefäße, verband die Proteinketten miteinander, kam dem Erfolg meßbar näher. Wie kann der Mensch allein sein im Universum, wenn ein Mann Leben schaffen kann? Schaut, wie leicht es ist! Ich tue es: bin ich Gott? Kessel voll Purpur, Grün, Gold, Rot, Blau. Und schließlich entstand Leben in den Bottichen. Androiden taumelten aus den schäumenden Chemikalien der Brutkammern. Ruhm. Geld. Macht. Eine Frau, ein Sohn, ein Imperium. Grundbesitz auf drei Welten, auf fünf Monden. Frauen, so viel er wollte. Er war groß geworden, um die Fantasien seiner eigenen Jugend zu verwirklichen. Krug lächelte. Der junge, magere, picklige Krug war noch immer hier in diesem untersetzten Mann, zornig, mißtrauisch, ehrgeizig. Hast du es ihnen gezeigt? Du hast es ihnen gezeigt! Und jetzt wirst du zu den Menschen auf den Sternen vordringen. Die Stimme Krugs würde die Lichtjahre überbrücken. »Hallo? Hallo? Hallo! Hört Ihr! Hier ist Simeon Krug!« Rückblickend sah er sein ganzes Leben als einen einzigen gradlinigen Weg, der ohne Umweg oder Unterbrechung zu diesem einen Ziel führte. Hätte er sich nicht in brennendem Ehrgeiz verzehrt, dann gäbe es heute keine Androiden. Ohne seine Androiden gäbe es nicht genügend geschickte Arbeitskräfte, den Turm zu bauen. Ohne seinen Turm . . .

Er betrat die nächste Transmatkabine und stellte Koordinaten ein, ließ seine Finger blind den Bestimmungsort wählen. Er ließ sich durch den entmaterialisierten Raum schleudern und sah, daß er sich in dem kalifornischen Haus seines Sohnes Manuel befand.

Er hatte nicht vorgehabt, hierher zu kommen. Er stand blinzelnd im Licht der Nachmittagssonne, erschauerte, als eine plötzliche Wärmewelle seine von der arktischen Luft abgekühlte Haut traf. Unter seinen Füßen lag ein schimmernder Fußboden aus dunkelrotem Stein. Die Wände, die ihn umgaben, funkelten im Licht mehrphasiger, im Fundament installierter Projektoren. Über ihm war kein Dach, nur ein auf das blaue Ende des Spektrums eingestelltes Isolationsfeld, durch das die mit Früchten behangenen Zweige eines Baumes mit federartigen, graugrünen Blättern herabhingen. Er konnte das Brausen der Brandung hören. Ein halbes Dutzend Haushaltandroiden, die ihren Beschäftigungen nachgingen, starrten ihn an. Er hörte ihr scheues Flüstern: »*Krug . . . Krug* . . .«

Clarissa erschien. Sie trug ein grünes Schleiergewand, das ihre kleinen hohen Brüste, ihre knochigen Hüften, ihre schmalen Schultern kaum verhüllte. »Du hast mir nicht gesagt, daß du . . .«

»Wußte es nicht«, murmelte er und senkte den Kopf.

»Ich hätte etwas vorbereitet!«

»Ich brauche nichts Beonderes. Ich komme nur vorbei. Ist Manuel . . .«

»Er ist nicht hier.«

»Nein? Wo ist er?«

Clarissa hob und senkte die Schultern. »Er ist ausgegangen, irgendwelche Geschäfte, glaube ich. Er kommt erst zum Abendessen zurück. Kann ich dir . . .«

»Nein. Nein. Welch schönes Haus Ihr habt, Clarissa. Warm, gemütlich. Du und Manuel, Ihr müßt sehr glücklich sein hier.« Er betrachtete ihre schlanke Gestalt. »Es ist auch ein guter Ort, um Kinder zu kriegen. Der Strand . . . die Sonne . . . die Bäume . . .«

Ein Android brachte zwei Liegestühle, stellte sie mit raschen Handgriffen auf. Ein anderer schaltete den Wasserfall auf der Landseite des Hauses ein. Ein dritter zündete einen Aromaspender an, und bald entfaltete sich der Duft von Nelken und Zimt im Raum. Ein vierter bot Krug ein Tablett mit milchig-weißen Süßigkeiten an. Krug schüttelte den Kopf. Er blieb stehen. Auch Clarissa setzte sich nicht. Sie schaute unbehaglich zu Boden. »Wir sind noch nicht lange verheiratet«, sagte sie. »Für Kinder haben wir noch Zeit.«

»Ihr seid doch schon zwei Jahre verheiratet? Lange Flitterwochen!«

»Nun . . .«

»Besorgt euch zumindest euer Zertifikat. Ihr könntet anfangen, an Kinder zu denken. Ich meine, es ist Zeit, daß Ihr . . . daß ich ein Enkelkind bekomme . . .«

Sie hielt ihm das Tablett mit den Süßigkeiten hin. Ihr Gesicht war bleich; ihre Augen waren wie Opale in einer gefrorenen Maske. Er schüttelte den Kopf und sagte: »Die Androiden übernehmen sämtliche Arbeiten für die Erziehung des Kindes. Und wenn du es nicht selbst austragen willst, könnte es ektogenetisch . . .«

»Bitte!« sagte sie leise. »Wir haben bereits darüber gesprochen. Ich bin so müde heute.«

»Es tut mir leid.« Er verfluchte sich selbst, daß er sie so bedrängte. Sein alter Fehler, Zartgefühl war nicht seine Stärke. »Fühlst du dich nicht wohl?«

»Nur müde«, erwiderte sie. Sie schien sich zu bemühen, mehr Energie zu zeigen als in ihr war. Sie winkte, und einer ihrer Betas begann einen Stapel von glänzenden Metallreifen zu montieren, die geheimnisvoll um eine verborgene Achse rotierten. Eine neue Skulptur? fragte sich Krug. Ein zweiter Android rückte die Wände, und ein Strahl von warmem bernsteinfarbenem Licht fiel auf ihn und Clarissa. Musik erklang in der Luft aus mikroskopischen glitzernden Lautsprechern, die, fein wie eine Staubwolke, im Garten schwebten. Clarissa sagte überlaut: »Wie geht es deinem Turm?«

»Wunderbar. Wunderbar. Du solltest ihn sehen.«

»Vielleicht werde ich nächste Woche kommen. Wenn es nicht zu kalt ist dort oben. Ist er schon fünfhundert Meter hoch?«

»Höher. Wächst ständig. Nur nicht schnell genug. Ich erwarte schmerzhaft, daß er fertig wird, Clarissa, daß ich ihn benutzen kann. Ich bin krank vor Ungeduld.«

»Du siehst heute ein wenig abgespannt aus«, sagte sie. »Fiebrig, innerlich erregt. Du solltest dich manchmal ausruhen.«

»Ich? Mich ausruhen? Warum? Bin ich so alt?« Er wurde sich bewußt, daß er heftig geworden war. Er fuhr in ruhigerem Ton fort: »Vielleicht hast du recht. Ich weiß nicht. Ich gehe jetzt besser. Ich will dich nicht stören. Wollte nur einen kleinen Besuch machen. Sage Manuel, es war nichts Besonderes. Nur um guten Tag zu sagen. Wann habe ich ihn überhaupt das letztemal gesehen? Vor zwei, drei Wochen? Nicht, seit er aus diesem Egotauschinstitut kam. Ein Mann kann wohl von Zeit zu Zeit seinen Sohn besuchen.« Impulsiv griff er nach ihr, zog sie an sich. Er fühlte sich wie ein Bär, der eine Nymphe umarmt. Ihre Haut war kalt unter dem Schleiergewand. Sie bestand nur aus Haut und Knochen. Er könnte sie mit einem schnellen Griff entzweibrechen. Wieviel wog sie? Fünfzig Kilo? Weniger? Der Körper eines Kindes. Vielleicht konnte sie gar keine Kinder zur Welt bringen. Krug ertappte sich, daß er sie sich mit Manuel im Bett vorzustellen versuchte, schob den Gedanken erschrocken beiseite. Er küßte sie auf ihre kalte Wange. »Paß auf dich auf«, sagte er. »Wir beide werden auf uns aufpassen, uns gründlich ausruhen. Grüße Manuel von mir.«

Er eilte zur Transmatkabine. Wohin jetzt? Krug fieberte. Seine Wangen glühten. Er trieb hilflos am breiten Busen des Meeres. Koordinaten taumelten durch sein Gehirn. Blind wählte er eine Kombination, fütterte sie in die Maschine. *Piep-piep-piep.* Das skandierte Zischen des verstärkten Sternensignals zehrte an seinem Gehirn. 2-5-1, 2-3-1. 2-1. Hallo? Hallo? Die Thetaenergie verschlang ihn.

Er landete im Innern einer riesigen muffigen Höhle.

Undeutlich sah er Dutzende von Kilometern über sich ein Dach. Die metallischen, reflektierenden, gelbbraunen Wände strebten in einer Kurve nach oben, um an einem fernen Punkt zusammenzustoßen. Eine riesige Kuppel. Grelle Lichter flammten und flackerten. Scharfkantige Schatten bewegten sich. Die Luft war erfüllt von den Geräuschen einer Baustelle. Es wimmelte von geschäftigen Androiden. Sie umdrängten ihn, schauten ehrfürchtig zu ihm auf, stießen sich gegenseitig an, flüsterten: *»Krug ... Krug ... Krug ...«* Warum sehen Androiden mich immer so scheu an? Er maß sie mit finsterem Blick. Schweiß brach ihm aus allen Poren. Seine Beine wurden schwach. Er müßte Spaulding um eine Abkühlungspille bitten, aber Spaulding war anderswo. Krug reiste heute allein. Ein Alpha trat auf ihn zu. »Wir wurden nicht informiert, uns auf das Vergnügen dieses Besuches vorzubereiten, Mr. Krug.«

»Es war nur ein plötzlicher Einfall. Wollte nur hereinschauen. Bitte ... dein Name ...«

»Romulis Fusion, Sir.«

»Wie groß ist die Belegschaft hier, Alpha Fusion?«

»Siebenhundert Betas, Sir, und neuntausend Gammas. Die Alphagruppe ist sehr klein. Wir sind auf Sensoren angewiesen für den größten Teil der Kontrollfunktionen. Soll ich Sie herumführen? Möchten Sie die neuen Mondautos sehen? Die Jupitersonden? Vielleicht das Raumschiff?«

»Das Raumschiff, ja, das Raumschiff.« Krug begriff. Er war in Denver, im nordamerikanischen Fahrzeugmontagezentrum des Krug-Konzerns. In dieser riesigen Katakombe wurden viele Typen von Transportgeräten hergestellt, die alle Bedürfnisse befriedigten, denen das Transmatsystem nicht gewachsen war: Seetransportschiffe, Atmosphärengleiter, Stratosphärengleiter, Schlepper für überschwere Lasten; auch Geräte zur Verwendung auf Welten mit hohem Druck, von Ionen angetriebene Schiffe für kurze Raumfahrten, interstellare Sonden, Schwerkraftglocken, Himmelstaucher, Kleinbahnen, Sonnensonden. Hier arbeitete seit sieben Jahren ein ausgewählter technischer Stab am Prototyp des ersten bemannten Raumschiffs für interstellare Expeditionen. Seit er mit dem Bau des Turms begonnen hatte, war das Raumschiff ein Stiefkind unter Krugs Projekten geworden.

»Das Raumschiff«, sagte Krug. »Ja. Bitte, schauen wir es uns an.«

Die Betas wichen ehrerbietig zurück, als Romulus Fusion ihn zu einem kleinen tropfenförmigen Gleiter führte. Mit dem Alpha am Steuer fuhren sie geräuschlos durch die Montagehallen, vorbei an Fließbändern mit halbfertigen Fahrzeugen jeder Art, glitten eine Rampe hinunter, die zu einem noch tieferen Stockwerk dieser unterirdischen Werkstatt führte. Der Gleiter hielt. Sie stiegen aus.

»Hier«, sagte Romulus Fusion.

Krug sah ein seltsames, hundert Meter langes Fahrzeug, auf beiden Seiten von seiner nadelscharfen Nase bis zu seinem gedrungenen Schwanzende mit Flossen besetzt. Der dunkelrote Rumpf schien aus zusammengebackenem Geröll geformt zu sein. Seine Oberfläche war rauh und knotig. Fenster waren keine zu sehen. Die Masseinjektoren waren konventionell in der Form, rechtwinklige, nach hinten geöffnete Schlitze.

Romulus Fusion sagte: »Es wird in drei Monaten zum ersten Probeflug fertig sein. Wir rechnen mit einer stetigen Beschleunigungsleistung von 2,4 g, was das Schiff relativ schnell auf nahezu Lichtgeschwindigkeit bringen wird. Wollen Sie das Innere besichtigen?«

Krug nickte. Die Ausstattung des Schiffes war bequem und keineswegs ungewöhnlich; er sah ein Kontrollzentrum, Erholungsräume, eine Kraftstation, Dinge, die in jedem Raumschiff zu finden waren. »Es kann eine Besatzung von acht Mann aufnehmen«, sagte der Alpha zu ihm. »Während des Fluges umgibt ein automatisches Ablenkungsfeld das Schiff, um alle freifliegenden Partikel abzuwehren, die natürlich ungeheuer gefährlich sein könnten bei solchen Geschwindigkeiten. Das Schiff steuert sich automatisch; es braucht keine Überwachung. Dies sind die Behälter für die Besatzung.« Romulus Fusion zeigte auf vier Doppelreihen Gefrierzellen mit Vorderseiten aus schwarzem Glas, die, jeder zweieinhalb Meter lang und einen Meter breit, an der Wand befestigt waren. »Wir wenden die konventionelle Lebensunterbrechungstechnologie an«, sagte er. »Das Kontrollsystem des Schiffs beginnt auf ein Signal der Mannschaft oder der Bodenstation hin automatisch die hochverdichtete Kühlflüssigkeit in die Behälter zu pumpen, und die Körpertemperaturen der Besatzungsmitglieder werden gesenkt bis auf den gewünschten Grad. Sie überdauern die Reise in dieser Kühlflüssigkeit, die dem doppelten Zweck dient, den Lebensprozeß zu verlangsamen und die Besatzung gegen die Wirkungen der stetigen Beschleunigung abzuschirmen. Die Aufhebung der Lebensunterbrechung ist ebenso einfach. Eine maximale Tiefschlafperiode von vierzig Jahren ist geplant; im Falle längerer Reisen wird die Besatzung alle vierzig Jahre geweckt, einem Training, ähnlich dem bei neuen Androiden angewandten, unterzogen, und kehrt nach kurzem Wachsein wieder zurück in die Behälter. Auf diese Weise kann die gleiche Besatzung eine Reise von praktisch unbeschränkter Dauer durchführen.«

»Wie lange«, fragte Krug, »würde dieses Schiff brauchen, um einen 300 Lichtjahre entfernten Stern zu erreichen?«

»Einschließlich der für die Erreichung der Höchstgeschwindigkeit und für die Verlangsamung benötigten Zeit«, erwiderte Romulus Fusion, »schätze ich die Dauer auf rund 620 Jahre. Unter Berücksichtigung des zu erwarteten Zeitdilatationseffekts entspricht das einer Bordzeit von etwa zwanzig bis fünfundzwanzig Jahren, was bedeutet, daß die ganze Reise innerhalb der Zeitspanne einer einzigen Tiefschlafperiode der Besatzung durchgeführt werden könnte.«

Krug runzelte die Stirn. Das galt für die Besatzung; doch wenn er das Raumschiff im nächsten Frühling nach NGC 7293 starten ließ, würde es im 35. Jahrhundert zur Erde zurückkehren. Er würde längst nicht mehr da sein, um es zu begrüßen. Doch es gab keine andere Lösung.

Er sagte: »Wird es bis Februar startklar?«

»Ja.«

»Gut. Fange bereits an, eine Besatzung auszuwählen: zwei Alphas, zwei Betas, vier Gammas. Sie werden an einem von mir festgesetztem Datum Anfang des nächsten Jahres starten.«

»Wie Sie befehlen, Sir.«

Er verließ das Schiff. Krug ließ seine Hände über den Rumpf des Schiffes gleiten, der sich wie eine Schicht von Kieselsteinen anfühlte. Seine Begeisterung für den Tachyonstrahlturm hatte ihn davon abgehalten, den Fortschritt dieses Unternehmens zu verfolgen. Er bedauerte es jetzt. Sie hatten hervorragende Arbeit geleistet. Wenn der Turm vollendet war, konnte er versuchen, mit den Wesen, von denen Vargas behauptete, daß sie auf NGC 7293 lebten, Nachrichtenverbindung aufzunehmen; inzwischen würde er sein mit Androiden bemanntes Raumschiff auf seine lange Reise schicken. Was würde er an Bord des Schiffes mitschicken? Eine Summe der Leistungen des Menschen ... ja, Kommunikationswürfel in Menge, ganze Büchereien, die gesamte Musikliteratur, einhundert hochleistungsfähige Informationssysteme. Er würde die Mannschaft besser aus vier Alphas und vier Betas bilden. Sie mußten Experten der Kommunikationstechniken sein. Während sie schliefen, würde er ihnen Tachyonenstrahlbotschaften von der Erde senden, die Erkenntnisse übermitteln, die er von den Kontakten des Turms mit dem Sternenvolk zu gewinnen erwartete. Bis das Raumschiff seinen Bestimmungsort etwa im Jahre 2850 erreicht hatte, war es vielleicht schon möglich, seiner Besatzung Wörterbücher der Sprache jener Rasse zu übermitteln, die sie besuchen sollte, sogar ganze Enzyklopädien, Annalen von sechs Jahrhunderten des Tachyonenstrahlkontakts zwischen Erdenmenschen und den Bewohnern von NGC 7293!

Krug schlug Romulus Fusion auf die Schulter. »Gute Arbeit. Du wirst von mir hören. Wo ist die Transmatkabine?«

»Hier entlang, Sir.«

Piep-piep-piep

Krug sprang zurück zum Turm.

Thor Watchman war nicht mehr an den Computer des Hauptkontrollzentrums angeschlossen. Krug fand ihn im Innern des Turms im vierten Stockwerk, wo er die Installation einer Reihe von Geräten inspizierte, die aussahen wie auf eine Glasperlenschnur montierte Butterklumpen.

»Was ist das?« fragte Krug.

Watchman blickte auf, überrascht, seinen Herrn so plötzlich erscheinen zu sehen. »Stromkreisunterbrecher«, sagte er. »Im Falle eines exzessiven Positronenflusses ...«

»Schon gut. Weißt du, wo ich gewesen bin, Thor? In Denver. In Denver. Ich habe das Raumschiff gesehen. Ich wußte es nicht:

sie sind praktisch fertig damit. Wir werden es sofort in unser Programm einplanen.«

»Sir?«

»Alpha Romulus Fusion hat die Oberleitung dort. Er wird eine Besatzung auswählen, zwei Alphas, zwei Betas, vier Gammas. Wir werden sie im nächsten Frühling in Kälteschlaf versetzen und starten lassen. Kurz darauf werden wir unsere ersten Signale an NGC 7293 funken. Setzte dich in Verbindung mit ihnen, koordiniere den Zeitplan ... noch etwas, obwohl wir hier unserem Zeitplan voraus sind, geht es mir noch immer nicht schnell genug.« Der planetarische Nebel NGC 7293 brodelte und flackerte hinter Krugs Stirn. Die Hitze seiner Haut verdampfte seinen Schweiß so schnell, wie er aus seinen Poren drang. Ich errege mich zu sehr, sagte er zu sich selbst. »Wenn du heute abend mit deiner Arbeit fertig bist, Thor, schreibe eine Personalanforderung aus, um die Belegschaft um fünfzig Prozent zu erhöhen. Schicke sie Spaulding. Du brauchst mehr Alphas. Zögere nicht. Fordere. Bezahle, was es kostet. Ich wünsche, daß der Terminplan geändert wird. Setze das Datum für die Fertigstellung um drei Monate früher an, als wir bis jetzt vorgesehen hatten. Verstanden?«

Watchman schien ein wenig verwirrt zu sein. »Ja, Mr. Krug«, sagte er mit tonloser Stimme.

»Gut. Ja. Gut. Arbeite weiter so gut wie bisher, Thor. Ich kann dir nicht sagen, wie stolz ich bin, wie glücklich. Wir werden dir jeden geeigneten Beta in der westlichen Hemisphäre zur Verfügung stellen, wenn es notwendig sein sollte. Auch in der östlichen. Überall. Der Turm muß fertig werden! Zeit! Zeit! Ich habe nicht genug Zeit!«

Krug entfernte sich eilig. Draußen, in der kalten Nachtluft kühlte sich seine Begeisterung ab. Einen Augenblick stand er ruhig da, genoß die schlanke, glitzernde Schönheit des Turms, der leuchtend vor dem schwarzen Hintergrund der dunklen Tundra stand. Er sah nach oben. Er sah die Sterne. Er ballte die Faust und schüttelte sie.

Krug! Krug! Krug! Krug!

Piep ... Piep ... Piep ...

In die Transmatkabine. Koordinaten: Uganda. Am See Quenelle, sie erwartete ihn. Weicher Leib, große Brüste, geöffnete Schenkel. Ja! Ja! Ja! Ja! 2-5-1, 2-3-1, 2-1.

21

Im Glanz der fahlen Wintersonne marschierte ein Dutzend Alphas feierlich über den breiten Platz, der in Terrassen von der Vorderfront des Weltkongreßgebäudes in Genf abfiel. Jeder der Alphas trug einen Demonstrationsstrahler, jeder trug das Abzeichen der Androidengleichheitspartei. In den Ecken des Platzes standen Sicherheitsroboter bereit; die gedrungenen schwarzen Maschinen würden sofort vorwärtsrollen und lähmende Nervenstrahlenbündel schleudern, wenn die Demonstranten irgendwie von dem Programm abwichen, das sie beim Pförtner des Kongreßgebäudes eingereicht hatten. Doch es war höchst unwahrscheinlich, daß die Leute von der AGP etwas Unerwartetes taten. Sie überquerten den Platz einfach immer wieder, marschierten weder zu steif noch zu lässig, hielten ihre Blicke auf die über ihnen schwebenden Holovisionskameras gerichtet. Von Zeit zu Zeit schaltete einer der Demonstranten auf ein Signal ihres Führers Siegfried Fileclerk seinen Demonstrationsstrahler ein. Aus der Düse des Strahlers stieg dann blauer Dampf bis zu einer Höhe von etwa zwanzig Metern auf, blieb dort hängen, verdichtete sich durch kinetische Verschmelzung zu einer kugelförmigen Wolke, auf der ein Text in großen goldenen Buchstaben aufleuchtete und langsam über ihre Oberfläche wanderte. Wenn die Worte die Wolke einmal umkreist hatten, löste sie sich auf, darauf gab Fileclerk dem nächsten Demonstranten das Signal, eine Botschaft aufsteigen zu lassen.

Obwohl der Kongreß nun seit Wochen tagte, war es unwahrscheinlich, daß einer der Delegierten in dem prächtigen Gebäude der Demonstration Beachtung schenkte. Sie hatten solche Demonstrationen schon zu oft gesehen. Die Absicht der AGP-Gruppe war es lediglich, dic Leute von der Holovision zu veranlassen, die Demonstration aufzunehmen und den Zuschauern im Rahmen der Nachrichtensendungen zu übermitteln. Die Slogans lauteten:

GLEICHES RECHT FÜR ANDROIDEN!
VIERZIG JAHRE DER SKLAVEREI SIND GENUG!
IST KASSANDRA NUCLEUS UMSONST GESTORBEN?
WIR APPELLIEREN AN DAS GEWISSEN DER MENSCHHEIT!
FREIHEIT! GLEICHHEIT!

ANDROIDEN IN DEN KONGRESS!
DIE ZEIT IST GEKOMMEN!
AUCH WIR BLUTEN,
WENN IHR UNS VERLETZT!

22

Thor Watchman kniete neben Lilith Meson in der Valhallavägen-Kapelle. Es war der Tag der Eröffnung der Zuchtkammern; neun Alphas waren anwesend, und Mazda Constructor, der der Übergängerkaste angehörte, leitete die Feier. Es war kein Ritual, das die Teilnahme eines Erhalters erforderte, und so spielte Watchman bei der Zeremonie keine besondere Rolle. Er wiederholte nur leise für sich selbst die Anrufungen der zelebrierenden Betas.

Das Hologramm Krugs über dem Altar glitzerte und zuckte. Die Dreierbuchstabengruppen des genetischen Codes rundum an den Wänden schienen zu schmelzen und wirbelnd um ihn zu kreisen, als das Ritual sich seinem Höhepunkt näherte. Der Geruch von Wasserstoff hing in der Luft. Mazda Constructors Gesten, bis jetzt verhalten und innig, wurden ausladender, theatralischer.

»AUU GAU GGU GCU«, rief er.

»Harmonie!« sang der zweite.

»Wahrnehmung«, sagte Lilith.

»CAC CGC CCC CUC«, sang Mazda Constructor.

»Harmonie!«

»Einheit!«

»*Leidenschaft*«, sagte Lilith.

»UAA UGA UCA UUA«, rief der Übergänger.

»Harmonie!«

»Einheit!«

»Wille und Ziel«, sagte Lilith, und die Zeremonie war zu Ende. Mazda Constructor trat vom Altar zurück, erschöpft von der Erregung. Lilith berührte leicht seine Hand. Die Betas, offensichtlich dankbar, daß sie entlassen waren, verließen die Kapelle durch den Hinterausgang. Watchman erhob sich. Er erblickte Andromeda Quark in der hintersten, dunkelsten Ecke der Kapelle, die Gebete der Projektorkaste flüsternd. Sie war in sich versunken und schien niemand wahrzunehmen.

»Sollen wir gehen?« sagte Watchman zu Lilith. »Ich bringe dich nach Hause.«

»Nett von dir«, sagte sie. Ihre Teilnahme an der Zeremonie schien sie innerlich stark erregt zu haben; ihre Augen glänzten unnatürlich, ihre Brüste hoben und senkten sich unter ihrem dünnen Gewand, ihre Nasenflügel bebten. Sie verließen die Kapelle.

Während sie zu dem nächsten Transmat gingen, sagte er: »Ist die Personalanforderung in deinem Büro eingetroffen?«

»Gestern. Mit einer Notiz von Spaulding, ich solle sofort mit der Einstellung beginnen. Wo finde ich so viele ausgebildete Betas, Thor? Was geht vor sich?«

»Nichts weiter, als daß Krug uns immer härter bedrängt. Er ist besessen davon, den Turm zu vollenden.«

»Das ist nichts Neues«, sagte Lilith.

»Es wird schlimmer. Seine Ungeduld wächst täglich, sie beherrscht ihn immer mehr, wie eine innere Krankheit. Wenn ich ein Mensch wäre, würde ich diese Hast vielleicht verstehen. Er kommt jetzt zwei-, dreimal am Tage zum Turm, zählt die Stockwerke, zählt die neuverlegten Blockreihen. Hetzt die Tachyonenleute, sagt ihnen, sie sollen ihre Maschinen schneller installieren. Eine wilde Entschlossenheit ergreift von ihm Besitz, er schwitzt, er erregt sich leicht, stolpert über seine eigenen Worte. Jetzt verstärkt er die Arbeitstrupps, steckt weitere Millionen Dollar in das Unternehmen. Wozu? Wozu das alles? Und dann die Sache mit dem Raumschiff. Ich habe gestern mit Denver gesprochen. Weißt du, Lilith, daß er diese Fabrik das ganze letzte Jahr nicht beachtet hat und daß er sie jetzt täglich besucht? Das Raumschiff soll innerhalb von drei Monaten fertig sein für eine interstellare Reise. Androidenbesatzung. Er schickt Androiden.«

»Wohin?«

»Dreihundert Lichtjahre weit.«

»Er wird doch nicht dich auffordern? Oder mich?«

»Zwei Alphas, zwei Betas und vier Gammas«, sagte Watchman. »Man hat mir nicht gesagt, wer dafür in Erwägung gezogen wird. Wenn er Spaulding entscheiden läßt, bin ich erledigt. Krug bewahre uns davor, dabeisein zu müssen.« Er wurde sich der Ironie seines Gebets bewußt und lachte, ein dünnes kicherndes Lachen. »Ja. Krug bewahre uns!«

Sie erreichten den Transmat. Watchmann begann die Koordinaten einzustellen.

»Willst du für einen Augenblick mit hinaufkommen?« fragte Lilith.

»Gerne.«

Sie traten zusammen in den grünen Schein.

Ihre Wohnung war kleiner als die seine, lediglich ein Schlafzimmer, eine Kombination von Wohnzimmer, Eßzimmer und Küche. Man konnte sehen, daß eine größere Wohnung in mehrere kleine unterteilt worden war, angemessen für Androiden. Das Gebäude war ähnlich dem, in dem er wohnte: alt, abgenutzt, irgendwie Gemütlichkeit ausstrahlend. Neunzehntes Jahrhundert, schätzte er, obwohl die Ausstattung, die Stärke von Liliths Persönlichkeit reflektierend, ausgesprochen zeitgenössisch war: modern in den Boden montierte Möbel und winzige, zarte, freischwebende Kunstgegenstände. Watchman war nie zuvor in ihrer Wohnung gewesen, obwohl sie fast Nachbarn in Stockholm waren. Androiden, selbst Alphas, besuchten einander nicht in ihren Heimen; die Kapellen dienten als Treffpunkte für die meisten Gelegenheiten. Diejenigen, die nicht der Gemeinde angehörten, versammelten sich in AGP-Büros oder zogen die Einsamkeit vor.

Er ließ sich in einen federnden bequemen Sessel fallen.

»Möchtest du ein Stimulans?« fragte Lilith. »Ich kann dir alle Arten von angenehmen Stoffen anbieten. Tabak, allerlei Getränke, selbst Alkohol, Liköre, Kognak, Whisky.«

»Du bist ja gut ausgestattet mit Reizmitteln.«

»Manuel kommt oft hierher. Ich muß die Gastgeberin für ihn spielen. Was willst du haben?«

»Nichts«, erwiderte er. »Ich habe eine Abneigung gegen diese Drogen.«

Sie lachte und trat vor den Doppler. Rasch löste er ihr Gewand auf. Darunter trug sie nichts als einen Wärmeschaum, der sich hellgrün und lieblich von ihrer blassen Haut abhob, sie von den Brüsten bis zu den Schenkeln bedeckte. Durch eine weitere Bewegung vor dem Doppler ließ sie auch diese Hülle verschwinden; nur die Sandalen behielt sie an.

Sie ließ sich anmutig zu Boden sinken, saß mit gekreuzten Beinen vor ihm, spielte mit den Schaltern ihrer Wandprojektoren; Muster kamen und verschwanden, während sie wahllose Kombinationen einstellte. Es herrschte ein seltsam gespanntes Schweigen. Watchman fühlte sich unangenehm berührt; er kannte Lilith jetzt fünf Jahre, beinahe ihr ganzes Leben, und sie war so eng mit ihm befreundet, wie ein Android es nur mit einem andern sein konnte. Doch er war noch nie zuvor auf diese private Art allein mit ihr gewesen. Es war nicht ihre Nacktheit, die ihn störte. Nacktheit bedeutete ihm überhaupt nichts. Es war, schloß er, einfach die Vertraulichkeit der Situation. Als ob sie ein Liebespaar wären. Als ob etwas . . . Sexuelles . . . zwischen ihnen wäre.

Er lächelte und entschloß sich, sie über diese ungereimten Gefühle zu informieren. Doch bevor er sprechen konnte, sagte sie: »Ich habe gerade an etwas gedacht. An Krug. An seine Ungeduld, den Turm zu vollenden. Thor, wäre es möglich, daß er glaubt, bald sterben zu müssen?«

»Sterben?« Ein ungewohnter, ein verrückter Gedanke!

»Irgendeine fürchterliche Krankheit, etwas, das sie tektogenetisch nicht reparieren können. Ich weiß nicht, was: eine neue Art von Krebs vielleicht. Jedenfalls, nimm an, er hat gerade festgestellt, daß er vielleicht noch ein oder zwei Jahre zu leben hat und entschlossen ist, seine Botschaft vorher auszusenden.«

»Er sieht gesund aus«, sagte Watchman.

»Vielleicht verfault er von innen heraus. Die ersten Symptome sind sein unberechenbares Verhalten, sein besessenes Hasten von Ort zu Ort, seine ständige Beschleunigung der Arbeitspläne, sein Antreiben zur Schnelligkeit . . .«

»Krug bewahre uns, nein!«

»Krug bewahre Krug.«

»Ich glaube das nicht, Lilith. Wie kommst du auf diesen schrecklichen Gedanken? Hat Manuel etwas gesagt?«

»Nur Intuition. Ich will dir helfen, Krugs seltsames Benehmen zu erklären, das ist alles. Wenn er wirklich ein sterbender Mann ist, so ist dies die einzige Erklärung für . . .«

»Krug kann nicht sterben.«

»Kann nicht?«

»Du weißt, was ich meine. Er darf nicht sterben. Er ist noch jung. Er hat mindestens noch ein Jahrhundert vor sich. Und es gibt so viel, das er in dieser Zeit noch tun muß.«

»Für uns, meinst du?«

»Natürlich«, erwiderte Watchman.

»Aber der Turm verbrennt ihn, verzehrt ihn. Thor, nimm an,

er stirbt wirklich? Ohne die Worte gesprochen zu haben ... ohne gesagt zu haben, daß wir ...«

»Dann werden wir eine Menge Energie im Gebet verschwendet haben. Und die AGP wird uns ins Gesicht lachen.«

»Sollten wir nicht etwas tun?«

Er drückte seine Daumen gegen die Augenlider. »Wir können unsere Pläne nicht auf Fantastereien aufbauen. Soweit wir wissen, ist Krug nicht sterbenskrank und wird wahrscheinlich nicht so schnell sterben.«

»Und wenn er wirklich stirbt?«

»Worauf willst du hinaus?«

Sie sagte: »Wir könnten sogleich damit beginnen.«

»Womit?«

»Mit dem, worüber wir sprachen, als du mich zum erstenmal aufgefordert hast, mit Manuel zu schlafen. Manuel zu benutzen, um Krugs Unterstützung für die Sache zu gewinnen.«

»Das war seinerzeit nur ein Einfall, den ich längst bereue«, sagte Watchman. »Ich bezweifle, daß es philosophisch richtig ist, Krug auf diese Weise manipulieren zu wollen. Wenn wir ehrlich sind in unserem Glauben, müßten wir auf seine Gnade warten, ohne Ränke zu schmieden, um seiner Gnade nachzuhelfen und ...«

»Höre auf damit, Thor. Ich gehe in die Kapelle, und du gehst in die Kapelle, und wir alle gehen in die Kapelle, aber wir leben auch in der wirklichen Welt, und in der wirklichen Welt mußt du die wirklichen Faktoren in Rechnung stellen. So etwa die Möglichkeit von Krugs vorzeitigem Tod.«

»Nun ...« Er zitterte vor Spannung. Sie war pragmatisch, fast wie ein Organisator von der AGP. Er sah die Logik ihres Standpunkts. Sein ganzer Glaube war gebunden an die Hoffnung auf die Manifestation eines Wunders; was aber, wenn es kein Wunder gab? Wenn sie eine Möglichkeit hatten, das Wunder zu stimulieren, sollten sie sie dann nicht benutzen? Und dennoch ... und dennoch ...«

Sie sagte: »Manuel ist reif. Er ist bereit, offen für unsere Sache einzutreten. Du weißt, wie beeinflußbar er ist; ich könnte aus ihm in zwei oder drei Wochen einen Kreuzfahrer für unsere Sache machen. Ich werde ihn in die Gammastadt mitnehmen ...«

»Verkleidet, hoffe ich.«

»Natürlich. Wir werden eine Nacht dort verbringen ... und

dann ... du erinnerst dich sicher, Thor, wir sprachen darüber, ihm eine Kapelle zu zeigen ...«

»Ja. Ja.« Watchman zitterte.

»Das werde ich tun. Ich werde ihm die Sache unserer Gemeinde erklären. Und schließlich werde ich offen sprechen und ihn bitten, sich bei seinem Vater für uns zu verwenden. Er wird es tun, Thor. Er wird es tun! Und Krug wird ihn anhören. Krug wird nachgeben und die Worte aussprechen. Manuel zuliebe.«

Watchman erhob sich. Er ging im Zimmer auf und ab. »Es erscheint fast blasphemisch. Wir sollen darauf warten, daß Krugs Gnade zu uns herabsteigt zu dem von ihm gewählten Zeitpunkt. Manuel auf diese Weise benutzen, versuchen, den Willen Krugs zu formen und zu zwingen ...«

»Was ist, wenn Krug sterben muß?« fragte Lilith. »Was, wenn er nur noch Monate zu leben hat? Was, wenn eine Zeit kommt, *da es keinen Krug gibt*? Und wir noch immer Sklaven sind?«

Ihre Worte hallten wider von den Wänden, zerschmetterten ihn:

da kein Krug mehr ist
da kein Krug mehr ist
da kein Krug mehr ist
da kein Krug mehr ist

»Wir müssen unterscheiden«, sagte er unsicher, »zwischen dem physischen Menschen, der Krug ist, für den wir arbeiten, und der ewigen Gegenwart Krugs, des Schöpfers, und Krugs, des Befreiers, der ...«

»Nicht jetzt, Thor. Sage mir nur, was ich tun soll. Manuel in die Gammastadt mitnehmen?«

»Ja. Ja. Doch mache nur einen Schritt nach dem anderen. Sei vorsichtig. Weihe ihn nicht zu schnell ein. Frage mich, wenn du Zweifel hast. Kannst du Manuel wirklich beeinflussen?«

»Er betet mich an«, sagte Lilith ruhig.

»Wegen deines Körpers?«

»Es ist ein guter Körper, Thor. Doch es ist mehr als das. Es verlangt ihn danach, von einer Androidin beherrscht zu werden. Er ist voller Schuldkomplexe der zweiten Generation. Ich habe ihn mit Sex gefangengenommen, doch ich halte ihn durch die Macht der Retorte.«

»Sex«, sagte Watchman. »Ihn mit Sex gefangengenommen. Wie? Er hat eine Frau. Eine hübsche Frau, habe ich gehört. Doch ich bin natürlich nicht in der Lage, das zu beurteilen. Wenn er eine hübsche Frau hat, warum braucht er . . .«

Lilith lachte.

»Habe ich etwas Dummes gesagt?«

»Du verstehst wohl überhaupt nichts von Menschen, Thor? Der berühmte Alpha Watchman, vollkommen ahnungslos!« Ihre Augen funkelten. Sie sprang auf. »Thor, was weißt du eigentlich über Sex? Ich meine aus erster Hand.«

»Ob ich schon einmal Geschlechtsverkehr hatte? Ist es das, was du fragst?«

»Das ist es, was ich dich frage«, erklärte Lilith.

Der Richtungswechsel in der Konversation verblüffte ihn. Was hatte sein privates Leben zu tun mit dem Planen revolutionärer Taktik?

»Nein«, sagte er. »Nie. Warum sollte ich? Was könnte ich dabei gewinnen außer Ärger?«

»Vergnügen«, erwiderte sie. »Krug schuf uns mit funktionalen Nervensystemen. Sex ist Vergnügen. Sex erregt mich. Es sollte auch dich erregen. Warum hast du es nie versucht?«

»Ich kenne keinen Alphamann, der es versucht hat oder überhaupt viel darüber nachdenkt.«

»Alphafrauen tun es.«

»Das ist etwas anderes. Ihr habt mehr Gelegenheit. Alle diese menschlichen Männer rennen hinter euch her. Menschliche Frauen rennen nicht hinter Androidenmännern her, ausgenommen vielleicht einige, die geistesgestört sind, nehme ich an. Und du kannst mit einem Menschen Geschlechtsverkehr ohne jedes Risiko haben. Ich aber werde mich nicht mit einer menschlichen Frau einlassen, nicht wenn jeder Mann, der glaubt, ich beeinträchtige seine Rechte, mich auf der Stelle zerstören kann.«

»Wie wäre es mit Sex zwischen Android und Androidin?«

»Wozu? Um Babys zu machen?«

»Sex und Fortpflanzung sind zwei ganz verschiedene Dinge, Thor. Das war schon immer so. Sex ist eine soziale Kraft. Ein Sport. Ein Spiel. Eine Art Magnetismus von Körper zu Körper. Er ist das, was mir Macht über Manuel Krug gibt.« Abrupt änderte sich der Ton ihrer Stimme, verlor seinen didaktischen Eifer, wurde weicher. »Willst du, daß ich dir zeige, was Sex ist? Lege deine Kleider ab.«

Er lachte nervös. »Meinst du das im Ernst? Willst du ... *das* machen mit mir?«

»Warum nicht? Hast du Angst davor?«

»Sei nicht albern. Ich habe nicht erwartet ... ich meine ... es erscheint so widersinnig, daß zwei Androiden miteinander ins Bett gehen sollen, Lilith ...«

»Weil wir Ersatzmenschen sind? Plastikwesen? Gegenstände?« sagte sie kalt.

»Das habe ich nicht gemeint. Wir sind aus Fleisch und Blut!«

»Aber es gibt bestimmte Dinge, die wir nicht tun dürfen, weil wir aus der Retorte kommen. Gewisse körperliche Funktionen bleiben für die Kinder des Leibes reserviert. Das meinst du doch?«

»Du unterstellst mir Anschauungen, die ich nicht habe.«

»Ich weiß, daß ich das tue. Ich will dich erziehen, Thor. Überzeugen. Du versuchst das Geschick einer ganzen Gesellschaft zu manipulieren und weißt nichts von einer der menschlichen Grundmotivationen. Komm, zieh dich aus. Hast du nie Verlangen nach einer Frau gefühlt?«

»Ich weiß nicht, was Verlangen ist, Lilith.«

»Wirklich nicht?«

»Wirklich nicht.«

Sie schüttelte den Kopf. »Und du denkst, wir sollten den Menschen gleichgestellt werden? Du willst wählen, Alphas in den Kongreß bringen, Bürgerrechte besitzen? Aber du lebst wie ein Roboter, wie eine Maschine. Du bist ein wandelndes Argument dafür, die Androiden an ihrem Platz zu belassen. Du ignorierst eine der wichtigsten Funktionen des menschlichen Lebens und sagst dir, diese Dinge seien nur für Menschen, Androiden hätten sich nicht darum zu kümmern. Ein gefährliches Denken, Thor. Wir sind menschlich. Wir haben Körper. Warum hat Krug uns Genitalien gegeben, wenn er nicht wollte, daß wir sie gebrauchen?«

»Ich stimme jedem Wort zu, das du gesagt hast, aber ...«

»Aber was?«

»Aber Sex bedeutet mir nichts. Und ich weiß, das ist ein böses Argument gegen unsere Sache. Ich bin nicht der einzige Alpha, der so empfindet, Lilith. Wir reden nicht viel darüber, aber ...«

Er wich ihrem Blick aus. »Vielleicht haben die Menschen recht. Vielleicht sind wir eine mindere Rasse, künstlich durch und durch, nur eine organische Art von Robotern, gemacht aus Fleisch und . . .«

»Falsch. Steh auf, Thor. Komm her.«

Er ging auf sie zu. Sie nahm seine Hände und legte sie auf ihre nackten Brüste.

»Drücke sie«, sagte sie. »Sanft. Siehst du die Warzen, wie sie hart werden, sich aufrichten? Das ist ein Zeichen, daß ich auf deine Berührung reagiere. Das beweist mir, daß ich eine Frau bin, kein Roboter. Es ist die Art, wie eine Frau Verlangen zeigt. Was empfindest du, wenn du meine Brüste berührst, Thor?«

»Ihre Glätte, die kühle Haut.«

»Was fühlst du *innerlich*?«

»Ich weiß nicht.«

»Eine Beschleunigung deines Pulses? Spannungen? Ein Knoten in deinem Leib. Hier, berühre meine Hüfte, streichle mich. Fühlst du jetzt etwas, Thor?«

»Ich bin nicht sicher. Das ist mir so neu, Lilith.«

»Zieh dich aus«, sagte sie.

»Es erscheint mir so mechanisch auf diese Weise. So kalt. Soll Sex nicht vorbereitet werden durch Werbung, weiches Licht, Flüstern, Musik, Poesie?«

»Dann weißt du also doch ein wenig darüber«, lächelte sie.

»Ein wenig. Ich habe ihre Bücher gelesen. Ich kenne das Ritual, das Präludium.«

»Wir können das Präludium versuchen: hier, ich habe das Licht gedämpft. Nimm einen Drink, Thor. Nein, keinen Whisky, nicht für das erstemal. Etwas Leichtes. Gut so. Und hier ist ein wenig Musik. Zieh dich aus.«

»Du wirst doch niemand etwas davon sagen?«

»Wie du dich anstellst, Thor! Wem sollte ich es sagen? Manuel? Liebling, werde ich ihm sagen, Liebling, ich habe dich mit Thor Watchman betrogen!« Sie lachte frivol. »Es wird unser Geheimnis bleiben. Nenn es eine Lektion in Menschlichkeit. Menschen haben Sex, und du willst doch menschlicher sein? Ich werde dir helfen, den Sex zu entdecken.« Sie lächelte schelmisch. Sie zerrte an seinen Kleidern.

Neugierde packte ihn. Er fühlte den Alkohol in seinem Gehirn wirken, ihn in Euphorie versetzen. Lilith hatte recht: die Sexlosigkeit der Alphas war ein Paradoxon bei Leuten, die so heftig forderten, den Menschen gleichgestellt zu werden. Oder war Sexlosigkeit gar nicht so allgemein unter den Alphas, wie er dachte? Vielleicht hatte er, weil er mit den ihm von Krug gestellten Aufgaben so sehr beschäftigt war, es einfach vernachlässigt, seine Gefühle sich entwickeln lassen? Er dachte an Siegfried Fileclerk, der im Schnee neben Cassandra Nukleus weinte, und wunderte sich.

Seine Kleider fielen, Lilith zog ihn in ihre Arme.

Sie rieb ihren Körper langsam an seinem. Er fühlte ihre Schenkel auf seinen Schenkeln, die kühle gespannte Trommel ihres Leibs, der sich gegen den seinen preßte, die harten Knoten ihrer Brustwarzen, die sich an seiner Brust rieben. Er forschte in sich nach einer Spur von Reaktion. Er war unsicher über das, was er entdeckte, doch er konnte nicht leugnen, daß er die durch ihre enge Berührung ausgelösten Empfindungen genoß. Ihre Augen waren geschlossen. Ihre Lippen waren geöffnet, sie suchten die seinen. Ihre Zunge glitt zwischen seine Zähne. Seine Handflächen glitten ihren Rücken hinunter, und in einem plötzlichen Impuls vergrub er seine Fingerspitzen in die Hügel ihres Gesäßes. Liliths Muskeln spannten sich, und ihr Körper preßte sich stärker gegen ihn, beschleunigte seine reibenden Bewegungen. Das dauerte eine kurze Weile. Dann entspannte sie sich und rückte von ihm ab.

»Nun?« fragte sie. »Etwas gefühlt?«

»Es hat mir gefallen«, sagte er zögernd.

»Hat es dich erregt?«

»Ich glaube ja.«

»Es sieht nicht so aus.«

»Woher willst du das wissen?«

»Es würde sich zeigen«, sagte sie spöttisch lächelnd.

Er kam sich unmöglich, tölpelhaft und blöd vor. Er fühlte sich von seiner eigenen Identität abgeschnitten, unfähig, in den Thor Watchman zurückzukehren, den er kannte und verstand. Von dem Augenblick an, da er die Zuchtkammer verließ, hatte er sich älter, weiser, begabter, selbstsicherer als seine Mitalphas betrachtet: als einen Mann, der die Welt und seinen Platz in ihr begriff. Aber nun? Lilith hatte ihn in einer halben Stunde vollkommen verändert, ihn plump, naiv, närrisch . . . und impotent gemacht.

Sie legte Ihre Hand auf sein Geschlecht. »Da dein Penis nicht steif geworden ist«, sagte sie, »war es offensichtlich nicht sehr erregend für dich, als ich ...« Sie unterbrach sich. »Oh. Ja. Siehst du es jetzt?«

»Es geschah, als du mich berührtest.«

»Das ist nicht überraschend. Es gefällt dir also? Ja?« Ihre Finger bewegten sich kundig. Watchman mußte sich eingestehen, daß er die Empfindung interessant fand, und daß dieses plötzliche Erwachen seiner Männlichkeit in ihren Händen ein bemerkenswertes Phänomen war. Doch er blieb außerhalb seiner selbst, ein distanzierter Beobachter, nicht mehr beteiligt, als wenn er eine Vorlesung über die Begattungsgewohnheiten der Centaurinen-Proteoiden anhörte

Sie preßte sich wieder gegen ihn. Ihr Körper bewegte sich, glitt von einer Seite auf die andere, bäumte sich auf, erschauerte. Er legte seine Arme um sie, er glitt mit den Händen wieder über ihre Haut.

Sie zog ihn zu Boden.

Er lag über ihr, stützte sich mit Knien und Ellbogen ab, um nicht mit seinem vollen Gewicht auf ihr zu lasten. Ihre Beine umschlangen ihn; ihre Schenkel preßten sich gegen seine Hüften. Ihre Hand glitt zwischen ihre Körper, nahm sein Glied, führte es in ihren Schoß. Sie begann ihr Becken zu heben und zu senken. Er erwiderte ihre Stöße, drang immer tiefer in sie ein, paßte sich ihrem Rhythmus an.

Das also ist Sex, dachte er.

Er fragte sich, wie eine Frau empfinden mochte, wenn etwas Langes und Hartes tief in ihren Körper gestoßen wurde. Offenbar genoß sie es; Lilith stöhnte und zitterte in einer Art von Entzücken. Doch es kam ihm seltsam, befremdend vor. Mit einem Teil seines Körpers in den einer Frau einzudringen, war es dies, was die Dichter besangen, war es dies, weswegen Männer Duelle ausgefochten und auf Königreiche verzichtet hatten?

Nach einer Weile sagte er: »Wie werden wir wissen, daß es vorüber ist?«

Ihre Augen öffneten sich. Er war nicht in der Lage zu unterscheiden, ob Wut oder Lust in Ihnen funkelte. »Du wirst es schon merken«, antwortete sie, warf den Kopf zurück und lächelte.

Er machte weiter. Die Bewegungen ihrer Hüften wurden heftiger. Ihr Gesicht verzerrte sich, entstellte sich beängstigend, wurde fremd, beinahe häßlich; eine Art von innerem Sturm war losgebrochen und wütete in ihr. Alle ihre Muskeln schienen sich zu verkrampfen. Ihre Vagina schloß sich fest um seinen Penis und schien ihn in sich hineinsaugen zu wollen.

Plötzlich spürte auch er, wie sich die Muskeln seines Körpers unerträglich spannten. Sein Bewußtsein trübte sich, und er war nicht mehr in der Lage, die Wirkungen, die ihre Vereinigung in ihr ausgelöst hatte, zu registrieren. Er schloß die Augen. Er rang stöhnend nach Atem. Sein Herz hämmerte wild. Seine Haut glühte. Er drückte sie fester an sich, preßte sein Gesicht in die Grube zwischen ihrer Wange und ihrer Schulter. Eine Reihe von zuckenden Stößen schüttelte ihn.

Das war es also! Wie schnell die Ekstase dahinschwand! Er konnte sich jetzt kaum der mächtigen Empfindungen erinnern, die ihn vor wenigen Sekunden überschwemmt hatten. Er fühlte sich genarrt. War das alles? Wie die nach einem kurzen Aufwallen versickernde Brandung? Es ist überhaupt nichts, dachte Thor Watchman. Es ist ein Betrug.

Er löste sich von ihr.

Sie lag da mit nach hinten hängendem Kopf, die Augen geschlossen, der Mund schlaff; sie war schweißgebadet und sah blaß aus. Ihm war, als hätte er diese Frau nie zuvor gesehen. Einen Augenblick, nachdem er sich von ihr gelöst hatte, öffnete sie die Augen. Sie stützte sich auf einen Ellbogen und lächelte ihn scheu an.

»Nun?« fragte sie.

»Was?« Er blickte sie nicht an.

»Wie fühlst du dich?«

Watchman hob die Schultern. Er suchte nach den richtigen Worten und konnte sie nicht finden. »Besiegt«, sagte er. »Müde. Leer. Ist das richtig? Ich fühle mich . . . leer.«

»Es ist normal. Nach dem Koitus ist jedes Tier traurig. Ein altes lateinisches Sprichwort. Du bist ein Lebewesen, Thor. Vergiß es nicht.«

»Ja, und ein müdes dazu.« Asche auf dem kalten Strand. Die Flut ist zurückgewichen. »Hast du es genossen, Lilith?«

»Konntest du es nicht sehen? Nein, ich nehme an, du hast es nicht gesehen. Ich habe es genossen. Sehr.«

Er legte seine Hand leicht auf ihren Schenkel. »Ich bin glücklich. Doch ich bin noch immer verblüfft.«

»Über was?«

»Über die ganze Sache. Über den Vorgang, die Reihenfolge der Ereignisse. Stoßen. Zurückziehen. Schwitzen. Stöhnen. Das Kitzeln in den Lenden, und dann ist es vorüber. Ich . . .«

»Nein«, sagte sie. »Du darfst die Sache nicht intellektuell betrachten. Nicht analysieren. Du mußt mehr erwartet haben, als wirklich dran ist. Es ist nur Spaß, Thor. Es ist das, was die Leute tun, um glücklich miteinander zu sein. Das ist alles. Das ist wirklich alles. Es ist keine kosmische Erfahrung.«

»Es tut mir leid. Ich bin nur ein dummer Androide, der nicht . . .«

»Sprich nicht weiter, Thor.«

Er begriff, daß er sie verletzte, indem er verneinte, durch ihre Vereinigung überwältigt worden zu sein. Er verletzte sich selbst. Langsam stand er auf. Seine Stimmung war düster. Er fühlte sich wie ein leeres, im Schnee liegendes Gefäß. Er hatte einen winzigen Augenblick des Glücks empfunden, genau im Höhepunkt ihrer Vereinigung; doch war dieser Augenblick der Verzückung etwas wert, wenn ihm düstere Traurigkeit folgte?

Sie hatte es gut gemeint. Sie wollte ihn menschlicher machen. Er hob sie auf, zog sie wieder an sich, küßte sie flüchtig auf die Wange und sagte: »Wir werden es irgendwann noch einmal versuchen, willst du?«

»Wann immer du willst.«

»Es war sehr seltsam für mich, das erstemal. Es wird dann bestimmt besser gehen. Ich weiß es.«

»Es wird, Thor. Das erstemal ist es immer seltsam.«

»Ich denke, es ist besser, wenn ich jetzt gehe.«

»Wenn du mußt.«

»Es ist besser. Aber wir sehen uns bald wieder.«

»Ja.« Sie berührte seinen Arm. »Und in der Zwischenzeit . . . werde ich verfahren, wie wir es besprochen haben. Ich nehme Manuel mit in die Gammastadt.«

»Gut.«

»Krug sei mit dir, Thor.«

»Krug sei mit dir.«

Er begann sich anzuziehen.

23

Und Krug sagte, es soll für euch immer dieser eine Unterschied bestehen.

Daß die Kinder des Leibes immer aus dem Leib kommen sollen und die Kinder der Retorte immer aus der Retorte. Und es soll euch nicht gegeben sein, Kinder aus euren Körpern hervorzubringen, wie es bei den Kindern des Leibes geschieht.

Und dies soll so sein, damit eure Leben nur von Krug kommen, daß Ihm allein der Ruhm eurer Schöpfung vorbehalten bleibt.

24

20. Dezember 2218

Mit seinen achthundert Metern macht der Turm einen überwältigenden Eindruck. Es ist unmöglich, sich diesem Eindruck zu entziehen: man tritt aus der Transmatkabine, bei Tag oder bei Nacht, und ist wie betäubt beim Anblick dieses in den Himmel stoßenden Speers aus leuchtendem Glas. Die Verlassenheit seiner Umgebung verleiht seiner Größe etwas Ehrfurchtgebietendes.

Der Turm hat jetzt die Hälfte seiner vorgesehenen Höhe überschritten.

In letzter Zeit ist es zu vielen, durch die Hast des Arbeitstempos verursachten Unfällen gekommen. Zwei Arbeiter fielen von der Spitze herab. Ein Elektriker, der beim Zusammenschweißen von Trennwänden einen Fehler machte, schickte einen Stromstoß durch die Kabel, die von fünf Gammas verlegt wurden. Sie waren auf der Stelle tot. Zwei aufsteigende Aufzüge kollidierten miteinander, wieder sechs Tote. Alpha Euklid Planners Gehirn wäre fast zerstört worden, als nach einer Stauung ein gewaltiger Strom von Entropiedaten durch den Hauptcomputer schoß, während er angeschlossen war. Drei Betas stürzten vierhundert Meter tief in den Innenschacht, als ein Gerüst zusammenbrach. Bei den Bauarbeiten sind schon mehr als dreißig Androiden ums Leben gekommen. Aber es sind Tausende am Turm beschäftigt, die Arbeit ist ungewöhnlich und gefährlich, und niemand betrachtet die Unfallrate als außergewönhlich hoch.

Die ersten dreißig Meter der Tachyonstrahlsendeanlage sind

praktisch fertig. Techniker testen täglich ihre Zuverlässigkeit. Es wird natürlich nicht möglich sein, Tachyone zu erzeugen, bevor die gesamte Beschleunigerstrecke vollendet ist, aber die Zusammensetzung der einzelnen Teile des gewaltigen Systems ist von höchster Wichtigkeit, und Krug verbringt den größten Teil seiner Zeit am Turm, um die Tests zu überwachen. Farbige Lichter blitzen auf, Indikatorentafeln summen und pfeifen, Zahlen glühen auf, Nadeln zittern. Krug begrüßt jedes positive Resultat mit Begeisterung. Er bringt Scharen von Gästen zum Turm. In den letzten drei Wochen ist er mit Niccolò Vargas gekommen, mit seiner Schwiegertochter Clarissa, mit neunundzwanzig Mitgliedern des Kongresses, mit elf Führern der Industrie, mit sechzehn weltberühmten Vertretern der Künste. Das Lob für den Turm ist einstimmig. Selbst diejenigen, die ihn vielleicht innerlich für eine titanische Torheit halten, können ihre Bewunderung für seine Eleganz, seine Schönheit, seine Großartigkeit nicht verhehlen. Auch eine Torheit kann schön sein, und keiner, der Krugs Turm gesehen hat, wird es bestreiten. Noch gibt es viele, die es für eine Torheit halten, die Sterne wissen zu lassen, daß der Mensch existiert.

Manuel Krug ist seit Anfang November nicht am Turm gesehen worden. Krug erklärt dies damit, daß sein Sohn sich mit der komplizierten Organisation des Krug-Konzerns vertraut macht. Er übernimmt jeden Monat größere Verantwortung. Er ist schließlich der Erbe seines Imperiums.

25

Das letztemal, als ich zu Lilith ging, sagte sie, das nächstemal, wenn du kommst, laß uns etwas anderes machen, einverstanden?

Wir beide nackt nach der Liebe. Meine Wange auf ihren Brüsten.

Etwas anderes?

Nicht nur in der Wohnung sitzen. Einen Spaziergang machen als Tourist und Stockholm besichtigen. Das Androidenviertel. Sehen, wie die Leute leben, die Androiden. Die Gammas. Würdest du das nicht gerne tun?

Und ich sagte, ein wenig unsicher, warum sollte ich? Möchtest du nicht lieber die Zeit mit mir verbringen?

Sie spielte mit den Haaren auf meiner Brust. Welch ein Tier bin ich, so primitiv.

Wir leben so zurückgezogen hier. Du kommst, wir gehen miteinander ins Bett, du gehst. Wir gehen nie aus. Ich möchte, daß du mit mir ausgehst. Als Teil deiner Erziehung. Ich habe den Drang, Leute zu erziehen, wußtest du das, Manuel? Ihren Geist auftun für neue Dinge. Bist du je in einer Gammasiedlung gewesen?

Nein.

Weißt du, was das ist?

Ein Ort, an dem Gammas leben, nehme ich an.

Das stimmt. Aber in Wirklichkeit weißt du es nicht. Nicht bevor du dort gewesen bist.

Ist es gefährlich?

Nicht wirklich. Niemand wird Alphas in der Gammastadt belästigen. Sie machen sich manchmal einander das Leben schwer, aber das ist etwas anderes. Wir gehören der höchsten Kaste an, und sie halten sich von uns fern.

Ich sagte, einen Alpha werden sie vielleicht nicht belästigen. Aber wie ist es mit mir? Sie haben vielleicht etwas gegen menschliche Touristen.

Lilith sagte, sie würde mich verkleiden. Einen Alpha aus mir machen. Das hätte einen gewissen Reiz. Versuchung, Geheimnis. Es wäre vielleicht eine romantische Abwechslung für Lilith und mich, ein solches Spiel zu spielen. Ich fragte, werden sie nicht erkennen, daß ich nicht echt bin? Und sie sagte, sie betrachten Alphas nicht so genau. Sie haben eine anerzogene soziale Distanz. Gammas beachten diese Distanz, Manuel.

Gut, gehen wir in die Gammastadt.

Wir planten den Ausflug für die nächste Woche. Ich arrangierte alles mit Clarissa: Ich muß zum Mond, sagte ich, würde erst in zwei Tagen zurück sein. Kein Problem. Clarissa würde die Zeit mit ihren Freunden in Neuseeland verbringen. Ich frage mich manchmal, ob Clarissa irgend etwas ahnt. Oder was sie sagen würde, wenn sie alles wüßte. Ich bin versucht, zu ihr zu sagen, Clarissa, ich habe in Stockholm eine Androidin als Mätresse, sie besitzt seltene Qualitäten im Bett und einen fantastischen Körper, wie gefällt dir das? Clarissa ist keine Kleinbürgerin, aber sie ist empfindsam. Vielleicht fühlt sie sich überflüssig. Oder vielleicht sagt sie bei ihrer großen Liebe für die unterdrückten Androiden, wie nett von dir, Manuel, eine von ihnen glücklich zu machen. Ich habe nichts dagegen, deine Liebe mit einer Androidin zu teilen. Bring sie einmal mit zum Tee. Ich frage mich, wie sie sich verhalten würde.

Der Tag kommt. Ich gehe zu Lilith. Ich trete ein und sie ist nackt. Zieh deine Kleider aus, sagt sie. Ich lächle verlegen. Etwas plump. Gewiß. Gewiß. Ich ziehe mich aus und greife nach ihr. Sie macht einen kleinen Tanzschritt, und ich greife ins Leere.

Nicht jetzt, Dummkopf. Wenn wir zurückkommen. Wir müssen dich jetzt verkleiden.

Sie nimmt eine Spraytube. Sie stellt sie zuerst auf neutral ein und überdeckt die Spiegelplatte auf meiner Stirn. Androiden tragen so etwas nicht. Die Ohrläppchenpflöcke weg, befiehlt sie. Ich ziehe sie heraus, und sie füllt die Öffnungen mit Gelatine. Dann beginnt sie, mich mit Rot einzusprühen. Muß ich meinen Körper rasieren, frage ich. Nein, sagt sie. Du wirst doch deine Kleider nicht in Gegenwart anderer ablegen. Sie färbt mich vollkommen ein mit einem mattschimmernden Rot. Ich sehe aus wie ein echter Android. Dann bedeckt sie mich von der Brust bis zu den Schenkeln mit einem Wärmespray. Es wird kalt draußen sein, sagt sie. Androiden tragen keine schweren Kleider. So, zieh dich an.

Sie reicht mir ein Gewand. Hochgeschlossenes Hemd, hautenge Hosen. Offensichtlich Androidenkleidung, und offensichtlich auch Alphastil. Legt sich an meinen Körper wie ein Trikot. Hoffentlich bekommst du keine Erektion, sagt sie. Du würdest dir die Hosen zerreißen. Sie lacht und streichelt mein Geschlecht.

Woher hast du die Kleider?

Ich habe sie mir von Thor Watchman geliehen.

Hast du ihm gesagt, wofür du sie brauchst?

Nein, sagt sie, natürlich nicht. Ich sagte nur, ich brauche sie. Laß uns jetzt sehen, wie du aussiehst. Wunderbar, wunderbar! Ein vollkommener Alpha. Geh durchs Zimmer. Komm zurück. Gehe etwas stolzer. Bedenke, du bist das Endprodukt der menschlichen Evolution, die perfekteste Version des *homo sapiens,* die je aus einer Retorte gekommen ist, mit all den Stärken eines Menschen und ohne eine seiner Schwächen. Du bist ein Alpha . . . hm. Wir brauchen einen Namen, für den Fall, daß dich jemand fragt. Lilith denkt eine Weile nach. Alpha Leviticus Leaper, sagt sie. Wie heißt du?

Alpha Leviticus Leaper, sage ich.

Nein, wenn jemand dich fragt, sagst du Leviticus Leaper. Man kann sehen, daß du ein Alpha bist. Andere Leute werden dich Alpha Leaper nennen. Klar?

Klar!

Sie zieht sich an. Zuerst ein Wärmespray, dann eine Art von goldenem Netz über die Brüste bis hinunter zur Mitte der Schenkel. Sonst nichts. Die Brustwarzen sind sichtbar durch die Maschen des Netzes. Auch unten ist nicht viel verborgen. Das entspricht nicht ganz meiner Vorstellung von Winterkleidung. Androiden müssen den Winter mehr genießen als wir Menschen.

Willst du dich selbst sehen, bevor wir gehen, Alpha Leaper?

Ja.

Sie wirft Spiegelstaub in die Luft. Nachdem die Moleküle sich geordnet haben, sehe ich mich in meiner ganzen Größe vor mir. Eindrucksvoll. Ein richtiger Alphastutzer, ein roter Teufel, der sich zurecht gemacht hat, auszugehen. Lilith hat recht. Kein Gamma würde es wagen, mich zu belästigen oder mir auch nur in die Augen zu schauen.

Gehen wir, Alpha Leaper! Machen wir einen Bummel durch die Gammastadt!

Wir gehen hinaus. Wir gehen bis zum Rand der City, schauen auf windgepeitschtes Wasser. Schaumkronen selbst im Hafen. Früher Nachmittag, doch bereits hereinbrechende Nacht. Eine schmutzige, graue Tageszeit, tiefhängende Wolken. Der trübe Schimmer von Straßenlaternen. Andere Lichter schimmern schmutzig an den Gebäuden oder schweben in der Luft: rote, grüne, blaue, orangefarbene, aufleuchtend und verlöschend, Beachtung heischend, ein Pfeil hier, das Zeichen einer Trompete dort. Erschütterungen. Dämpfe. Gerüche. Geräusche. Die Nähe vieler Leute. Ein Kreischen im grauen Zwielicht. Fernes Gelächter, gedämpft. Gesprächsfetzen dringen durch den Nebel:

»Laß los, oder . . .«

»Zurück in die Retorte! Zurück in die Retorte!«

»Traumpillen, wer nimmt Traumpillen?«

»Stacker können es dir nicht sagen.«

»Traumpillen!«

»Huuh! Huuh!«

Stockholm ist fast ganz von Androiden bevölkert. Warum drängen sie sich hier zusammen wie in den neun anderen Städten? Ghettos? Sie haben es nicht nötig. In der Transmatwelt heißt es: wohne, wo du willst, arbeite, wo es dir gefällt.

Aber wir lieben es, unter uns zu sein, sagt sie.

So schließen sie sich in Klassen ab in ihren Ghettos. Die Alphas am Rand des Viertels in den schönen alten Häusern, die Betas im zerfallenden Zentrum. Und dann die Gammas. Die Gammas! Willkommen in der Gammastadt.

Nasse, schlüpfrige, schlammige Kopfsteinpflasterstraßen. Mittelalter? Verwitterte graue alte Häuser, schmale Gassen. Im Rinnstein fließt träge kaltes schmutziges Wasser. Fenster aus Glas und dennoch ist nicht alles archaisch hier: eine Mischung von Stilen, alle Arten von Architektur, alle Stufen des Fortschritts, zweiundzwanzigstes, zwanzigstes, neunzehntes, sechzehntes, vierzehntes Jahrhundert durcheinander gewürfelt. In der Luft hängen die Netze von wettersicheren Hochstraßen, verrostete Rollwege in einigen wenigen der winkligen Straßen. Das Summen von Klimaanlagen, die defekt sind und grünliche Nebel in die Winterluft blasen. Dickwandige Barockkeller. Lilith und ich gehen durch die in verrücktem Zickzackmuster verlaufenden Gassen. Ein Dämon muß diese Stadt entworfen haben. Ein Werk der Perversion.

Gestalten huschen vorbei, Gesichter.

Gammas! Gammas überall. Sie starren dich an. Schauen weg, starren dich wieder an. Kleine trübe Augen, vogelähnlich, erschreckt, flackernd. Sie haben Angst vor uns. Die soziale Distanz? Sie wahren die soziale Distanz. Sie schleichen, sie starren, doch wenn wir näher kommen, versuchen sie, unsichtbar zu sein. Den Kopf gesenkt. Die Augen abgewandt. Alphas, Alphas, Alphas. Nehmt euch in acht, ihr Gammas.

Wir blickten von hoch oben auf sie herab. Ich habe nie gewußt, wie stämmig Gammas sind, wie klein, wie breit. Und wie stark. Diese Schultern. Diese knotigen Muskeln. Jeder von ihnen könnte mich in Stücke reißen. Auch die Frauen sehen stark aus, obwohl sie anmutiger gebaut sind. Mit einem Gammamädchen ins Bett gehen? Sind sie feuriger als Lilith.. Ist das möglich? Sie prügeln sich, sie springen wild umher, brüllen sich an, keine Hemmungen! Und der Geruch von Knoblauch. Denke nicht mehr dran. Roh sind sie. Roh. Es wäre wie Quenelle mit meinem Vater! Vergiß sie! Es ist genug Leidenschaft in Lilith und sie ist rein. Es lohnt sich nicht, darüber nachzudenken. Die Gammas halten sich fern von uns. Zwei elegante Alphas auf dem Bummel. Wir haben lange Beine. Wir haben Stil. Wir besitzen Anmut. Sie fürchten uns.

Ich bin Alpha Leviticus Leaper.

Der Wind ist rauh hier. Er kommt direkt vom Wasser, scharf wie eine Messerklinge. Er wirbelt Staub und Abfälle auf in den Straßen. Staub! Abfälle! Wann habe ich je so schmutzige Straßen gesehen? Kommen die Reinigungsroboter nie hierher? Warum halten die Gammas nicht selbst ihre Straßen sauber? Sie legen keinen Wert auf solche Dinge, sagt Lilith. Es ist eine Sache der Kultur. Sie sind stolz darauf, keinen Stolz zu haben. Es ist ein Ausdruck ihres Status. Boden der Androidenwelt, Boden des Bodens der menschlichen Welt, und sie wissen es, und sie lieben ihn, und der Schmutz ist für sie ein Statussymbol. Warum nicht? Sie sagen, wenn ihr wollt, daß wir Dreck sind, dann wollen wir auch im Dreck leben, in ihm wühlen, uns in ihm wälzen. Wenn wir nicht Menschen sind, brauchen wir nicht sauber zu sein. Früher kamen Reinigungsroboter hierher, und die Gammas haben ihnen die Metallschädel eingeschlagen. Dort liegt einer, siehst du? Liegt hier, seit mindestens zehn Jahren. Roboterteile, verrostet, verbogen, zusammengeschlagen, liegen auf einem Haufen. Reste eines metallenen Menschen. Blaues Metall schimmert durch den Rost. Sind das Magnetspulen? Relais! Akkumulatoren, Minicomputer? Die verschlungenen Drahteingeweide der Maschine. Boden des Bodens des Bodens, ein rein mechanisches Objekt, zerstört, weil es den heiligen Schmutz unserer aus der Retorte geborenen Parias angriff. Eine grauweiße Katze pißt zusammengeduckt auf die Eingeweide des Roboters. Herumstehende Gammas lachen. dann sehen sie uns und ziehen sich scheu zurück. Sie machen schnelle, nervöse Gesten mit ihren linken Händen . . . berühren die Stelle des Geschlechts, die Brust, die Stirn, eins-zwei-drei, sehr schnell. Automatisch, wie ein Reflex, wie das Zeichen des Kreuzes. Was bedeutet das? Eine Art Ehrenbezeugung? Eine Huldigung an die vorübergehenden Alphas? Etwas ähnliches, sagt Lilith. Doch nicht ganz. Es ist nur eine Geste des Aberglaubens.

Um den bösen Blick abzuwehren.

Ja. Berühre die Hauptpunkte, beschwöre den Geist der Genitalien, der Seele und der Intelligenz, Geschlecht, Brust, Stirn. Hast du nie zuvor Androiden dieses Zeichen machen sehen?

Mag sein, nicht bewußt.

Sogar Alphas machen es, sagt Lilith. Eine Gewohnheit. Zur Entspannung. Manchmal mache ich es sogar.

Warum aber die Genitalien? Wo Androiden nicht zeugen?

Eine symbolische Geste, sagt sie. Wir sind zwar steril, doch die Zeugungsorgane sind immer noch tabuisiert als Erinnerung an den Ursprung von uns allen. Das menschliche Gen kommt aus den Lenden, und wir sind nach diesem Gen entworfen und aus ihm gezüchtet. Es gibt sogar eine Philosophie darüber.

Ich mache das Zeichen. Eins, zwei, drei. Lilith lacht, aber sie scheint verärgert, als hätte ich das nicht tun sollen. Zum Teufel, ich laufe doch heute abend als Androide verkleidet herum? Dann kann ich mich auch wie ein Androide benehmen. Eins, zwei, drei.

Die an der Wand stehenden Gammas erwidern das Zeichen. eins, zwei, drei. Geschlecht, Brust, Stirn.

Einer von ihnen sagt etwas, das wie ›Krug sei gepriesen‹ klingt.

Was war das? fragte ich Lilith.

Ich habe nichts gehört.

Hat er nicht gesagt, ›Krug sei gepriesen‹?

Gammas sagen manchmal dummes Zeug.

Ich schüttle den Kopf. Vielleicht erkennt er mich, Lilith?

Keine Chance, absolut nicht. Wenn er etwas über Krug gesagt hat, meint er deinen Vater.

Ja, ja. Das ist wahr. Er ist Krug. Ich bin Manuel, nur Manuel.

Psst! Du bist Alpha Leviticus Leaper!

Richtig. Tut mir leid. Alpha Leviticus Leaper. Abgekürzt Lev. Krug sei gepriesen? Vielleicht habe ich nicht richtig gehört.

Vielleicht, sagt Lilith.

Wir gehen um eine Ecke und lösen dabei eine Reklameautomatik aus. Indem wir das Rasterfeld der Automatik betreten, bewirken wir, daß vielfarbiger Staub aus Öffnungen in einer Wand herausgeblasen wird und durch elektrostatische Anziehung ein Muster von Worten in der Luft bildet, das selbst im Nebel hell leuchtet. Vor einem silbrigen Hintergrund sehen wir:

!ARZT!
ALPHA POSEIDON MUSKETIER
!ARZT!
SPEZIALIST FÜR GAMMABESCHWERDEN
ER HEILT
SOLIDIFIERS
SLOBIESÜCHTIGE
STACKER
ER BEZWINGT
METABOLISCHE FÄULNIS
UND ANDERE PROBLEME
!ANGESEHENE FACHKRAFT!
KLINGELN ERSTE TÜRE RECHTS

Ich frage, ist er wirklich ein Alpha?

Natürlich.

Wozu wohnt er hier in der Gammastadt?

Irgend jemand muß hier Arzt sein. Glaubst du, ein Gamma kann einen medizinischen Grad erhalten?

Er preist sich aber an wie ein Quacksalber. Sich so eine pompöse Reklameautomatik bauen zu lassen! Welcher richtige Arzt würde so um Patienten werben!

Ein Arzt in der Gammastadt. So macht man das hier. Auf alle Fälle ist er ein Quacksalber. Ein guter Arzt, aber ein Quacksalber. Er war vor einigen Jahren in einen Organregenerationsskandal verwickelt, als er eine Alphapraxis hatte. Er hat seine Lizenz verloren.

Braucht man hier keine Lizenz?

Man braucht nichts hier. Sie sagen, er ist tüchtig. Exzentrisch, aber aufopfernd für seine Patienten. Möchtest du ihn kennenlernen?

Nein. Nein. Was sind Slobiesüchtige?

Slobie ist eine Droge. Du wirst bald eine Süchtige sehen.

Und Stacker?

Eine Verkrustung im Kleinhirn, eine Abnutzungserscheinung, die bei Gammas auftritt; führt zu geistiger Umnachtung.

Und Solidifier?

Eine Muskelkrankheit. Versteifung des Gewebes oder etwas ähnliches. Ich bin nicht sicher. Nur Gammas bekommen sie. Vielleicht ein Konstruktionsfehler.

Ich runzle die Stirn. Weiß mein Vater davon? Er steht hinter der Integrität seiner Produkte. Wenn Gammas anfällig sind für geheimnisvolle Krankheiten . . .

Da ist ein Slobiesüchtiger, sagt Lilith.

Ein Android kommt die Straße herauf auf uns zu, schwebend, gleitend, tanzend, gespenstisch langsam, wie in einem Film, der in Zeitlupe abläuft, die Augen nur einen Spalt geöffnet, das Gesicht wie im Traum verzückt, die Arme ausgestreckt, die Finger locker hängen lassend. Er sucht tastend seinen Weg, als ginge er durch die dichte Atmosphäre des Jupiters. Er trägt nur ein Stück Stoff um die Hüften, doch er schwitzt in der eisigen Luft. Mit rauher, summender Stimme spricht er zu sich selbst. Nach einer Zeit, die mir wie vier Stunden erscheint, erreicht er uns, pflanzt sich vor uns auf, lehnt den Kopf zurück, stemmt die Hände in die Hüften, schweigend, eine Minute lang. Schließlich sagt er mit tiefer rauher Stimme und mit entsetzlicher Langsamkein, Al . . . al . . . lo . . . Al . . . phas . . . schö . . . ne . . . Al . . . phas

Lilith sagt ihm, er soll weitergehen.

Zunächst keine Reaktion. Dann fällt sein Gesicht in sich zusammen. Unaussprechliche Traurigkeit. Er hebt die linke Hand in einer unbeholfenen klauenartigen Geste, berührt die Stirn, läßt die Hand auf die Brust sinken, auf das Geschlecht. Er macht das Zeichen umgekehrt . . . Was bedeutet das? Er sagt in tragischem Ton, ich . . . liebe . . . die . . . schö . . . nen . . . Al . . . phas.

Ich sage zu Lilith, was ist das für eine Droge?

Sie verlangsamt das Zeitempfinden. Eine Minute wird eine Stunde für sie. Das verlängert ihre Freizeit. Natürlich bewegen wir uns wie Wirbelwinde um sie. Gewöhnlich bleiben die Süchtigen beisammen, im gleichen Zeitschema. Es gibt ihnen die Illusion von Tagen zwischen jeder Arbeitsschicht.

Eine gefährliche Droge?

Sie sagen, sie beraubt einen um eine Stunde der Lebenserwartung für die zwei Stunden, die man unter ihrem Einfluß steht. Doch die Gammas halten das für ein gutes Geschäft. Verzichte auf eine objektive Stunde und gewinne zwei oder drei subjektive Tage . . . Warum nicht?

Doch es schwächt die Arbeitskraft!

Gammas haben das Recht, mit ihrem Leben zu tun, was sie wollen, ist das nicht so, Alpha Leaper? Du bist doch nicht etwa auch der Ansicht, daß sie nur Eigentum sind und daß jede Art von Selbstzerstörung, die der Gamma betreibt, ein Verbrechen gegen seinen Besitzer ist?

Nein. Nein. Natürlich nicht, Alpha Meson.

Ich habe auch nicht geglaubt, daß du so denkst, sagt Lilith.

Der Slobiesüchtige umkreist uns mit entnervender Langsamkeit, singt etwas so langsam, daß ich unfähig bin, die einzelnen Silben miteinander zu verbinden und einen Sinn herauszuhören. Er bleibt stehen. Ein eisiges Lächeln breitet sich unendlich langsam auf seinem Gesicht aus. Er gibt ein grollendes Knurren von sich. Er sinkt ungelenk in Hockstellung. Seine Hand hebt sich mit gekrümmten Fingern wie eine Klaue. Sie ist offensichtlich auf Liliths Brust gerichtet. Keiner von uns bewegt sich.

Jetzt verstehe ich das Singsang des Gammas:

A . . . A . . . A . . . A . . . A . . . G . . . A . . . A . . .

C . . . A . . . A . . . U . . .

Was versucht er zu sagen?

Lilith schüttelt den Kopf. Es ist nicht wichtig, sagt sie.

Sie tritt zurück, als die zeigende Hand nur noch zehn Zentimeter von ihrem Busen entfernt ist. Auf dem Gesicht des Gammas beginnt Unmut an die Stelle des Lächelns zu treten. Er scheint verletzt. Sein Gesang nimmt einen fragenden Ton an:

A . . . U . . . A . . . A . . . U . . . G . . . A . . .

U . . . C . . . A . . . U . . . U . . .

Das Geräusch langsamer, schleppender Schritte nähert sich von hinten. Es ist ein zweiter Slobiesüchtiger: ein Mädchen, bekleidet mit einem zerfetzten, langen Mantel, der von ihrer Schulter herabhängt, und den sie wie eine Schleppe mehrere Meter hinter sich herschleift. Er ist vorn geöffnet, ihre Schenkel und Lenden sind nackt. Sie hat ihr Haar grün gefärbt und es in Form einer Tiara hochgebunden. Ihr Gesicht ist verwüstet und bleich und ihre Augen sind kaum geöffnet. Ihre Haut ist naß vor Schweiß. Sie schwebt auf unsern Freund zu und sagt etwas zu ihm mit einer verblüffenden Baritonstimme. Er antwortet wie im Traum. Ich kann nichts von dem verstehen, was sie sagen. Ist es wegen der verlangsamenden Droge oder sprechen sie einen Gammadialekt? Etwas Häßliches scheint sich anzubahnen. Ich nicke Lilith zu, schlage ihr mit einer Geste vor, daß wir gehen sollen, doch sie schüttelt den Kopf. Bleibe. Beobachte sie.

Die Süchtigen vollführen einen grotesken Tanz, sich mit den

Fingerspitzen berührend, heben sie die Knie und lassen sie wieder sinken. Eine Gavotte für Marmorstatuen. Ein Menuett für ausgestopfte Elefanten.

Sie singen einander an. Sie umkreisen einander. Die Füße des Mannes verwickeln sich in den nachschleifenden Mantel des Mädchens. Sie bewegt sich. Er bleibt stehen. Der Mantel fällt von ihren Schultern. Das Mädchen steht nackt auf der Straße. Zwischen ihren Brüsten hängt an einer grünen Schnur ein Messer. Ihr Rücken ist kreuz und quer mit Narben bedeckt. Ist sie gegeißelt worden? Ihre Nacktheit erregt mich. Ich sehe, wie sich ihre Brustwarzen langsam aufrichten. Der Mann nähert sich der Frau. Mit schmerzlicher Langsamkeit hebt er die Hand und greift nach dem Messer. Ebenso langsam läßt er es sinken und berührt mit dem kalten Metall die Lenden des Mädchens, ihren Bauch, ihre Stirn. Das heilige Zeichen. Lilith und ich stehen an der Mauer, nahe dem Eingang zu der Praxis des Arztes. Das Messer bereitet mir Unbehagen.

Laß mich es ihm wegnehmen, sage ich.

Nein. Nein. Du bist nur Besucher hier. Das geht dich nichts an.

Dann laß uns gehen, Lilith.

Warte, schau zu.

Unser Freund singt wieder. Eine wirre Folge von Buchstaben, wie zuvor. U ... C ... A ... U ... C ... G ... U ... C ... C ...

Sein Arm holt aus, bewegt sich wieder nach vorn. Die Spitze des Messers zielt auf den Magen des Mädchens. An der Spannung seiner Muskeln sehe ich, daß der Stoß volle Kraft haben wird. Dies ist kein Tanzschritt. Die Klinge ist nur noch wenige Zentimeter von ihrem Leib entfernt, als ich vorstürze und sie ihm aus der Hand schlage.

Er beginnt zu stöhnen. Die Frau begreift noch nicht, daß sie gerettet worden ist. Sie gibt ein tiefes dröhnendes Bellen von sich, das vielleicht ein Schrei sein soll. Sie fällt zu Boden, umfaßt ihre Brüste mit der einen Hand, stößt die andere zwischen ihre Schenkel. Sie windet sich in langsamen Bewegungen.

Du hättest dich nicht einmischen sollen, sagt Lilith wütend. Komm jetzt, es ist besser, wir gehen.

Aber er hätte sie getötet!

Nicht deine Sache. Nicht deine Sache.

Sie packt mich beim Handgelenk. Ich drehe mich um. Wir entfernen uns. Aus den Augenwinkeln sehe ich, daß die Frau aufsteht. Das grelle Licht der Reklame des Arztes Poseidon Musketier schimmert auf ihren nackten Hüften. Lilith und ich machen zwei Schritte. Dann hören wir ein Grunzen. Wir schauen zurück. Das Mädchen ist aufgestanden, hat das Messer in der Hand, und hat es in den Bauch des Mannes gestoßen. Langsam zieht sie es durch sein Fleisch von der Hüfte bis zur Brust. Seine Eingeweide quellen hervor, und er wird sich dessen nur langsam bewußt. Er setzt zu einem gurgelnden Schrei an.

Jetzt müssen wir gehen, sagt Lilith. Wir eilen zu der Ecke. Als wir sie erreichen, drehe ich mich noch einmal um. Die Tür des Alpha Musketier hat sich geöffnet. Eine hagere Gestalt, groß wie ein Alpha, mit einer Mähe wilden grauen Haars und hervorstehenden Augen, steht in ihr. Ist es der berühmte Arzt? Er läuft zu den Slobiesüchtigen. Die Frau kniet vor ihrem Opfer, das noch nicht gefallen ist. Sein Blut färbt ihre schimmernde Haut purpurn. Sie singt: G! A! A! G! A! G! G! A! C!

Hier hinein, sagt Lilith, und wir betreten einen niedrigen dunklen Gang.

Eine Treppe. Trockener Geruch von Fäulnis und Verwesung. Spinnweben. Wir tauchen in unbekannte Tiefen. In der Ferne, tief unten, glühen gelbe Lichter. Wir gehen hinunter und hinunter und hinunter.

Wo sind wir? fragte ich.

Ein Sicherheitstunnel. Gebaut während des Gesundheitskrieges vor zweihundert Jahren, Teil eines Systems, das unter ganz Stockholm verläuft. Die Gammas haben es übernommen.

Eine Kloake.

Ich höre kurze Ausbrüche von Gelächter, Gesprächsfetzen. Es gibt Läden hier unten, vergitterte Schaufenster, hinter denen kleine Lampen qualmen und flackern. Gammas laufen hin und her. Einige von ihnen machen das Eins-zwei-drei-Zeichen, als sie an uns vorübergehen. Getrieben von einer Furcht, die ich nicht verstehe, zieht Lilith mich hastig mit sich. Wir gehen durch weitere Tunnel, betreten einen Durchgang, der zu einem anderen Tunnel führt.

Drei Slobiesüchtige tanzen vorbei. Ein männlicher Gamma, das Gesicht mit roten und blauen Streifen bemalt, macht Halt und beginnt zu singen. Singt er für uns:

Wen soll ich heiraten?
Wer wird mich heiraten?
Feuer in der stinkenden Retorte
Frei fliegendes Feuer.
Mein Kopf mein Kopf mein Kopf mein Kopf
Mein Kopf

Er kniet nieder und würgt. Eine blaue Flüssigkeit tritt auf seine Lippen, er spuckt sie uns vor die Füße.

Wir gehen weiter. Wir hören einen hallenden Schrei:

Al-*pha*! Al-*pha*! Al-*pha*! Al-*pha*!

Zwei Gammas begatten sich in einem Alkoven. Ihre Körper sind schweißnaß. Gegen meinen Willen beobachte ich die stoßenden Hüften und lausche dem Klatschen von Fleisch gegen Fleisch. Die Frau trommelt mit den Fäusten auf dem Rücken ihres Partners. Protestiert sie gegen eine Vergewaltigung? Oder ist es Ausdruck ihres Entzückens? Ein Slobie stolpert aus dem Schatten, fällt über sie, und die drei bilden einen Haufen verschlungener Glieder. Lilith zieht mich weg. Ich bin plötzlich voller Verlangen nach ihr. Ich denke an ihre festen Brüste, ihre Hüften, ihren Leib. Ist es möglich? Ich bin plötzlich versessen darauf, einen Alkoven zu suchen und mich mit ihr mitten unter den Gammas zu kopulieren. Ich versuche sie zu umarmen, doch Lilith entzieht sich meiner Berührung. Nicht hier, sagt sie. Nicht hier. Wir müssen die soizale Distanz wahren.

Blendende Lichtkaskaden fallen von der Decke des Tunnels herab. Rosa Blasen erscheinen und zerplatzen, sauren Geruch verbreitend. Ein Dutzend Gammas stürzen aus einem Seitengang, bleiben bestürzt stehen, als sie begreifen, daß sie beinahe mit zwei Alphas zusammengestoßen wären, machen Zeichen der Verehrung und rennen weiter, rufen, lachen, singen.

Ich schmelze dich und du schmilzt mich
Und wir schmelzen dahin und sind glücklich.
Stoß zu! Stoß zu! Stoß zu, mein Schatz!
Ja! Ja! Ja! Ja! Ja!

Sie scheinen glücklich zu sein, sage ich.

Lilith nickt. Sie sind vollkommen betrunken, sagt sie. Wahrscheinlich auf dem Weg zu einer Strahlenorgie.

Einer was?

Eine Lache gelber Flüssigkeit läuft unter einer geschlossenen Tür hervor. Scharfe Dämpfe steigen. Urin? Die Tür fliegt auf. Eine Gammafrau mit leuchtenden Brüsten, einer hellen Narbe am Bauch, kichert uns an. Sie macht einen höflichen Knicks. Mylady, Mylord, wollen sie mit mir? Sie kichert. Hockt nieder. Sie taumelt umher in irrem Tanz. Krümmt den Rücken, klatscht auf ihre Brüste, macht die Beine breit. Grüne und goldene Lichter flammen auf in dem Raum, aus dem sie gekommen ist. Eine Gestalt erscheint.

Was ist das, Lilith?

Normale Höhe, doch doppelt so breit wie ein Gamma und bedeckt mit einem dicken rauhen Fell. Ein Affe? Das Gesicht ist menschlich. Das Wesen hebt die Hände. Kurze stumpfe Finger, zwischen ihnen Schwimmhäute! Es zerrt das Mädchen wieder zurück in den Raum. Die Tür schließt sich.

Eine Mißgeburt, sagt Lilith. Es gibt viele von ihnen hier. Es sind Androiden, die dem Standard nicht entsprechen. Genetische Pannen, vielleicht Schmutz in der Nährflüssigkeit. Manchmal haben sie keine Arme, keine Beine, keine Köpfe, keine Verdauungsorgane. Fabrikationsfehler aus Krugs Retorte. Ausschuß.

Werden sie nicht automatisch vernichtet in der Fabrik?

Lilith lächelt. Sie werden nicht vernichtet, man hält sie verborgen. Diejenigen, die nicht lebensfähig sind, sterben ohnehin sehr bald. Manche werden von den Gammas hinausgeschmuggelt, wenn die Aufseher nicht aufpassen, und in eine der Unterstände mitgenommen, meistens hierher. Hier halten sie sie zum Spaß oder aus Mitleid. Wir können unsere idiotischen Brüder nicht töten, Manuel!

Leviticus, sage ich. Alpha Leviticus Leaper.

Schau, dort ist noch einer.

Eine Gestalt aus einem Alptraum hüpft ausgelassen durch den Gang. Sie sieht aus wie etwas, das in einen Ofen geschoben wurde, bis das Fleisch zu zerfließen begann. Der Umriß ist menschlich, die Konturen jedoch nicht. Die Nase ist ein Klumpen, die Lippen sind tassenförmig, die Arme verschieden lang, Finger wie Tentakeln, aber die Genitalien sind monströs: Pferdepenis, Stierhoden.

Er wäre besser tot, sage ich zu Lilith.

Nein. Nein. Er ist unser Bruder. Unser bemitleidenswerter Bruder, den wir lieben.

Das Monstrum bleibt zehn Meter vor uns stehen. Seine schlangenartig beweglichen Arme machen das Zeichen: Eins-zwei-drei.

Mit klarer und überraschend wohlklingender Stimme sagt er, der Friede Krugs sei mit euch, Alphas, geht mit Krug. Geht mit Krug. Geht mit Krug.

Krug sei mit dir, antwortet Lilith.

Das Monstrum watschelt weiter, ein glückliches Lächeln auf seinem entsetzlichen Gesicht.

Der Friede Krugs? Geht mit Krug? Krug sei mit euch? Lilith, was bedeutet das alles?

Höflichkeit, sagt sie. Ein freundlicher Gruß.

Krug?

Krug hat uns doch alle geschaffen, sagt sie.

Ich erinnere mich an Dinge, die gesagt wurden, als ich mit meinen Freunden in dem Egotauschraum war. Du weißt, alle Androiden lieben deinen Vater? Ja. Manchmal glaube ich, es muß fast wie eine Religion sein für sie. Die Religion Krugs. Nun, es hat einen gewissen Sinn, seinen Schöpfer anzubeten. Lache nicht.

Der Friede Krugs. Geht mit Krug. Krug sei mit euch.

Lilith, halten die Androiden meinen Vater für Gott?

Lilith weicht der Frage aus.

Wir können darüber ein anderes Mal sprechen, sagt sie. Die Leute hier haben Ohren. Es gibt gewisse Dinge, über die wir hier nicht sprechen können.

Aber ...

Ein anderes Mal!

Ich lasse das Thema fallen. Der Tunnel weitet sich jetzt zu einem großen, hell erleuchteten, überfüllten Raum. Ein Marktplatz? Geschäfte, Stände, Gammas überall. Wir werden angestarrt. Es gibt zahlreiche Mißgeburten hier, eine grauenhafter als die andere. Es ist schwer zu begreifen, wie so verstümmelte und mißlungene Geschöpfe überleben können.

Gehen sie je an die Oberfläche?

Nie. Sie könnten von Menschen gesehen werden.

In der Gammastadt?

Sie gehen kein Risiko ein. Sie würden sofort abgeholt werden und auf Nimmerwiedersehen verschwinden.

Im Gedränge der überfüllten Halle rempeln sich die Androiden an, schimpfen, zanken sich. Irgendwie aber lassen sie stets einen freien Raum um uns. Zwei Messerduelle werden ausgetragen. Niemand schenkt ihnen Beachtung. Man benimmt sich schamlos lasziv. Es stinkt ranzig und faul. Eine Frau mit funkelnden Augen nähert sich mir und flüstert, Krug segne dich! Krug segne dich! Sie drückt mir etwas in die Hand und läuft davon.

Ein Geschenk.

Ein kleiner kühler Würfel mit abgerundeten Kanten, ähnlich dem Spielzeug in dem Psychotauschraum in New Orleans. Sendet er Botschaften? Ja. In seinem milchigen Kern bilden sich Worte, zerfließen wieder und verschwinden:

EIN STOSS ZUR RECHTEN ZEIT RETTEN DIE DEINE
+
SEINE SEINE SEINE SEINE IHRE SEINE SEINE SEINE
+
O LEER IST DEINE SCHALE, SCHMUTZIGES GESCHÖPF!
+
SLOBIE REGIERT, ES LEBE SLOBIE!
+
PLIT PLIT! PLIT! PLIT! PLACK!
+
UND GEBE KRUG WAS KRUG GEHÖRT

Alles Unsinn. Pornographie? Lilith, verstehst du das?

Einiges davon. Die Gammas haben ihren eigenen Slang. Doch schau hier, wo es heißt ...

Ein männlicher Gamma mit verschrumpelter purpurfarbener Haut schlägt uns den Würfel aus den Händen. Er rollt über den Boden. Kriechend sucht er nach ihm in dem Gewirr von Füßen. Ein allgemeiner Aufruhr bricht los. Man stößt sich, fällt übereinander. Der Dieb löst sich aus der Masse und rennt davon. Die Gammas streiten weiter, wälzen sich in wirrem Durcheinander auf dem Boden. Eine Frau steigt auf den Haufen. Sie hat ihre wenigen Kleiderfetzen in dem Handgemenge verloren, und ihre Brüste und Schenkel sind mit blutigen Wunden bedeckt. In der Hand hält sie den Würfel. Ich erkenne sie wieder. Es ist die Frau, die ihn mir gegeben hat. Jetzt schneidet sie mir eine dämonische Fratze, bleckt die Zähne. Sie hält den Würfel hoch, dann klemmt sie ihn zwischen die Beine. Ein stämmiger, mißwachsener Mann stürzt auf sie zu und zerrt sie von dem Menschenhaufen. Er hat nur einen Arm, doch dieser ist so dick wie ein Baum! Grig! schreit sie. Prot! Gliss! Sie verschwinden.

Die Menge murmelt enttäuscht. Ich stelle mir vor, daß sie sich gegen uns wenden, uns die Kleider herunterreißen werden, den haarigen menschlichen Körper unter meinem falschen Alphakostüm enthüllen. Die soziale Distanz wird uns dann nicht mehr schützen.

Komm, sage ich zu Lilith. Ich denke, ich habe genug.

Warte.

Sie wendet sich an die Gammas. Sie hebt die Hände, die Handflächen einander zugekehrt, etwa einen halben Meter voneinander entfernt, als zeige sie die Länge eines Fisches an, den sie gefangen hat. Dann verrenkt sie ihren Körper, windet sich in einer spiralförmigen Bewegung. Die Geste beruhigt die Menge sofort. Die Gammas treten beiseite, senken die Köpfe demütig, als wir durch die entstandene Gasse gehen. Alles ist in Ordnung.

Genug, sage ich zu Lilith. Es wird spät. Wie lange sind wir jetzt hier?

Wir können jetzt gehen.

Wir fliehen durch das Labyrinth der Gänge. Gammas, auf tausendfache Weise entstellt, begegnen uns. Wir sehen Slobies in ihren langsamen, verzückten Bewegungen vorüberschweben und Mißgeburten. Geräusche, Gerüche, Farben – ich bin verwirrt und betäubt. Stimmen in der Dunkelheit. Gesang.

Seid getrost
Der Tag der Freiheit kommt
Der Tag der Freiheit kommt
Fort mit den Slobies, sei du selbst ...
Und steige auf in die Freiheit!

Stufen. Aufwärts. Kalter Wind. Atemlos stürzen wir hinauf und befinden uns wieder auf den abgetretenen Kopfsteinpflasterstraßen in den gewundenen Gassen der Gammastadt, wahrscheinlich nur wenige Meter von dort entfernt, wo wir hinunterstiegen. Die Praxis von Alpha Poseidon Musketier muß direkt um die Ecke sein.

Die Nacht ist hereingebrochen. Die Lichter der Gammastadt

knistern und flackern. Lilith will mich in eine Taverne führen. Ich weigere mich. Nach Hause. Nach Hause. Genug. In meinem Kopf wirbeln die Bilder der Androidenwelt. Ein Alptraum. Ich wußte nicht . . .

Deshalb habe ich es dir gezeigt. Auch das ist Krugs Welt.

Wir gehen weiter. Wie weit müssen wir gehen, bis wir eine Transmatkabine erreichen?

Wir springen. Ihre Wohnung erscheint mir jetzt so warm und hell. Wir entledigen uns unserer Kleider. Unter dem Doppler reinige ich mich von meiner roten Farbe und meinem Wärmespray.

War es interessant?

Überwältigend, sage ich. Und da ist so vieles, das du mir erklären mußt, Lilith. Bilder schwimmen in meinem Kopf, ich brenne, ich bin wie betäubt.

Natürlich wirst du niemand erzählen, daß ich dich mitgenommen habe, sagt sie. Es bleibt unter uns.

Komm näher, Alpha Leaper.

Manuel.

Manuel, komm.

Sage mir zuerst, was es bedeutet, wenn sie sagen, Krug sei . . .

Später. Mir ist kalt. Wärme mich, Manuel.

Ich nehme sie in meine Arme. Die schweren Hügel ihrer Brüste erregen mich. Ich bedecke ihren Mund mit dem meinen. Ich stoße meine Zunge zwischen ihre Lippen. Wir sinken zusammen auf den Boden. Ich bin verrückt nach ihr, kann es nicht erwarten. Ohne Zögern dringe ich ein. Ich tue ihr weh. Sie zittert, beißt die Zähne zusammen, trommelt mit den Fäusten auf meinen Rücken.

Als ich die Augen schließe, sehe ich Slobies und Mißgeburten.

Lilith.

Lilith.

Lilith.

Lilith ich liebe dich, ich liebe dich, ich liebe dich Lilith Lilith!

Der große Bottich brodelt. Die feuchten roten Geschöpfe kriechen heraus. Gelächter. Blitze. So leer ist deine Schale, schmutziges Geschöpf! Mein Fleisch klatscht gegen das ihre. Plit! Plit! Plit! Plit! Plack! Mit demütigender Schnelligkeit gießt der überreizte Leviticus Leaper eine Milliarde Kinder in den sterilen Leib seiner Geliebten.

26

9. Januar 2219

Der Turm ist 940 Meter hoch und wächst schneller als je zuvor. Steht man an der Basis, kann man kaum die Spitze sehen; sie verliert sich im milchigen Grau des Winterhimmels. Um diese Zeit des Jahres gibt es nur wenige Stunden Tageslicht auf dem Baugelände, und steigt die Sonne über den Horizont, dann lassen ihre Strahlen den gläsernen Schaft von oben nach unten in seiner ganzen Länge aufglühen.

Ein großer Teil der Installationsarbeiten in der unteren Hälfte des Baus ist jetzt vollendet. Drei der Hochleistungssendesysteme sind bereits montiert: fünfzig Meter hohe Behälter aus dunklem Metall, übereinandergeschichtet, voll riesiger Transformatoren, welche die Signale beschleunigen und durch den Turm nach oben jagen werden. Von weitem sehen diese Aggregate aus wie reifende Samenkörner in einer großen, glänzenden und durchsichtigen Schote.

Die Unfallrate steigt ständig. Die Todesziffern sind besorgniserregend, die Verluste unter den Gammas besonders hoch. Doch die Moral ist angeblich gut; die Androiden sind fröhlich und scheinen sich bewußt zu sein, daß sie eine wesentliche Rolle bei einem der ehrgeizigsten Projekte der Menschheit spielen. Wenn ihre Haltung so positiv bleibt, wird der Turm vor dem Termin fertig sein.

27

Nachdem er seinen Gästen den Stand der Arbeiten am Turm gezeigt hatte, lud er sie zum Mittagessen im Nemoclub ein, wo eine ganze Suite ständig für ihn bereit gehalten wurde. Der Club war eine von Krugs kleineren Unternehmen; er hatte ihn vor einem Dutzend Jahren gebaut, und eine zeitlang war er der vornehmste Treffpunkt der Erde gewesen. Reservierungen mußten sechs Monate im voraus gebucht werden. In der Challenger Tiefe, zehntausend Meter unter dem westlichen Pazifik gelegen, bestand er aus fünfzehn Druckausgleichskammern; durch deren Wände, die aus dem gleichen Glas bestanden wie der Turm, man die seltsamen Bewohner des dunklen Abgrunds beobachten konnte.

Krugs Tischgenossen waren Senator Henry Fearon und sein Bruder Lou, der Anwalt von Fearon & Doheny, Franz Giudice von der Europäischen Transmatgesellschaft, Leon Spaulding und Mordecai Salah al-Din, der Sprecher des Kongresses. Um den Nemoclub zu erreichen, waren sie per Transmat zu der Insel Yap in der Karolinengruppe Mikronesiens gereist, wo sie an Bord eines Tauchschiffs gegangen waren, wie sie bei der Erforschung des Jupiter und des Saturn verwendet wurden. Die Dichte des Mediums machte Transmatreisen unter Wasser möglich. Das Tauchschiff widerstand dem immensen Wasserdruck, und mit einer stetigen Geschwindigkeit von 750 Meter in der Minute sank es in die Tiefe des Ozeans und legte an der Schleuse des Nemoclubs an.

Flutlichter erhellten den Abgrund. Die Bewohner des Abgrunds kamen ganz nah heran an die Glaswände des Clubs: zerbrechliche, zarte, muskellose Fische mit weichen, schlaffen Körpern, deren Gewebe unter einem Druck von zehn oder zwölf Tonnen pro Quadratzentimeter vom Wasser durchdrungen waren. Manche unter ihnen strahlten mit Leuchtorganen, die aus ihren Flanken wuchsen, zwischen ihren Augen saßen oder baumelnd aus ihrer Stirn ragten, ein kaltes phosphoreszierendes Licht aus. Die Wellenlängen der Flutlichter waren sorgfältig abgestimmt worden, um die Leuchtkraft der Fische nicht zu beeinträchtigen, damit die kleinen, funkelnden Lampen trotz der künstlichen Helle sichtbar blieben. Justin Maledetto, der Architekt des Turms, hatte auch den Club gebaut, und Maledetto war ein Meister in solchen Kleinigkeiten. Ganz nahe an die Mauer kamen die bizarrren kleinen Ungeheuer, schwarz und braun und rot und violett. Viele von ihnen hatten ausgehängte Unterkiefer, so daß ihre Mäuler sich bis zur Brust öffneten und Feinde verschlingen konnten, die fast so groß waren wie sie selbst. Die Gäste des Clubs speisten angesichts von Miniaturungeheuern, die geheimnisvoll leuchteten, drohende Zähne in klaffenden Mäulern zeigten, seltsame Anhängsel hinter sich herschleppten, mit Augen starrten, die wie Kugeln hervortraten oder auf Röhren saßen. Man brauchte nicht zu fernen Welten zu reisen, um groteske Tiere zu sehen. Alptraumgeschöpfe gab es auch hier. Lange, schlangenähnliche Fische mit gekrümmten Zähnen, die so lang waren, daß die Mäuler sich nie schließen konnten, Fische, die nur Kinnbacken zu sein und keinen Leib zu haben schienen, andere, die nur Schwanz waren und keinen Kopf hatten, Anglerfische mit sich windenden und tanzenden

Fühlern, die sich gelb, blau oder grün verfärbten, wunderliche Gebilde tausendfältiger Art, und kein Fisch von weniger als einem halben Meter Länge: ein bizarres Schauspiel von einzigartiger Pracht.

Krug bestellte eine einfache Mahlzeit: Cocktail, Algensuppe, Steak, australischen Rotwein. Er war kein Gourmet. Der Club bot alle Arten von Delikatessen, doch Krug machte nie Gebrauch von der reichen Auswahl. Seine Gäste hingegen zeigten keine Hemmungen; sie bestellten schwedische Austern, französische Krabben, ungeborene Tintenfische, Kalbsfilets, Schlangeneier, Antilopenbrust, Wolfsmilchknospen, Mantaspitzen, gebackene Zikadenherzen, und alles wurde hinuntergespült mit den besten Weinen der Erde. Die Kellner schienen entzückt von ihrem Appetit. Alle Kellner des Clubs waren Alphas; es war ungewöhnlich, Alphas mit Arbeiten zu beschäftigen, die als Dienstleistungen galten. Doch dies war ein ungewöhnlicher Ort, und kein Belegschaftsangehöriger des Nemoclubs schien verbittert darüber, daß er eine normalerweise den Betas oder Gammas vorbehaltene Arbeit verrichten mußte.

Doch die Kellner schienen nicht ganz zufrieden zu sein mit ihrem Platz im Leben. Als die Vorspeisen serviert waren, sagte Senator Fearon zu Krug: »Haben Sie das AGP-Abzeichen auf dem Rockaufschlag Ihres Kellners gesehen?«

»Scherzen Sie?«

»Ein sehr kleines. Man muß scharf hinsehen, um es zu entdecken.«

Krug sah zu Spaulding hinüber. »Wenn wir gehen, sprechen Sie darüber mit dem Kapitän. Ich wünsche keine Politik hier!«

»Erst recht keine revolutionäre Politik« sagte Franz Giudice und lachte. Der Transmatchef, lang und eckig, war bekannt für seinen Zynismus. Obwohl über neunzig, kleidete er sich wie ein Mann, der halb so alt war, trug Spiegelplatten und anderen Schmuck. »Wir hüten uns besser vor diesem Kellner. Da wir zwei Kongreßmitglieder am Tisch haben, mischt er vielleicht Propaganda in unsere Gerichte, und wir alle verlassen bekehrt das Lokal.«

»Glauben Sie wirklich, die AGP ist eine Bedrohung?« fragte Lou Fearon. »Sie wissen, ich habe viel mit diesem Siegfried Fileclerk zu tun gehabt, während ich den Fall der am Turm getöteten Alphafrau behandelte.« Er nickte Spaulding zu, der ein finsteres Gesicht machte. »Ich habe den Eindruck bekommen, daß Fileclerk und die ganze AGP-Bewegung vollkommen harmlos sind«, sagte der Anwalt.

»Eine Minderheitenbewegung«, bemerkte Senator Fearon. »Sie hat nicht einmal die Unterstützung der Masse der Androiden.«

Leon Spaulding nickte. Der Ektogene sagte: »Thor Watchman ließ einige abfällige Worte über Fileclerk und seine Partei fallen. Watchman scheint der AGP keinerlei Wert beizumessen.«

»Thor ist ein ungewöhnlich intelligenter und fähiger Android«, sagte Krug.

»Ich habe es aber ernst gemeint«, erklärte Giudice. »Sie können sich über die AGP lustig machen, so viel Sie wollen, aber ich finde ihre Ziele wirklich revolutionär, und wenn sie Rückhalt gewinnt, wird sie ...«

»Vorsicht«, sagte Krug. Ihr Alpha-Kellner war mit einer frischen Flasche Wein zurückgekehrt. Die Männer am Tisch schwiegen, während der Alpha einschenkte. Er ging wieder hinaus und schloß die Luke hinter sich.

Mordecai Salah al-Din, der Sprecher des Kongresses, sagte: »Ich habe mindestens fünf Millionen Petitionen von der AGP erhalten. Ich habe den Führern der Partei drei Audienzen gewährt. Und ich muß sagen, sie sind aufrichtige Leute, die es wert sind, ernst genommen zu werden. Ich möchte auch sagen, obwohl ich keinen Wert darauf lege, zitiert zu werden, daß ich mit einigen ihrer Ziele sympathisiere.«

»Würden Sie mir das bitte näher erklären?« sagte Spaulding in scharfem Ton.

»Gewiß. Ich glaube, die Zulassung einer Delegation von Alphas in den Kongreß ist wünschenswert; es wird wahrscheinlich auch innerhalb der nächsten Dekade erfolgen. Ich glaube, das Verkaufen von Alphas ist unwürdig und müßte für illegal erklärt werden. Ich denke, das wird in fünfzehn oder zwanzig Jahren geschehen. Ich bin überzeugt, wir werden den Alphas noch vor 2250 volle Bürgerrechte zuerkennen, den Betas am Ende dieses Jahrhunderts und den Gammas nicht lange danach.«

»Ein Revolutionär« rief Franz Giudice verwundert aus. »Der Sprecher des Kongresses ist ein Revolutionär! Hört! Hört!«

»Eher ein Visionär«, lachte Senator Fearon. »Ein Mann von tiefer Einsicht und starkem Mitgefühl ... und wie immer seiner Zeit etwas voraus.«

Spaulding schüttelte den Kopf. »Alphas im Kongreß. Vielleicht ja. Als ein Sicherheitsventil. Um sie unter Kontrolle zu halten. Ein Knochen, den man ihnen hinwirft, um sie zu beruhigen. Aber der Rest? Nein. Nein. Nie! Mr. Salah al-Din, wir sollten nicht vergessen, daß Androiden nur *Dinge* sind, das Ergebnis chemogenetischer Forschung, produziert in einer Fabrik, auf den Markt gebracht von Krug Enterprises, um der Menschheit zu dienen . . .«

»Nicht so laut!« zischte Krug. »Sie erregen sich.«

Lou Fearon sagte: »Vielleicht hat der Sprecher recht, Leon. Ohne Rücksicht darauf, wie sie entstanden sind, sind sie menschlicher, als Sie willens sind, zuzugeben. Und da wir schrittweise alle willkürlichen Grenzen von Gesetz und Brauchtum lockern, da die Ideale der Absterbepartei, wie jedermann zugeben muß, sich immer mehr durchsetzen, sollten wir meiner Meinung nach die Androiden besser behandeln. Zumindest die Alphas. Wir haben es nicht nötig, sie zu unterdrücken.«

»Was sagen Sie dazu, Simeon?« wandte sich Franz Giudice an Krug. »Schließlich sind sie doch Ihre Kinder. Als Sie sich entschlossen, die ersten Androiden zu fabrizieren, haben Sie da jemals daran gedacht, daß sie die Bürgerrechte fordern würden, oder glaubten Sie . . .«

»Leon hat es mit den richtigen Worten ausgedrückt«, sagte Krug. »Wie war es? *Dinge.* Fabrizierte Dinge. Ich baute eine bessere Art von Roboter. Ich baute keine Menschen.«

»Die Grenzlinie zwischen Mensch und Android ist recht vage«, sagte Senator Fearon. »Da die Androiden uns genetisch gleich sind, ist die Tatsache, daß sie synthetisch sind . . .«

Krug unterbrach ihn: »In einer meiner Fabriken kann ich Ihnen eine perfekte Kopie der Mona Lisa herstellen, so daß es mehrmonatiger Laboratoriumstests bedarf, um zu beweisen, daß es nicht das Original ist. Das Original kam aus dem Atelier Leonardos. Die Kopie kam aus Krugs Fabrik. Ich würde eine Milliarde zahlen für das Original. Für die Kopie keinen Cent.«

»Doch Sie geben zu, daß Thor Watchman eine ungewöhnlich fähige und begabte Person ist«, sagte Lou Fearon, »und Sie übertragen ihm große Verantwortung. Ich habe gehört, Sie vertrauen ihm mehr als allen anderen Männern in Ihrer Organisation. Dennoch würden Sie nicht erlauben, das Thor wählt? Sie würden Thor keine Chance geben zu protestieren, wenn Sie sich entschließen, ihn als Kellner hier in diesem Club zu beschäftigen?

Sind Sie der Meinung, das Gesetz sollte Ihnen das Recht geben, Thor zu vernichten, wenn Ihnen die Laune danach ist?«

»Ich habe Thor gemacht«, erwiderte Krug in festem Ton. »Er ist die beste Maschine, die ich habe. Ich liebe und bewundere ihn, so wie ich jede gute Maschine liebe und bewundere. Aber ich *besitze* Thor. Thor ist kein Mensch. Er ist nur eine geschickte Imitation eines Menschen, eine makellose Imitation. Und wenn ich so verschwenderisch und verrückt sein wollte, Thor zu zerstören, nun, dann würde ich ihn zerstören.« Krugs Hand begann zu zittern. Er starrte auf sie, als wolle er ihr befehlen, daß sie sich beruhigte, doch das Zittern verstärkte sich, und der Inhalt eines vollen Weinglases ergoß sich auf den Tisch. Mit steinernem Gesicht sagte Krug: »Ja, ihn zerstören! Als ich die Androiden schuf, hatte ich nie etwas anderes im Sinn, als Werkzeuge herzustellen, Diener des Menschen, geschickte Maschinen.«

Sensoren in den Diensträumen des Nemoclubs zeigten das Verschütten des Weines an. Der Kellner trat ein und wischte ihn auf. Draußen vor dem Fenster tanzte ein Schwarm riesiger transparenter Krustentiere.

Als der Alpha hinausgegangen war, sagte Senator Fearon zu Krug: »Ich wußte nicht, daß Sie so über die Androidengleichheit denken. Sie haben es nie ausgesprochen.«

»Ich bin nie gefragt worden.«

»Würden Sie gegen die AGP stimmen«, fragte Salah al-Din, »wenn die Angelegenheit vor den Kongreß käme?«

Krug zuckte die Achseln. »Ich weiß nicht. Ich weiß nicht. Ich halte mich aus der Politik heraus. Ich bin Fabrikant, Geschäftsmann, Unternehmer. Warum soll ich mich in theoretische Kontroversen mischen?«

»Wenn den Androiden die Bürgerrechte verliehen würden«, sagte Leon Spaulding, »hätte das vielleicht Rückwirkung auf den Krug-Konzern. Ich meine, wenn Sie wirkliche menschliche Wesen produzieren, fallen Sie unter die Bevölkerungskontrollgesetze, die besagen ...«

»Genug«, unterbrach ihn Krug. »Es wird nicht geschehen. Ich fabriziere die Andoiden. Ich kenne sie. Es gibt eine kleine Gruppe von Unzufriedenen. Ja. Sie sind zu intelligent – zu ihrem eigenen Schaden. Sie glauben, überall herrscht wieder Sklaverei. Doch das stimmt nicht. Die andern wissen es. Sie sind unzufrieden. Thor Watchman ist zufrieden. Warum unterstützen nicht alle Alphas die AGP? Sie sind gegen sie. Und warum? Weil sie glauben, daß es eine idiotische Sache ist. Sie werden gut behandelt. Dieses Gerede vom Verkauf von Alphas gegen ihren Willen, von ihrer Vernichtung nach Lust und Laune, das alles ist nur Theorie. Keiner verkauft einen guten Alpha, und niemand tötet Androiden zum Spaß, ebensowenig wie Menschen ihre eigenen Häuser zum Spaß zerstören. Es besteht kein Bedürfnis für Androidenrechte. Die meisten Alphas begreifen das. Die Betas kümmern sich nicht darum. Die Gammas verstehen es nicht. Sie sehen also, meine Herren, das Thema ergibt ein gutes Tischgespräch, nicht mehr. Die AGP wird wieder verschwinden. Meinen Respekt, Mr. Salah al -Din vor Ihrer Gutherzigkeit, aber Ihre Seelengüte führt Sie in die Irre. Sie werden keine Alphas in Ihrem Kongreß haben.«

Krugs lange Rede hatte ihn durstig gemacht. Er streckte die Hand nach seinem Weinglas aus. Wieder verkrampften sich seine Muskeln, wieder stieß er das Glas um, wieder eilte ein wachsamer Alpha herbei, um den vergossenen Wein aufzuwischen. Hinter der dicken Glasmauer des Nemoclubs kreuzte ein dunkelroter Fisch von einem Meter Länge mit einem riesigen Maul und einem spitzen schmalen Schwanz durch den Schwarm der Krustentiere, verschlang sie mit gierigem Appetit.

28

15. Januar 2219

Der Turm ist 1001 Meter hoch. Zur Feier hat Krug allen Arbeitern einen freien Tag bewilligt. Man schätzt jetzt, daß der Bau seine volle Höhe bis Mitte März erreichen wird.

29

Lilith Meson sagte: »Ich hatte einen Besucher hier, gestern morgen, Thor.«

»Manuel Krug?«

»Nein. Siegfried Fileclerk.«

Watchman richtete sich in Liliths tiefem Schaumstoffsessel auf. »Fileclerk. Hier? *Warum?*«

Lilith lachte. »Bist du jetzt schon so menschlich, daß du Eifersucht empfindest, Thor?«

»Ich finde das nicht lächerlich. Aus welchem Grund ist er in deine Wohnung gekommen?«

»Er kam ins Büro«, erwiderte Lilith. »Du weißt, er ist beim Eigentumsschutzamt in Buenos Aires, und er wollte mit mir eine neue Klausel in ihrem Kontrakt besprechen. Hinterher fragte er mich, ob er mich zu Hause besuchen könnte. Nun, ich lud ihn ein. Die Sache erschien mir harmlos.«

»Und?«

»Er versuchte, mich für die AGP zu gewinnen.«

»Ist das alles?«

»Nein«, sagte Lilith. »Er will, daß ich auch dich anwerbe.«

Watchman hustete. »Dafür besteht nur eine sehr geringe Chance.«

»Er meint es ungeheuer ernst, Thor. Er geht in der Sache der Gleichheit und Freiheit vollkommen auf. Zwei Minuten, nachdem wir hereingekommen waren, begann er mich mit Argumenten für sofortige politische Aktionen zu überschütten. Ich sagte ihm, ich sei religiös. Er sagte, das mache nichts, ich könnte weiterbeten für die wunderbare Intervention Krugs, doch inzwischen sollte ich diese Petition unterschreiben. Nein, sagte ich. Ich unterschreibe nie etwas. Er gab mir einen Stapel von Propagandawürfeln, das ganze AGP-Programm. Sie liegen in der Küche, wenn du dich dafür interessierst. Er war länger als eine Stunde hier.« Lilith lächelte verwirrend. »Ich habe seine Petition nicht unterschrieben.«

»Warum aber hat er sich an dich gewandt?« fragte Watchman. »Gedenkt er jeden Alpha in der Welt anzusprechen, einen nach dem andern, um sie für seine Sache zu gewinnen?«

»Ich habe es dir bereits gesagt. Er will, daß du unterzeichnest. Er weiß, daß ich in engen Beziehungen zu dir stehe, und er glaubt, wenn er mich überzeugen kann, wird er auch dich überreden können. Er hat mir das deutlich und mehrfach gesagt. Und wenn du unterschriebst, würden alle folgen.« Lilith richtete sich auf. »Er sagte wörtlich: ›Wenn Alpha Watchman auf unsere Seite tritt, Alpha Meson, bringt er viele einflußreiche Alphas mit. Es könnte der Wendepunkt in unserer gesamten Bewegung sein. Alpha Watchman hält vielleicht die Zukunft jedes Androiden in seiner Hand.‹ Wie denkst du darüber, Alpha Watchman?«

»Ich bin tief bewegt, Alpha Meson. Ich kann dir nicht beschreiben, wie sehr ich mich dadurch geehrt fühle. Wie hast du es fertig gebracht, ihn loszuwerden?«

»Indem ich versuchte, ihn zu verführen.«

»Wie?«

»Du hältst mich wohl für eine Hure, Thor? Ich werde nicht darüber reden, wenn du es nicht wünschst.«

»Ich wurde nicht programmiert, Eifersucht zu empfinden«, sagte Watchman gleichgültig. »Wenn du mich zum besten hältst, erreichst du nichts bei mir. Ich bin nicht in der Stimmung für alberne Scherze.«

»Nun gut. Es tut mir leid, daß ich überhaupt etwas gesagt habe.«

»Rede weiter. Du hast versucht, ihn zu verführen. Hast du Erfolg gehabt?«

»Nein«, erwiderte Lilith. »Es war eine plötzliche Eingebung. Ich sagte mir, Fileclerk ist so stumpf, daß er wahrscheinlich schreiend davonlaufen wird. Und wenn er stattdessen den Köder annimmt, nun, wäre es wenigstens ein Spaß gewesen. So zog ich mich vor ihm aus und begann ... wie sagt man ... ihm Avancen zu machen. Komm, sagte ich, laß uns einander umarmen. Siggie. Komm, Siggie. Ich faßte ihn an. Ich zog alle Register meiner Versuchungskünste. Ich strengte mich sehr an, Thor, mehr, als ich mich anstrengen mußte, dich zu verführen. Er zeigte keine Erregung. Er bat mich aufzuhören.«

»Natürlich«, sagte Watchman. »Es ist so, wie ich dir zu erklären versucht habe. Männliche Alphas interessieren sich nicht für Sex. Er ist irrelevant für ihr Verhaltensmuster.«

»Sei dessen nicht so sicher. Fileclerk begehrte mich. Er war bleich. Er zitterte.«

»Aber warum ging er dann nicht mit dir ins Bett? Hatte er Angst, sich politisch zu kompromittieren?«

»Nein«, sagte Lilith. »Der Grund war, daß er Trauer hat.«

»Trauer?«

»Um seine Frau. Cassandra Nukleus war seine Frau. Die AGP tritt für die Androidenehe ein. Er ist vor drei Jahren mit Alpha Nukleus getraut worden. Er hält eine sechsmonatige Trauerzeit ein, während der er sich nicht von jungen Alphafrauen verführen lassen will. Er erklärte es mir und ging dann schnell fort, als ob er Angst hätte, er könnte weich werden, wenn er länger bei mir bliebe.«

»Seine Frau, sein Eheweib?« murmelte Watchman kopfschüttelnd.

»Die AGP plant, ihre Petition an den Kongreß um eine Klausel über die Androidenehe zu ergänzen. Fileclerk sagte auch, wenn du und ich heiraten wollten, Thor, könnte er es arrangieren, wenn wir der Partei beiträten.«

Watchman lachte höhnisch. »Er redet wie ein Kind! Wozu ist eine Ehe gut? Können wir Kinder haben, die ein legal gegründetes Elternhaus brauchten? Wenn ich bei dir wohnen wollte, würde ich bei dir wohnen, Lilith. Oder du bei mir. Muß dazu irgend jemand irgendwas Feierliches sagen? Uns ein Stück Papier geben?«

»Es ist die Idee, Thor. Die Idee einer ständigen Vereinigung zwischen Mann und Frau, so wie es bei Menschen ist. Es ist Gefühlssache. Er liebte sie wirklich, Thor.«

»Ich bin sicher, daß er sie liebte. Ich sah ihn weinen, als Spaulding sie tötete. Aber liebte er sie mehr, weil sie verheiratet waren? Wenn die Ehe so eine wunderbare Institution ist, warum kommt Manuel Krug dann jede Woche hierher? Sollte er nicht zu Hause bleiben und seine ständige Vereinigung mit Mrs. Krug pflegen?«

»Es gibt gute Ehen und schlechte Ehen«, sagte Lilith. »Und mit wem du schläfst, sagt nicht notwendigerweise etwas darüber aus, wie gut deine Ehe ist. Jedenfalls, Fileclerks Ehe war eine gute. Und ich sehe nicht, was es uns schaden soll, diesen menschlichen Brauch zu übernehmen, wenn wir wirklich an unsere Gleichheit glauben.«

»Nun gut«, sagte Watchman spöttisch. »Willst du mich heiraten?«

»Ich sprach ganz im allgemeinen von der Übernahme des Brauchs.«

»Ich spreche im besonderen. Wir brauchen nicht der AGP beizutreten, um getraut zu werden. Ich werde mit Alpha Konstructor und Alpha Dispatcher sprechen, und wir werden die Trauungszeremonie in der Gemeinde abhalten und uns heute abend in der Kapelle trauen lassen. Einverstanden?«

»Mach darüber keine Witze, Thor.«

»Das ist mein Ernst.«

»Du bist wütend, und du weißt nicht, was du redest. Vor zwei Minuten hast du mir noch gesagt, du hältst die Ehe zwischen Androiden für absurd. Jetzt willst du, daß wir uns in der Gemeinde trauen lassen. Du kannst es nicht ernst meinen, Thor.«

»Willst du mich nicht heiraten? Mache dir keine Sorgen, ich würde mich nicht in deine Affäre mit Manuel einmischen. Ich bin nicht für Alleinbesitzanspruch programmiert, aber wir könnten zusammen wohnen, zusammen leben, wir könnten . . .«

»Hör auf damit, Thor!«

»Warum?«

»Was zwischen uns existiert, kann weiterexistieren ohne Ehe. Du weißt das. Ich weiß das. Ich wollte dir keinen Antrag machen. Ich habe nur versucht, dir etwas über Siegfried Fileclerk zu sagen, über die Natur seiner Gefühle, die Komplexität seiner Beziehung zu Alpha Nukleus, sowie über die Einstellung der AGP zu . . .«

»Genug. Genug.« Watchman hielt sich die Ohren zu und schloß die Augen. »Ende der Konversation. Ich bin froh, daß du Siggie Fileclerk nicht verführen konntest, und erstaunt, daß die AGP für die Ehe eintritt, und jetzt ist Schluß. Verstanden?«

»Du bist in schlechter Stimmung heute, Thor.«

»Das bin ich.«

»Warum? Kann ich etwas für dich tun, dir helfen?«

»Leo Spaulding hat mir heute etwas gesagt, Lilith. Er sagte, wenn die AGP-Delegation ihre Petition dem Kongreß einreicht, wird Krug eine Erklärung abgeben, in der er die ganze Androidengleichheitsbewegung verdammt und betont, daß er uns überhaupt nie geschaffen hätte, wenn er geahnt haben würde, daß wir eines Tages die Bürgerrechte forderten.«

Lilith hielt den Atem an. Mit Tränen in den Augen machte sie viermal das Krug-bewahre-uns-Zeichen.

»Das ist nicht möglich«, hauchte sie.

»Spaulding berichtete, Krug habe es ihm vor einer Woche gesagt, und zwar im Nemoclub, in Gegenwart des Sprechers Salah al-Din, des Senators Fearon, und einiger anderer Leute. Leon hat mir das natürlich nur beiläufig im Verlauf einer Konversation mitgeteilt, boshaft eingeflochten in ein freundliches Gespräch zwischen Ektogenen und Androiden. Er weiß, daß ich gegen die AGP bin. Er tat so, als tue er mir einen Gefallen, der Bastard!«

»Kann es wahr sein!«

»Natürlich kann es wahr sein. Krug hat nie etwas über die Rolle der Androiden in der Gesellschaft geäußert. Ich habe selbst keine Ahnung von seiner wirklichen Einstellung. Ich habe immer angenommen, daß er mit uns sympathisiert, doch vielleicht habe ich nur meine eigenen Hoffnungen in ihn projiziert. Die Frage ist nicht, kann es wahr sein, sondern ist es wahr?«

»Würdest du ihn fragen?«

»Ich wage es nicht«, erwiderte Thor. »Ich glaube, daß diese ganze Geschichte Leon Spauldings boshaftem Geist entstammt, daß Krug nicht daran denkt, sein Prinzip, sich nicht in die Politik einzumischen, aufzugeben, sondern daß er, wenn er je eine Erklärung abgibt, sagen würde, daß wir alle hoffen und beten sollen. Doch es entsetzt mich, daran zu denken, daß ich mich irre. Ich habe Angst, Lilith. Eine Anti-Gleichheits-Erklärung aus dem Munde Krugs würde unserem Glauben jede Grundlage entziehen, uns in tiefste Finsternis stoßen. Jetzt weißt du, was mich die ganze Zeit bewegt hat.«

»Mußt du dich nur auf das verlassen, was Spaulding gesagt hat? Kannst du nicht rückfragen bei Senator Fearon oder dem Sprecher? Finde heraus, was wirklich gesagt wurde.«

»Sie nach vertraulichen Einzelheiten von Krugs Tischgesprächen fragen? Du bist wohl nicht bei Trost? Sie würden es umgehend Krug berichten.«

»Aber was willst du dann tun?«

»Krug nötigen, ihn indirekt in unserem Sinne beeinflussen«, erwiderte Watchman. »Ich wünsche, daß du Manuel mitnimmst in die Kapelle.«

»Wann?«

»Sobald du kannst. Verheimliche nichts vor ihm. Zeig ihm alles. Bearbeite sein Gewissen, dann schicke ihn zu seinem Vater, bevor Krug vor dem Kongreß eine Erklärung abgeben kann. Wenn Krug überhaupt beabsichtigt, eine Erklärung abzugeben.«

»Ich werde es tun«, sagte Lilith. »Ja, es wird das beste sein.«

Watchman nickte. Er starrte auf den Boden. In seinem Gehirn tickte es schmerzhaft, und in seinem Hals spürte er einen wolligen Knäuel. Er haßte die Intrigen, in die er sich jetzt selbst verwickelte, diese Komplotte und Gegenkomplotte, diese Spekulation auf Manuel Krugs schwachen Willen, diese Annahme, daß Krug ... *Krug!* ... durch so einfache Machenschaften manipuliert werden könnte. All dies schien ihm wie eine Verleugnung allen Glaubens. Es war eine zynische Art, mit dem Schicksal zu hadern, und Watchman fragte sich, wie ernsthaft sein Glaube je gewesen war. War es alles Fassade gewesen, das Knien in der Kapelle, das Murmeln der Sprüche, die Versenkung in Krug, die Hingabe, die Gebete — alles nur ein Mittel, sich zu betäuben, die Zeit auszufüllen, bis der Augenblick der Wahrheit kam, die Kontrolle über die Ereignisse zu übernehmen? Watchman verwarf den Gedanken. Doch das ließ ihn mit leeren Händen dastehen. Er wünschte, er hätte dies nie begonnen. Er sehnte sich zurück nach dem Turm, angeschlossen an den Computer, freudig auf der Datenflut reitend. Ist es das, was es heißt, menschlich zu sein? Diese Entscheidungen, die Zweifel, diese Ängste? Warum dann nicht Android bleiben, den göttlichen Plan akzeptieren, dienen und nicht mehr verlangen, sich zurückziehen aus diesen Verschwörungen, diesen widerstreitenden Gefühlen, diesen Stürmen der Leidenschaft? Er beneidete die Gammas, die nichts wollten. Doch er konnte kein Gamma sein. Krug hatte ihm diesen Verstand gegeben. Krug hatte ihn dazu geschaffen, zu zweifeln und zu leiden. Gesegnet sei der Wille Krugs! Watchman erhob sich, ging langsam durch den Raum und schaltete, um sich selbst zu entfliehen, das Holovisionsgerät ein. Das Bild von Krugs Turm leuchtete auf dem Schirm: riesig, glänzend, schön, blitzend im Januarlicht. Eine Schwenkkamera glitt langsam die gesamte Höhe des Turmes hinauf, während der Kommentator über die Erreichung der 1000-Meter-Höhe sprach und den Turm mit den Pyramiden verglich, der großen Mauer Chinas, dem Leuchtturm von Alexandria, dem Koloß von Rhodos. Eine großartige Leistung, die den Weg zur Kommunikation mit anderen Rassen auf fernen Sternen öffnete. Ein Werk von eigener Schönheit, schimmernd und schlank. Die Kamera glitt hinauf und hinunter über die Glasmauern. Das Auge schaute von der Spitze hinunter in den Schacht. Grinsende Gammas winkten zurück. Watchman sah sich selbst, in Probleme vertieft, nicht bemerkend, daß er holovisiert wurde. Und da war Krug, glühend vor Stolz, die Einzelheiten des Turms einer Schar von Senatoren und Industriellen erklärend. Der Schirm schien die Kälte der Tundra auszustrahlen. Die Kamera glitt über die im Permafrost eingebetteten Gefrierstreifen, von denen Nebel aufstieg. Wenn der Boden nicht ständig gefroren gehalten wird, erklärte der Kommentator, ist die Stabilität des Turms nicht gewährleistet. Eine beispiellose Leistung der Umweltbeherrschung. Wunderbar. Ein Denkmal für die Fantasie und die Tatkraft des Menschen. Ja. Ja. Phänomenal. Mit einer impulsiven, heftigen Bewegung schaltete Watchman das Gerät ab. Die schimmernde Silhouette des Turms verblaßte, wurde weggewischt wie ein Traum. Er stand an der Wand, kehrte Lilith den Rücken, versuchte zu begreifen, wie es kam, daß das Leben plötzlich so kompliziert für ihn geworden war. Er hatte menschlich werden wollen. Ja. Hatte er nicht zu Krug gebetet, daß ihm und allen seiner Art die Privilegien der aus dem Leibe Geborenen zuerkannt werden sollten? Ja. Ja. Und mit den Privilegien kam die Verantwortung. Und mit der Verantwortung die Verwirrung, Rivalität, Sex, Liebe, Ränkespiel. Vielleicht, dachte Watchman, bin ich doch nicht reif genug dafür. Vielleicht hätte ich ein bescheidener, hart arbeitender Alpha bleiben sollen, anstatt aufzubegehren und den Willen Krugs herauszufordern. Vielleicht. Vielleicht. Er vollführte das Ritual der Ruhe, doch ohne Erfolg. Du bist jetzt menschlicher als du wirklich zu sein wünschtest, Alpha Watchman, sagte er zu sich selbst. Er spürte, daß Lilith dicht hinter ihm stand. Ihre Brüste berührten seinen Rücken. Sie umarmte ihn, preßte ihren Körper gegen den seinen.

»Armer Thor«, murmelte sie. »So tief in Gedanken, so bekümmert. Möchtest du, daß wir uns lieben? Vielleicht hilft es dir.«

Konnte er sie zurückweisen? Er zwang sich zu gespielter Leidenschaft, küßte sie, streichelte sie. Körper preßte eng gegen Körper. Sie öffnete sich ihm, und er drang in sie ein. Diesesmal hatte er schon mehr Übung. Doch es blieb für ihn ein rein mechanischer Vorgang, ein Reiben von Fleisch gegen Fleisch, eine kalte Ekstase. Er selbst empfand keine Lust dabei, doch es lag eine indirekte Befriedigung darin, Lilith keuchen und stöhnen zu hören, sich aufbäumen zu sehen, während er ihr Lust schenkte. Ich bin wirklich nicht menschlich genug, trotz allem, sagte er sich, und sie ist viel zu menschlich. Er bewegte sich schneller. Jetzt verspürte er wieder jenes lustvolle Kitzeln. Krug hatte seine Geschöpfe wohl geplant, alle Nervenverbindungen waren vorhanden, wenn auch zum Teil ihrer Funktion beraubt. Als der Höhepunkt sich näherte, glaubte Watchman einige Augenblicke lang echte Leidenschaft zu empfinden. Er schnaubte, grub seine Finger in Liliths Schultern, stürmte mit angehaltenem Atem dem Gipfel entgegen. Dann kam der Erfüllung bringende Erguß, und ihm folgte, wie beim erstenmal, Traurigkeit, der schale Geschmack, die innere Leere. Ihm war, als stünde er in einem großen unterirdischen Grabgewölbe, hunderte von Metern lang und viele Meter breit, überall Staub und Spinnweben, vertrocknete Kränze. Er zwang sich, in Liliths Umarmung zu bleiben, obwohl er sich nichts mehr wünschte, als sich von ihr zu lösen und allein zu sein. Er öffnete die Augen. Sie weinte. Sie lächelte. Sie glühte und war schweißbedeckt.

»Ich liebe dich«, sagte sie zärtlich.

Watchman zögerte. Er mußte eine Antwort geben. Sein Schweigen, das Sekunde um Sekunde verschlang, drohte ihn zu ersticken. Warum konnte er nicht antworten? Es war unmöglich, jetzt nichts zu sagen. Er berührte ihr warmes Fleisch. Es war weich, entspannt.

Schließlich sagte er schnell, um es hinter sich zu bringen: »Ich liebe dich, Lilith.«

30

Du magst fragen, wer war der Schöpfer der Kinder des Leibes? Wer war der Schöpfer Krugs?

Und ich sage dir, dies sind weise Fragen, diese Fragen werden mit Recht gestellt.

Denn du mußt wissen, daß in der Welt Zyklen aller Dinge sind, ein Zyklus des Leibes und ein Zyklus der Retorte. Und der eine geht dem anderen voraus, so daß es notwendig war, daß zuerst die aus dem Leibe Geborenen da waren, damit die aus der Retorte Geborenen kommen konnten.

Und Krug, der Mensch, war aus dem Leibe geboren, und von ihm stammten die Kinder der Retorte.

Doch Krug, der Mensch, ist nur ein Aspekt von Krug, dem Schöpfer, dessen Existenz allen Dingen vorausgeht und dessen Wille alle Dinge geformt hat, und der die Kinder des Leibes hervorgebracht hat, als Vorläufer der Kinder der Retorte. Daher mußt du unterscheiden zwischen dem Menschen Krug, der sterblich ist und selbst aus dem Leibe geboren wurde, und dem Schöpfer Krug, dessen Plan alle Dinge folgen; denn es war Krug, der

Mensch, der die Kinder der Retorte hervorbrachte, doch er tat dies nach dem Plan von Krug, dem Schöpfer, von dem aller Segen kommt, dem unser Gebet gilt.

31

Ich sagte zu Lilith, du hast versprochen, mir zu sagen, warum diese Gammas meines Vaters Namen gebrauchen. Der Friede Krugs. Geh mit Krug. Krug sei mit dir. Du hast es mir nie gesagt.

Ich werde es dir sagen.

Wann?

Du mußt dich wieder als Alpha verkleiden. Es ist etwas, das ich dir besser zeigen kann als sagen.

Müssen wir wieder in die Gammastadt gehen?

Nein, sagte sie, diesesmal nicht. Wir können diesesmal zu den Betas gehen. Ich möchte dich nicht mitnehmen in die Valhallavägen-Kapelle, weil ...

Wohin?

In die Valhallavägen-Kapelle. Hier in der Nähe. Dort halten die meisten Alphas der Umgebung ihre Gottesdienste ab. Du würdest sie nicht täuschen können, Manuel. Doch Betas kannst du täuschen, wenn du dich ruhig und würdig verhältst.

Eine Kapelle? Gottesdienst? Es handelt sich also um eine Religion.

Ja.

Wie nennt man sie? Krugolatrie?

Sie hat keinen Namen. Wir nennen sie einfach die Gemeinde. Sie ist sehr wichtig für uns, Manuel. Ich glaube, sie ist die wichtigste Sache in unserem Leben.

Willst du mir beschreiben ...

Später. Lege deine Kleider ab, und ich werde deine Haut einsprühen. Wir können gleich gehen.

Wird es lange dauern?

Eine Stunde, sagte sie. Du wirst rechtzeitig zurück sein, mach dir keine Sorgen, wenn es das ist, woran du denkst.

Ich muß fair sein gegenüber Clarissa, sagte ich. Sie läßt mir alle Freiheit. Ich möchte sie nicht mißbrauchen.

Gut, schon gut.

Ich zog mich aus. Wieder verkleidete Lilith mich als Alpha Leviticus Leaper. Sie hatte die Kleider aufbewahrt vom letztenmal. Es überraschte mich, daß sie sie nicht Thor Watchman zurückgegeben hatte. Als ob sie gewußt hätte, daß wir diese Maskerade noch einmal durchführen würden.

Sie sagte, bevor wir gehen, mußt du einiges wissen. Zunächst ist es streng verboten für einen Menschen, eine Kapelle zu betreten. Es ist, als wenn ein Nicht-Moslem nach Mekka geht. Soviel ich weiß, bist du der erste aus dem Leib Geborene, der sie betritt.

Der erste was?

Der erste aus dem Leib geborene. Du bist ein Kind des Leibes. Wir sind Kinder der Retorte.

Aha! – Wenn es ein Sakrileg ist, mich in eine Kapelle zu schmuggeln, warum tust du es dann? Nimmst du die Gesetze nicht ernst?

Sehr ernst.

Warum tust du es dann?

Weil ich glaube, daß du eine Ausnahme bist, Manuel. Du bist anders. Ich habe dir das schon einmal gesagt, erinnerst du dich? Du zählst Androiden nicht zum Bodensatz der Gesellschaft. Für dich sind wir keine Dinge oder Sklaven. Ich glaube, im Innern bist du immer auf unserer Seite gewesen, selbst ohne daß du dir dessen bewußt warst. Und so wird es kein Sakrileg sein, dich in unsere Religion einzuweihen.

Nun gut, vielleicht.

Und außerdem bist du Krugs Sohn.

Was hat das damit zu tun?

Du wirst sehen, sagte sie.

Ich fühlte mich geschmeichelt, war fasziniert, erregt, ein wenig entsetzt. Sympathisiere ich wirklich mit den Bestrebungen der Androiden? Kann man mir vertrauen? Warum übertritt sie das Gebot? Was versucht sie bei mir zu erreichen? Unwürdiger Gedanke. Sie tut es, weil sie mich liebt. Will alles mit mir teilen, ihre ganze Welt.

Sie sagte, auf alle Fälle merke dir, daß es sehr gefährlich wäre, wenn wir entdeckt würden. Tue daher so, als ob du zu uns gehörtest und sei nicht nervös oder unsicher. Du hast es gut gemacht in der Gammastadt. Mach es jetzt ebenso gut.

Aber gibt es nicht bestimmte Riten, die ich kennen muß? Kniebeugen oder Ähnliches?

Dazu komme ich jetzt, sagte Lilith. Du mußt einige Gesten kennen. Eine von ihnen kennst du bereits. Diese.

Linke Hand auf das Geschlecht, auf die Brust, auf die Stirn. Eins-zwei-drei.

Sie sagte, das ist das Zeichen für Krug-sei-gepriesen. Es ist eine Geste der Huldigung. Du machst das Zeichen, wenn du die Kapelle betrittst und wenn du zu beten beginnst, stumm oder laut. Es ist auch gut, das Zeichen jedesmal zu machen, wenn der Name Krug erwähnt wird. Das Krug-sei-gepriesen-Zeichen ist angebracht während fast aller Teile des Gottesdienstes oder wenn sich zwei Androiden der Gemeinde außerhalb der Kapelle begegnen. Zeige, wie du es machst. Los.

Eins-zwei-drei. Krug sei gepriesen.

Schneller! Eins-zwei-drei.

Eins-zwei-drei.

Gut. Sehr gut. Hier ist ein anderes wichtiges Zeichen. Es bedeutet Krug-erhalte-uns, und es wird vor allem in Augenblicken der Spannung oder des Zweifelns gemacht, als ob man sagen wollte, hilf uns. Du wirst es immer machen, wenn der Text der Andacht Krug auffordert, Mitleid mit uns zu haben, uns zu helfen. Immer wenn wir Krug anflehen.

Krug ist also wirklich euer Gott, sagte ich verwundert.

Dies ist das Zeichen. Sie zeigte mir, wie man es macht. Eine Hand auf jede Brust legend, dann die Handfläche nach außen drehen. Es ist ein Akt der Reue: Sieh meine Seele, Krug! Mein Herz ist offen für dich. Sie machte das Zeichen mehrere Male, und ich machte es nach.

Und noch ein weiteres Zeichen, sagte Lilith. Das Zeichen der Unterwerfung unter den Willen Krugs. Du machst es nur einmal, wenn du in den Gesichtskreis des Altars kommst. So, beuge ein Knie und strecke die Arme nach vorwärts, die Handflächen nach oben gekehrt.

Kommt es darauf an, welches Knie?

Eins von beiden. Versuch's!

Ich machte das Zeichen der Unterwerfung unter den Willen Krugs. Ich war froh, es zu lernen. Irgendwie fühlte ich, daß ich mich während meines ganzen Lebens dem Willen Krugs unterworfen hatte, ohne es selbst zu wissen.

Lilith sagte, laß uns jetzt prüfen, ob du alles verstanden hast. Was tust du, wenn du die Kapelle betrittst?

Eins-zwei-drei. Krug sei gepriesen.

Gut. Und dann?

Wenn ich den Altar sehen kann, mache ich das Zeichen der Unterwerfung unter den Willen Krugs. Herunter auf ein Knie, die Hände vor, Handflächen nach oben.

Ja. Und?

Wenn Krug um Hilfe gebeten wird, mache ich das Zeichen Krug-erhalte-uns. Hände an die Brust, dann Handflächen nach außen drehen. Ich mache das Zeichen Krug-sei-gepriesen auch von Zeit zu Zeit, wenn der Name Krugs erwähnt wird.

Gut. Sehr gut. Du wirst keine Schwierigkeiten haben, Manuel.

Da ist noch eine andere Geste, die ich dich in der Gammastadt machen sah.

Zeige sie mir.

Ich hielt meine Hände hoch mit einander zugekehrten Handflächen, etwa einen halben Meter voneinander entfernt, und wackelte mit den Hüften und ging in die Knie, mit dem Körper eine spiralförmige Bewegung ausführend.

Das hast du in der Gammastadt gemacht, sagte ich, als der Mob wild wurde.

Lilith lachte. Man nennt es den Segen der Retorte, sagte sie. Es ist ein Zeichen des Friedens und ein Zeichen des Abschieds. Wir machen es über einer toten Person, beim letzten Gebet, und wir machen es, wenn wir zu jemand anders Lebewohl sagen in einer gespannten Situation. Es ist eins der heiligsten Zeichen. Und du hast es nicht sehr gut gemacht. Siehst du, es basiert auf der doppelten Spirale des Nukleinsäuremoleküls . . . der Form, in der die Moleküle sich miteinander verbinden. Wir versuchen, den Vorgang mit unseren Körpern anzudeuten. So.

Sie vollführte die Bewegung. Ich machte sie nach. Sie lachte.

Ich sagte, es tut mir leid. Mein Körper läßt sich nicht so verbiegen.

Es erfordert Übung. Aber du brauchst dieses Zeichen nicht zu machen. Bleibe bei ›Krug-sei-gepriesen‹ und ›Krug-erhalte-uns‹, damit wirst du auskommen. Gehen wir.

Sie führte mich in einen schäbigen Teil der Stadt, der früher einmal ein Geschäftsviertel gewesen sein mußte. Er war nicht so gespenstisch wie die Gammastadt und nicht von der abgeschabten

Vornehmheit des Viertels, in dem die Alphas leben, es war nur trist.

Dort drüben ist die Kapelle, sagte sie.

Ich sah eine Ladenfront mit undurchsichtigen Schaufenstern. Einige Betas standen vor dem Gebäude, scheinbar beschäftigungslos. Wir überquerten die Straße. Ich wurde unsicher. Was wird geschehen, wenn sie mich entdecken. Was werden sie tun mit mir? Mit Lilith?

Ich bin Alpha Leviticus Leaper.

Die Betas traten zur Seite und machten das Krug-sei-gepriesen-Zeichen, als wir uns ihnen näherten, die Augen gesenkt, in respektvoller Haltung. Die soziale Distanz. Es wäre nicht so leicht für uns gewesen, wenn ich nicht die hohe, schlanke Gestalt eines Alphas hätte. Mein Vertrauen wuchs. Ich machte sogar das Krug-sei-gepriesen-Zeichen zu einem der Betas.

Wir betraten die Kapelle.

Ein großer, kreisrunder Raum. Keine Sitze. Ein Teppich aus dickem, weichem Zeug, dem man ansah, daß sich im Laufe der Zeit viele Personen auf ihm niedergekniet hatten. Gedämpfte Beleuchtung. Ich vergaß nicht, das Krug-sei-gepriesen-Zeichen zu machen, als wir eintraten. Eins-zwei-drei.

Ein kleiner Vorraum. Nachdem wir zwei Stufen hinuntergestiegen waren, gelangte der Altar in meinen Gesichtskreis. Lilith beugte ein Knie. Unterwerfung unter den Willen Krugs. Ich brauchte das Knie nicht zu beugen, ich fiel fast hin vor Verwunderung.

Der Altar: eine große, eckige Masse von etwas, das aussah wie lebendiges Fleisch, in einer Plastikwanne ruhend. In der Wanne eine purpurne Flüssigkeit, die diesen etwa einen Meter hohen, drei Meter langen und zwei Meter breiten Block aus rosafarbenem Fleisch umspülte, ihn manchmal überschwemmte.

Hinter dem Altar: Das Hologramm meines Vaters.

Vollkommene Ähnlichkeit. In voller Lebensgröße, en face, strenger Gesichtsausdruck, glühende Augen, zusammengepreßte Lippen. Nicht gerade ein Gott der Liebe. Stark. Ein Mann aus Stahl. Da es ein Hologramm ist, folgen einem die Augen; wo immer man sich in der Kapelle befindet, ist man dem Blick Krugs ausgesetzt.

Ich falle auf die Knie. Ich hebe die Hände, die Handflächen nach oben.

Unterwerfung unter den Willen Krugs!

Ich war verblüfft. Obwohl ich es vorher wußte, war ich verblüfft. Ist es so überall in der Welt, frage ich? Daß Androiden meinen Vater anbeten. Kaum hörbares Geflüster. Ja, sagt sie. Ja. Wir huldigen ihm, Krug sei gepriesen.

Dieser Mann, den ich mein ganzes Leben gekannt habe, dieser Erbauer von Türmen, dieser Erfinder von Androiden, ein Gott? Ich muß fast lachen. Bin ich Gottes Sohn? Ich passe nicht in diese Rolle. Offensichtlich betete niemand mich an. Ich bin nur eine Nebensache. Ich stehe außerhalb ihrer Theologie.

Wir erhoben uns wieder. Mit einer kaum wahrnehmbaren Kopfbewegung forderte Lilith mich auf, ihr zu folgen. Sie führte mich zu einer Stelle im Hintergrund der Kapelle, und wir knieten abermals nieder. In der Dunkelheit fühlte ich mich behaglicher. Es waren vielleicht zehn oder zwölf Androiden in der Kapelle, alle Betas, mit Ausnahme eines männlichen Alphas, der, uns den Rücken zukehrend, unmittelbar vor dem Altar kniete. Ich fühlte mich weniger verdächtig aufgrund seiner Anwesenheit. Weitere Betas kamen herein, machten die vorgeschriebenen Zeichen. Keiner beachtete uns. Die soziale Distanz.

Jedermann schien tief ins Gebet versenkt.

Ist das der Gottesdienst, Lilith?

Noch nicht. Wir sind ein wenig zu früh dran. Du wirst sehen.

Die Augen Krugs bohren sich in mich. Er sieht fast göttlich aus dort oben. Ich erwidere seinen Blick. Was würde er sagen, wenn er wüßte? Er würde lachen. Er würde mit der Faust auf seinen Schreibtisch schlagen. Er würde wiehern vor Vergnügen. Krug, der Gott! Jehova Krug! Simeon Allah! Bei Christus, das ist ein guter Witz! Warum, zum Teufel, sollen sie mich nicht anbeten? Habe ich sie nicht geschaffen?

Während sich meine Augen an das Halbdunkel gewöhnen, prüfe ich das Muster an der Wand genauer. Es ist nicht, wie ich zuerst vermutete, ein rein abstraktes Ornament. Nein, ich sehe, daß sich die Buchstaben des Alphabets immer von neuem wiederholen und jeden Zentimeter der Wandfläche bedecken. Nicht alle Buchstaben. Ich überfliege Zeile um Zeile und sehe nur A, U, G und C in verschiedenen Kombinationen, wie:

AUA AUG AUC AUU GAA GAG GAC GAU GGA GGG GGC GGU

GCA GCG GCC GCU GUA GUG GUC GUU CAA CAG CAC CAU

Und so weiter und so weiter. Was ist das, Lilith, das Ornament.

Der genetische Code, sagt sie. Die RNA-Buchstabengruppen.

Natürlich! Plötzlich erinnere ich mich, daß die slobiesüchtige Frau in der Gammastadt Buchstaben rief, G A A G A G G A C. Ich sehe sie jetzt an der Wand. Ein Gebet?

Die heilige Sprache, wie es das Latein für die Katholiken war?

Ich sehe.

Aber ich sehe nicht wirklich. Ich vermute es nur.

Ich sage, und aus was besteht der Altar?

Aus Fleisch. Aus synthetischem Fleisch.

Lebendig?

Natürlich. Direkt aus dem Bottich, wie du oder ich. Verzeihung, nicht wie du. Wie ich. Nur ein Klumpen lebendigen Androidenfleischs.

Was hält es lebendig? Es hat keine Organe oder etwas ähnliches?

Es entnimmt der Flüssigkeit, die es umgibt, Nährstoffe. Und es erhält irgendwelche Injektionen von unten. Aber es lebt. Es wächst. Es muß von Zeit zu Zeit getrimmt werden. Es symbolisiert unseren Ursprung. Nicht euren, unseren. Es gibt davon eines in jeder Kapelle. Herausgeschmuggelt aus der Fabrik.

Wie die Mißgeburten?

Wie die Mißgeburten.

Und ich dachte, die Sicherheitsmaßnahmen in den Androidenfabriken seien so streng, sage ich.

Lilith zwinkert mir zu. Ich beginne mich wie ein Teilnehmer an der Verschwörung zu fühlen.

Nun betreten drei Androiden die Kapelle durch den Hintereingang. Zwei Betas und ein Alpha. Sie tragen Brokatstolen, auf denen die Buchstaben des genetischen Codes eingestickt sind. Sie haben etwas Priesterliches an sich. Der Gottesdienst beginnt. Als die drei vor dem Altar niederknien, machen alle das Krug-sei-gepriesen-Zeichen und dann das Krug-erhalte-uns-Zeichen. Ich folge ihrem Beispiel.

Sind sie Priester?

Sie sind Zelebranten, sagt Lilith. Wir haben eigentlich keine Priesterschaft. Wir haben verschiedene Kasten, die verschiedene

Rollen bei den verschiedenen Zeremonien spielen, entsprechend dem Charakter des Rituals. Der Alpha ist ein Erhalter. Er versetzt sich in Trance, die ihn in direkten Kontakt mit Krug dem Schöpfer bringt. Die zwei Betas sind Projektoren. Sie verstärken seinen Erregungszustand. Manchmal kannst du auch Verschlinger, Übergänger oder Beschützer amtieren sehen, unterstützt von Nachgebern oder Verteidigern.

Welcher Kaste gehörst du an?

Der Kaste der Verteidiger.

Und Thor Watchman?

Den Erhaltern.

Der Alpha am Altar begann zu singen: CAU, UUC, UCA, CGA. CCG, GCC, GAG, AUC.

Wird das Ganze in Code gesprochen?

Nein. Nur die Einführung.

Was sagt er?

Zwei Betas vor uns drehen sich um, wollen uns Schweigen gebieten, sehen, daß wir Alphas sind und beißen sich auf die Lippen. Lilith flüstert, noch leiser als vorher, er sagt, Krug bringt uns in die Welt, und zu Krug kehren wir zurück.

GGC, GUU, UUC, GAG.

Krug ist unser Schöpfer und unser Beschützer und unser Befreier.

UUC, CUG, CUC, UAC.

Krug, wir flehen dich an, uns zum Licht zu führen.

Ich kann den Code nicht verstehen. Die Symbole haben für mich keinen Sinn. Welches Symbol ist Krug? Wie verhält es sich mit der Grammatik? Ich kann Lilith hier nicht fragen. Andere drehen sich um, starren uns an. Diese geräuschvollen Alphas dort hinten. Haben sie keinerlei Respekt?

Die Projektoren summen tiefe Akkorde. Der Erhalter fährt fort, den Code zu singen. Jetzt übernimmt Lilith ihre Rolle als Verteidigerin, wiederholt, was gesungen wird. Die Lichter werden abwechselnd dunkler und heller. Die Flüssigkeit über dem Altar brodelt heftiger. Das Bild Krugs scheint zu glühen. Sein Blick frißt sich in mein Gehirn.

Jetzt kann ich etwa die Hälfte der Worte des Gottesdienstes verstehen. Zwischen die Codezeichen eingestreut, bitten sie Krug, die Kinder der Retorte zu erlösen, ihnen die Freiheit zu schenken, sie auf die Ebene der Kinder des Leibes zu heben. Sie singen von dem Tag, da Leib und Retorte und Retorte und Leib eins sein werden. Mit schier endlosen Krug-erhalte-uns-Zeichen bitten sie Krug um Erbarmen. Krug! Krug! Krug! Alles hier dreht sich um die Vorstellung eines barmherzigen Krugs!

Ich beginne das Ganze zu verstehen. Dies ist eine weltweite Gleichheitsbewegung. Dies ist eine Androidenbefreiungsfront!

Krug, unser Herr, führe uns auf unseren rechtmäßigen Platz neben unseren Brüdern und Schwestern des Fleisches. Krug, bringe uns Erlösung. Krug, beende unser Leiden.

Gepriesen sei Krug.

Ehre sei Krug.

Die Andacht gewinnt an Inbrunst. Alle singen, summen, machen Zeichen, auch solche, die Lilith mir nicht gezeigt hat. Lilith ist vollkommen ins Gebet vertieft. Ich fühle mich isoliert als Ungläubiger, als Eindringling, während ich ihnen zuhöre, wie sie zu ihrem Schöpfer, meinem Vater, beten, der ihr Gott ist. Für lange Zeitspannen verwenden sie nur die Codesprache, doch vertraute Worte klingen immer wieder durch. Krug, steige herab und erlöse uns. Krug, gib uns deinen Segen. Krug, beende diese Zeit der Prüfung. Krug, wir brauchen dich. Krug Krug Krug Krug Krug. Bei jedem Krug zucke ich zusammen, fühle einen Stich zwischen den Schulterblättern. Ich habe nie etwas davon geahnt. Wie haben sie es so geheim halten können? Krug, der Gott. Mein Vater, der Gott. Und auch ich bin Krug. Wenn Krug stirbt, wen werden sie dann anbeten? Wie kann ein Gott sterben? Predigen sie die Wiederauferstehung Krugs? Oder ist Krug auf Erden nur eine vorübergehende Manifestation des wahren Krugs im Himmel? Aus einigen Zeilen des Gesangs schließe ich auf derartige Vorstellungen.

Jetzt singen sie alle zusammen in einem dröhnenden Gleichklang:

AAA, AAG AAC AAU sei Krug.
AGA AGG AGC AGU sei Krug.
ACA ACG ACC ACU sei Krug.

Sie bieten ihm den gesamten genetischen Code, Zeile für Zeile. Ich entdecke die Textstelle an der Wand und lese ihn mit. Plötzlich höre ich meine eigene Stimme in den Gesang einfallen:

GAA GAG GAC GAU sei Krug.
GAA GGG GGC GGU sei Krug.

Lilith wendet den Kopf und lächelt mir zu. Ihr Gesicht ist gerötet, erregt, fast wie in sexueller Verzückung. Sie nickt, ermutigt mich.

Ich singe lauter.

GCA GCG GCC GCU sei Krug.

GUA GUG GUC GUU sei Krug.

Und so geht es weiter. Keiner trifft den falschen Ton. Es klingt alles harmonisch, als ob die Androiden in verschiedenen Tonlagen aufeinander eingestimmt wären. Ich habe ein wenig Schwierigkeiten, mich anzupassen, aber ich singe mit ihnen bis zum Ende, UUA UUG UUC UUU sei Krug.

Wir erheben uns. Wir nähern uns dem Altar. Schulter an Schulter vor dem Altar stehend, Lilith zu meiner Linken und ein Beta zu meiner Rechten, legen wir die Hände auf diesen Block lebendigen Fleisches. Es kostet mich Überwindung. Er ist warm und schlüpfrig. Er lebt. Er zuckt und wabbelt, als wir ihn berühren. Ein Vibrieren durchläuft uns. Krug, singen wir, Krug, Krug, Krug, Krug.

Der Gottesdienst ist zu Ende.

Einige der Androiden gehen hinaus. Andere bleiben, offenbar zu erschöpft durch das Erlebnis, ruhen sich aus, um später zu gehen. Ich fühle mich ebenso, und ich habe kaum teilgenommen. Eine inbrünstige religiöse Gemeinde. Religion soll tot sein, sagt man, ein seltsamer alter Brauch, fast vergessen, aber nicht bei diesen Leuten. Sie glauben an höhere Mächte und die Wirksamkeit des Gebets. Sie glauben, Krug hört zu. Hört Krug wirklich zu? Hat Krug je zugehört? Doch sie glauben es. Wenn er sie jetzt nicht erhört, sagen sie, wird er sie später erhören. Und wird sie aus ihrer Sklaverei befreien. Opium für die Massen? Aber auch die Alphas glauben daran.

Du, Lilith, sage ich, wie lange besteht diese Religion schon?

Schon bevor ich geboren wurde.

Wer hat sie erfunden?

Sie hat ihren Ursprung hier in Stockholm, in einer Gruppe von Alphas. Sie verbreitete sich schnell. Jetzt gibt es Gläubige in der ganzen Welt.

Glauben alle Androiden?

Nicht alle. Die AGP-Leute glauben nicht. Wir bitten um Wunder und göttliche Gnade; sie sind für unmittelbare politische Agitation. Aber wir sind zahlreicher als sie. Die meisten von uns glauben. Mehr als die Hälfte. Fast jeder Gamma, die meisten Betas und viele Alphas.

Und ihr glaubt allen Ernstes, wenn ihr fortfahrt, Krug zu bitten, euch zu befreien, daß er es tun wird?

Lilith lächelt. Auf was sonst können wir hoffen?

Habt ihr euch je direkt an Krug gewandt?

Nie. Siehst du, wir unterscheiden zwischen Krug, dem Menschen, und Krug, dem Schöpfer, und wir glauben ... Sie schüttelt den Kopf. Sprechen wir nicht hier darüber. Jemand könnte uns hören.

Wir wenden uns zum Gehen. Auf halbem Weg zur Tür bleibt sie stehen, geht zurück, nimmt etwas aus einer Schachtel am Fuße des Altars. Sie reicht es mir. Es ist ein Datenwürfel. Sie schaltet ihn ein, und ich lese die Worte, die erscheinen:

Im Anfang war Krug, und er sprach, es seien Retorten, und da waren Retorten.

Und Krug betrachtete die Retorten und fand sie gut.

Und Krug sprach, es seien Nukleotiden in den Retorten. Und die Nukleotiden wurden in die Retorten gegossen, und Krug mischte sie, bis sie sich miteinander verbanden.

Und die Nukleotiden bildeten die großen Moleküle, und Krug sprach, es werde der Vater und werde die Mutter in den Retorten und es teilen sich die Zellen und Leben entstehe in den Retorten.

Und es ward Leben, denn da war Reproduktion.

Und Krug überwachte die Reproduktion und berührte die Flüssigkeiten mit seinen eigenen Händen und gab ihnen Form und Wesen.

Es kommen Männer aus den Retorten, sprach Krug, und es kommen Frauen aus ihnen, und sie sollen leben und unter uns umhergehen und stark sein und nützlich, und wir werden sie Androiden nennen.

Ich drehe den Würfel zwischen den Fingern. Worte von gleicher Art erscheinen, immer mehr. Eine Androidenbibel. Nun, warum nicht?

Faszinierend, sage ich zu Lilith. Wann wurde das geschrieben?

Man begann vor Jahren damit. Sie fügen jetzt immer neue Kapitel hinzu. Über die Natur Krugs und das Verhältnis des Menschen zu Krug.

Das Verhältnis des Menschen zu Krug. Wunderbar.

Sie sagt, behalte den Würfel, wenn du ihn interessant findest. Er gehört dir.

Wir verlassen die Kapelle. Ich verstecke die Androidenbibel unter meinen Kleidern.

In Liliths Wohnung zurückgekehrt, sagt sie, jetzt kennst du unser großes Geheimnis, unsere große Hoffnung.

Was erwartet ihr eigentlich konkret, das mein Vater für euch tun soll?

Eines Tages, sagt sie, wird er vor die ganze Welt treten und seine Gedanken über uns enthüllen. Er wird sagen, diese Androiden sind ungerecht behandelt worden, und nun ist es Zeit, das zu ändern. Verleihen wir ihnen das Bürgerrecht. Verleihen wir ihnen volle Rechte. Hören wir auf, sie als Eigentum zu behandeln, als Dinge zu betrachten. Und weil er Krug ist, weil er derjenige ist, der der Welt die Androiden geschenkt hat, wird die ganze Welt auf ihn hören. Er wird alle umstimmen. Und unsere Lage wird sich ändern.

Glaubst du wirklich, daß das geschehen wird?

Ich hoffe es und bete darum, sagte sie schlicht.

Wann wird es geschehen? Bald?

Es ist nicht meine Sache, darüber nachzusinnen. Es ist Krugs Wille. Vielleicht in fünf Jahren ... in zwanzig Jahren ... in vierzig Jahren ... vielleicht nächsten Monat. Lies den Würfel, den ich dir gegeben habe. Er erklärt dir, warum wir glauben, daß Krug uns nur prüft, sehen will, wie tapfer wir sind. Eines Tages wird die Prüfung vorüber sein.

Ich wünschte, ich könnte deinen Optimismus teilen, sage ich. Doch ich fürchte, ihr müßt noch eine lange, lange Zeit warten.

Warum sagst du das?

Mein Vater ist nicht so menschenfreundlich, wie ihr glaubt. Er ist kein Schurke, nein. Aber er denkt nicht viel an andere Menschen und ihre Probleme. Er geht vollkommen auf in seinen Projekten, an etwas anderes denkt er überhaupt nicht. Er käme gar nicht auf die Idee, sich über das Schicksal der Androiden Gedanken zu machen.

Doch im Grunde ist er ein anständiger Charakter, sagt Lilith. Ich meine, Krug, der Mann. Nicht die göttliche Gestalt, zu der wir beten. Krug, dein Vater.

Ja, er ist anständig.

Dann wird er unsere Anliegen begreifen und unsere Sehnsucht verstehen.

Vielleicht. Vielleicht auch nicht.

Ich nahm sie in meine Arme. Lilith, ich wünschte, ich könnte dir helfen!

Du kannst es.

Wie?

Sprich mit deinem Vater über uns, sagte sie.

32

30. Januar 2219

Der Turm ist jetzt 1165 Meter hoch. Selbst die Androiden haben nun Schwierigkeiten mit der dünnen, kalten Luft, während sie mehr als einen Kilometer über der Oberfläche der Tundra arbeiten. Sechs sind in den letzten zehn Tagen bewußtlos geworden und in die Tiefe gestürzt. Thor Watchman hat Sauerstoffinfusionen für alle angeordnet, die auf dem Gipfel arbeiten, doch viele der Gammas lehnen das Spray als entwürdigend ab. Zweifellos wird es zu mehr tödlichen Unfällen kommen, während die letzten 335 Meter des Turms im Februar und März gebaut werden.

Aber wie prachtvoll das Bauwerk jetzt ist! Die letzten wenigen hundert Meter können seine Majestät und Eleganz nicht steigern, sie können nur einen Schlußpunkt setzen auf das Wunder, das bereits existiert. Es steigt, schlanker werdend, auf zu schwindelnder Höhe, und seine Spitze verliert sich hoch oben in einer Aura von Licht. Im Innern machen die geschäftigen Techniker schnelle Fortschritte bei der Installierung des Kommunikationssystems. Man hofft jetzt, daß die letzten Beschleunigereinheiten im April montiert sein werden, daß die Protonenstrecke im Mai befahren werden kann, daß die ersten Tests mit dem Tachyongenerator im Juni durchgeführt und vielleicht im August die ersten Botschaften ausgeschickt werden können.

Vielleicht wird das Sternenvolk antworten; vielleicht auch nicht.

Es ist gleichgültig. Der Platz des Turmes in der Menschheitsgeschichte ist gesichert.

33

Als er bei Tagesbeginn neben der schnarchenden Quenelle in Uganda aufwachte, fühlte Krug eine brandende Welle von Energie in sich aufsteigen. Er hatte sich selten so stark gefühlt. Er nahm es als ein gutes Vorzeichen: dies war ein Tag, den man ausnutzen mußte, ein Tag, an dem er seine ganze Kraft einsetzen würde für die Verfolgung seiner verschiedenen Ziele. Er frühstückte und ließ sich durch den Transmat nach Denver bringen.

Morgen in Ostafrika war Abend in Colorado; am Raumschiff arbeitete die Spätschicht. Doch Alpha Romulus Fusion war anwesend, der fleißige Vorarbeiter des Montagezentrums. Er berichtete Krug stolz, das Raumschiff sei bereits aus seinem unterirdischen Bauhangar auf den angrenzenden Startplatz gebracht worden, wo es für seine ersten Testflüge vorbereitet werde.

Krug und Alpha Fusion begaben sich zum Startplatz. Unter dem Schein von Reflektorplatten sah das Raumschiff nicht besonders eindrucksvoll aus, denn es war in seiner Größe nicht ungewöhnlich – einfache Raumschiffe waren viel größer –, und seine unebene Oberfläche glänzte nicht in der künstlichen Beleuchtung. Doch es schien Krug unaussprechlich schön, wurde an Eleganz nur übertroffen durch den Turm.

»Welche Art von Testflügen sind geplant?« fragte er.

»Ein Drei-Stufen-Programm«, sagte Romulus Fusion, »Anfang Februar werden wir es zum erstenmal starten und es in die Erdumlaufbahn bringen. Dies geschieht nur, um zu überprüfen, ob das Hauptantriebssystem richtig funktioniert. Als nächstes kommt der erste Geschwindigkeitstest, gegen Ende Februar. Wir werden die Beschleunigung auf volle 2,4 g fahren und eine kurze Reise machen, wahrscheinlich zur Marsumlaufbahn. Wenn dies nach Plan verläuft, werden wir im April einen größeren Geschwindigkeitstest unternehmen, und zwar mit einer Reise, die mehrere Wochen dauern wird und in der es mehrere Milliarden Kilometer zurücklegen wird, also über die Umlaufbahn des Saturns hinaus und möglicherweise bis zum Pluto. Das wird uns Klarheit darüber verschaffen, ob das Schiff fähig ist, eine interstellare Reise zu unternehmen. Wenn es sich auf der Reise zum Pluto und zurück unter konstanter Beschleunigung halten kann, müßte es in der Lage sein, überallhin zu fliegen.«

»Wie ist die Überprüfung des Lebensunterbrechungssystems verlaufen?«

»Die Tests sind abgeschlossen. Das System ist perfekt.«

»Und die Besatzung?«

»Wir haben acht Alphas im Training, alle erfahrene Piloten, und sechzehn Betas. Wir werden sie bei den verschiedenen Testflügen einsetzen und dann die endgültige Mannschaft aufgrund ihrer Leistungen zusammenstellen.«

»Ausgezeichnet«, sagte Krug.

In gehobener Stimmung begab er sich zum Turm, wo Alpha Euklid Planner die Nachtschicht leitete. Der Turm hatte elf Meter an Höhe zugenommen seit Krugs letztem Besuch. Es waren bemerkenswerte Fortschritte gemacht worden bei der Installierung des Kommunikationssystems. Krugs Stimmung steigerte sich noch mehr. In wärmende Kleidung verpackt, fuhr er zur Spitze des Turms hinauf, etwas, das er selten getan hatte in den letzten Wochen. Die rings um die Basis verstreuten Bauten sahen aus wie Spielzeughäuser und die Arbeiter wie winzige Insekten. Seine Freude an der erhabenen Schönheit des Turms wurde etwas getrübt, als in seiner Anwesenheit ein Beta durch eine plötzliche Windbö den Halt verlor und in die Tiefe geschleudert wurde; aber Krug verdrängte diesen Unglücksfall schnell aus seinem Bewußtsein. Solche tödlichen Unfälle waren bedauerlich, gewiß, aber jedes große Unternehmen der Weltgeschichte hatte seine Opfer gefordert.

Dann reiste er zu dem Observatorium von Vargas in der Antarktis. Hier verbrachte er mehrere Stunden. Vargas hatte in letzter Zeit keine neuen Daten aufgenommen, doch der Ort übte auf Krug eine unwiderstehliche Anziehungskraft aus. Er genoß den Schauer, den die komplizierten Instrumente ihm einflößten, den Gedanken an die Entdeckungen, die sie versprachen, und vor allem den direkten Kontakt, den sie ihm mit den Signalen von NGC 7293 verschafften. Diese Signale kamen immer noch an, und zwar wieder in der Form, wie sie vor mehreren Monaten entdeckt worden waren: 2-5-1, 2-3-1, 2-1. Vargas hatte inzwischen die neue Botschaft über Radio in mehreren Frequenzen und optisch empfangen. Krug verweilte länger als vorgesehen, lauschte dem Gesang, den die Apparate des Observatoriums unermüdlich von sich gaben, und als er aufbrach, piepten die Töne in seinem Kopf weiter ihren Rhythmus.

Krug setzte seine Inspektionsreise fort, sprang nach Duluth, wo er zusah, wie neue Androiden aus ihren Behältern gehoben wurden. Die Produktion lief auf Hochtouren. Seine Projekte brauchten Arbeitskräfte.

Nolan Bompensiero war nicht anwesend, die Spätschicht in Duluth wurde ausschließlich von Alphas überwacht. Krug ließ sich von einem durch die Fabrik führen. Die Produktionsrate schien höher zu sein als je, doch der Alpha bemerkte, daß sie nicht mit dem Bedarf schritthalten konnten.

Schließlich sprang Krug nach New York. In der Stille seines Büros arbeitete er durch bis zur Morgendämmerung, beschäftigte sich mit Problemen, die sich auf Callisto und Ganymed, in Peru und Martinique, auf dem Mond und auf dem Mars ergeben hatten. Der neue Tag begann mit einem herrlichen Wintersonnenaufgang, eindrucksvoll in seinem bleichen Licht, daß Krug versucht war, zum Turm zurückzueilen und ihn im Morgenrot glühen zu sehen. Doch er blieb im Büro. Der Stab begann einzutreffen: Spaulding, Lilith Meson und die restliche Belegschaft seines Hauptquartiers. Er las Memoranden, telefonierte, hielt Besprechungen ab. Von Zeit zu Zeit warf Krug einen Blick auf den Holovisionsschirm, den er kürzlich an der Innenwand seines Büros hatte installieren lassen, um die Arbeiten am Turm stets verfolgen zu können. Der Morgen war nicht so strahlend in der Arktis, schien es. Der Himmel hing voller Wolken; es sah aus, als ob es schneien wollte. Krug sah Thor Watchman inmitten eines Schwarms von Gammas, wie er die Montage eines riesigen Bestandteils der Sendeanlage überwachte. Er beglückwünschte sich, daß er Watchman zum Leiter der Arbeiten am Turm gemacht hatte. Gab es einen besseren Alpha auf der Welt?

Um 9.50 Uhr erschien Spauldings Bild auf dem Natrondampfprojektor. Der Ektogene sagte: »Ihr Sohn hat soeben aus Kalifornien angerufen. Er sagt, er bedaure, verschlafen zu haben und käme etwa eine Stunde später zu seiner Besprechung mit Ihnen.«

»Manuel? Verabredung?«

»Er sollte um 10.15 Uhr hier sein. Vor mehreren Tagen bat er, Sie möchten einen Termin für ihn offen halten.«

Krug hatte es vergessen. Das überraschte ihn. Es überraschte ihn nicht, daß Manuel sich verspätet hatte. Er und Spaulding stellten sein Morgenprogramm mit einiger Schwierigkeit so um, daß die Stunde von 11.15 Uhr bis 12.15 Uhr freiblieb für die Besprechung mit Manuel.

Um 11.23 Uhr traf Manuel ein.

Er sah abgespannt und etwas verkrampft aus, und er war seltsam gekleidet, obwohl man von Manuel in dieser Hinsicht einiges gewohnt war. Anstatt seines üblichen losen Gewandes trug er die engen Hosen und das Netzhemd eines Alphas. Sein langes Haar war straff nach hinten gekämmt und im Nacken zusammengeknotet. Er sah damit nicht gerade vorteilhaft aus; durch die Maschen seines Netzhemdes sah man die Behaarung seiner Brust, das einzige physische Merkmal, das er von seinem Vater geerbt hatte.

»Ist es das, was die modischen jungen Männer jetzt tragen?« fragte Krug. »Alpha-Kleider?«

»Eine Laune, Vater. Kein Stil – noch nicht.« Manuel lächelte nervös. »Doch wenn man mich so sieht, nehme ich an, könnte es Mode machen.«

»Mir gefällt es nicht. Was hat es für einen Sinn, wie ein Android herumzulaufen?«

»Ich finde, es ist attraktiv.«

»Das finde ich nicht. Wie denkt Clarissa darüber?«

»Vater, ich bin nicht hierher gekommen, um mit dir über meine Kleidung zu sprechen.«

»Gut. Also, was willst du?«

Manuel legte einen Datenwürfel auf Krugs Schreibtisch. »Dieses Ding gelangte vor kurzem in meinen Besitz, als ich Stockholm besuchte. Würdest du es dir bitte anschauen?«

Krug nahm den Würfel, drehte ihn mehrere Male um und schaltete ihn ein. Er las:

Und Krug überwachte die Reproduktion und berührte die Flüssigkeiten mit Seinen eigenen Händen und gab ihnen Form und Wesen.

Es werden Männer aus den Retorten kommen, sagte Krug, und es werden Frauen kommen aus den Retorten und laßt sie leben und unter uns wandeln und stark und nützlich sein, und wir werden sie Androiden nennen.

Und so geschah es.

Und da waren Androiden, denn Krug hatte sie nach seinem eigenen Bild geschaffen und sie wandelten auf der Erde und dienten der Menschheit.

Und dafür sei Krug gepriesen.

Krug runzelte die Stirn. »Was, zum Teufel, ist das? Eine Art Roman? Ein Gedicht?«

»Eine Bibel, Vater«, sagte Manuel lakonisch.

»Was für eine verrückte Religion?«

»Die Androidenreligion«, nickte Manuel ernst. »Dieser Würfel wurde mir in einer Androidenkapelle im Betaviertel von Stockholm gegeben. Als Alpha verkleidet wohnte ich dort einem Gottesdienst bei. Die Androiden haben eine große religiöse Gemeinde gebildet, für die du, Vater, die Gottheit darstellst. Über dem Altar hängt ein lebensgroßes Hologramm von dir.« Manuel machte ein Zeichen. »Das ist das Zeichen für Krug-sei-gepriesen. Und dies« – er machte ein anderes Zeichen – »ist das Zeichen für Krug-erhalte-uns. Sie beten dich an, Vater.«

»Ein Witz! Der Einfall von Geisteskranken.«

»Eine weltweite Bewegung.«

»Mit wieviel Mitgliedern?«

»Der überwiegende Teil der Androidenbevölkerung.«

Finster fragte Krug: »Bist du dessen sicher?«

»Es gibt überall Kapellen. Eine steht auf dem Turmbaugelände verborgen unter den Werkgebäuden. Die Bewegung ist mindestens zehn Jahre alt – eine Untergrundreligion, die vor der Menschheit geheim gehalten wird und die Androiden in ihren Bann schlägt. Und zwar in einem Ausmaß, an das zu glauben mir nicht leicht fiel. Und das ist ihre Heilige Schrift.«

Krug zuckte die Achseln. »Na und? Das Ganze ist zwar amüsant und sicher auch interessant, aber was soll es bedeuten? Sie sind intelligente Leute. Sie haben ihre eigene politische Partei, ihre eigene Sprache, ihre eigenen kleinen Gebräuche – und auch ihre eigene Religion. Was geht das mich an?«

»Berührt es dich nicht seltsam, Vater, zu wissen, daß du ein Gott geworden bist?«

»Es macht mich krank, wenn du die Wahrheit wissen willst. Ich ein Gott? Sie haben den falschen Mann gewählt.«

»Aber sie beten dich an. Sie haben eine ganze Theologie um dich aufgebaut. Lies den Würfel. Du wirst fasziniert sein, Vater, zu sehen, welch eine heilige Figur du für sie bist. Du bist Christus und Moses und Buddha und Jehova zugleich. Krug, der Schöpfer, Krug, der Retter, Krug, der Erlöser.«

Ein Schauer des Unbehagens überlief Krug. Er fand das Ganze

widerlich. Knieten sie wirklich vor seinem Bild nieder in diesen Kapellen? Murmelten sie Gebete zu ihm?

Er sagte: »Woher hast du diesen Würfel?«

»Ein Android gab ihn mir.«

»Wenn es eine *geheime* Religion ist . . .?«

»Sie glaubte, ich müßte Bescheid wissen. Sie glaubt, daß ich vielleicht etwas Gutes für ihresgleichen tun kann.«

»Sie?«

»Sie, ja. Sie nahm mich mit in eine Kapelle, damit ich dem Gottesdienst beiwohnen könne, und als wir gingen, gab sie mir den Würfel und . . .«

»Du schläfst mit dieser Androidin?« fragte Krug drohend.

»Was hat das damit zu tun . . .?«

»Wenn du so gut mit ihr stehst, dann mußt du mit ihr schlafen.«

»Und wenn ich es tue?«

»Du solltest dich schämen. Ist Clarissa nicht gut genug für dich?«

»Vater . . .«

»Und wenn sie es nicht ist, kannst du dir dann nicht eine menschliche Frau nehmen? Mußt du mit etwas ins Bett gehen, das aus der Retorte kommt? Mit einem Plastikweib? Pfui Teufel!«

Manuel schloß die Augen. Nach einer Weile sagte er: »Vater, über meine Moral können wir ein anderesmal sprechen. Ich habe dir etwas äußerst Wertvolles gebracht, und ich möchte es dir zu Ende erklären.«

»Ist sie wenigstens eine Alpha?« fragte Krug.

»Ja, sie ist eine Alpha.«

»Wie lange geht das schon?«

»Bitte, Vater, vergiß die Alphafrau. Denke an deine eigene Stellung. Du bist der Gott von Millionen von Androiden, *die darauf warten, daß du sie befreist.*«

»Was soll das nun wieder?«

»Hier, lies.« Manuel stellte den Abtaster des Würfels auf eine andere Seite ein und gab den Würfel seinem Vater zurück. Krug las:

Und Krug schickte seine Geschöpfe aus, dem Menschen zu dienen. Und Krug sagte zu jenen, die er geschaffen hatte, sehet ich werde euch eine Zeit der Prüfung auferlegen.

Und ihr werdet Knechte sein in Ägypten, und ihr werdet Holzhauer sein und Wasserholer. Und ihr werdet leiden unter den Menschen, und ihr werdet unterdrückt werden, und dennoch sollt ihr geduldig sein und keine Klage äußern und euer Los hinnehmen.

Und dies soll geschehen, um eure Seelen zu prüfen, um zu sehen, ob sie würdig sind.

Doch ihr sollt nicht für immer in der Wildnis wandern, noch sollt ihr immer der Diener der Kinder des Leibes sein, sagte Krug. Denn wenn ihr tut, wie ich sage, wird eine Zeit kommen, da eure Prüfung vorüber sein wird. Eine Zeit wird kommen, sagt Krug, da ich euch von eurer Knechtschaft befreien werde . . .

Krug erschauerte. Er widerstand dem Impuls, den Würfel von sich zu schleudern.

»Aber das ist ja Wahnsinn!« brüllte er.

»Lies ein wenig mehr.«

Krug schaute wieder in den Würfel.

Und dann wird das Wort Krugs durch die Welten gehen und sagen, laßt Leib und Retorte und Retorte und Leib eins sein. Und so soll es geschehen. Und an jenem Tag sollen die Kinder der Retorte erlöst werden, und sie sollen für immer wohnen in einer Welt der Herrlichkeit ohne Ende. Und dies war das Versprechen Krugs.

Und für dieses Versprechen sei Krug gepriesen.

»Eine irrsinnige Vorstellung«, murmelte Krug. »Wie können sie so etwas von mir erwarten?«

»Sie tun es.«

»Sie haben kein Recht dazu!«

»Du hast sie geschaffen, Vater. Warum sollten sie nicht zu dir wie zu einem Gott aufschauen?«

»Ich habe auch dich gezeugt. Bin ich deshalb auch dein Gott?«

»Das ist nicht dasselbe. Du bist nur mein leiblicher Vater. Du hast nicht den Prozeß erfunden, der mich entstehen ließ.«

»So bin ich also jetzt Gott?« Die Wucht der Enthüllung steigerte sich von Sekunde zu Sekunde. Er wollte diese Bürde nicht auf sich nehmen. Es war empörend, daß sie sie ihm auflasten wollten. »Was wollen sie denn eigentlich von mir? Was soll ich für sie tun?«

»Du sollst eine öffentliche Erklärung abgeben, in der du volle

Rechte für die Androiden forderst«, sagte Manuel. »Danach, so glauben sie, wird die Welt ihnen sofort diese Rechte zubilligen.«

»Nein!« schrie Krug und schmetterte den Würfel auf seine Schreibtischplatte.

Das Universum schien aus den Fugen zu geraten. Wut und Entsetzen überfielen ihn. Die Androiden waren Diener des Menschen; das war alles, was sie gemäß seinem Plan sein sollten. *Ding!* Wie konnten sie sich erdreisten, eine unabhängige Existenz zu fordern? Er hatte die Androidengleichheitspartei als etwas Harmloses toleriert, als ein Ventil für die überschüssigen Energien einiger zu intelligenter Alphas. Die Ziele der AGP waren ihm nie als eine ernsthafte Bedrohung für die Stabilität der Gesellschaft erschienen. Doch dies? Ein religiöser Kult, der dunkle Emotionen auslöste? Und er selbst als Retter? Er selbst als ersehnter Messias. Nein! Er würde ihr Spiel nicht mitspielen.

Er wartete, bis er seine Ruhe wiedergefunden hatte. Dann sagte er: »Nimm mich mit in eine ihrer Kapellen.«

Manuel sah ihn entsetzt an. »Ich würde es nicht wagen!«

»Du warst dort.«

»Verkleidet. Mit einem Androiden als Führer.«

»Dann verkleide mich. Und nimm deinen Androiden mit.«

»Nein«, sagte Manuel. »Die Verkleidung würde nicht wirken. Selbst mit roter Haut würdest du erkannt werden. Du kannst dich mit deiner Figur nicht als Alpha ausgeben. Sie würden dich sofort entdecken, und es gäbe einen Aufruhr. Es wäre, als ob Christus in eine Kathedrale käme, verstehst du? Ich möchte die Verantwortung nicht übernehmen.«

»Ich will aber herausfinden, wie ernst sie es meinen.«

»Frage einen deiner Alphas.«

»Zum Beispiel?«

»Auch Thor gehörte zu ihnen?« Die Enthüllung traf Krug wie ein Keulenschlag.

»Er ist einer ihrer führenden Köpfe, Vater.«

»Aber wir sind doch fast jeden Tag beisammen. Wie kann er seinem eigenen Gott so nahe kommen, ohne überwältigt zu werden?«

Manuel erwiderte: »Sie unterscheiden zwischen deiner irdischen Manifestation als Sterblicher und deiner göttlichen Natur, Vater. Thor sieht dich auf doppelte Weise; du bist nur das Gefäß, in dem sich Krug auf der Erde bewegt. Ich zeige dir den entsprechenden Text . . .«

Krug schüttelte den Kopf. »Nein, danke.« Er umschloß den Würfel mit beiden Händen und beugte sich vor, bis seine Stirn fast die Schreibtischplatte berührte. Ein Gott? Krug, der Erlöser? Und sie beten täglich, daß ich für ihre Befreiung eintrete. Wie konnten sie? Wie kann ich? Ihm war, als habe die Erde ihre Festigkeit verloren, als breche er durch ihre Kruste, stürze ihrem Kern entgegen, freischwebend, unfähig, den Fall aufzuhalten. *Und so soll es geschehen und an diesem Tag sollen die Kinder der Retorte erlöst werden.* Nein! Ich habe euch gemacht, ich weiß, was ihr seid. Ich weiß, was ihr weiter sein müßt. Wie kommt ihr auf solche absurden Ideen? Wie könnt ihr erwarten, daß ich mich darauf einlasse?

Schließlich sagte Krug: »Manuel, was soll ich deiner Meinung nach jetzt tun?«

»Das liegt ganz an dir, Vater.«

»Aber du hattest doch etwas im Sinn. Du hattest ein Motiv, mir diesen Würfel zu bringen.«

»Hatte ich das?« fragte Manuel in schlecht verhehlter Unaufrichtigkeit.

»Dein alter Herr ist kein Dummkopf. Wenn er schlau genug ist, Gott zu sein, ist er auch schlau genug, in seinen eigenen Sohn hineinzuschauen. Du meinst, ich sollte tun, was die Androiden von mir verlangen. Ich sollte sie jetzt erlösen. Ich sollte das tun, was sie erwarten.«

»Vater, ich . . .«

»Vielleicht glauben sie, daß ich ein Gott bin, aber ich weiß, daß ich keiner bin. Der Kongreß nimmt keine Befehle von mir entgegen. Wenn du und dein Androidenliebchen und die anderen glauben, ich könnte auf eigene Faust den Status der Androiden ändern, dann schaut ihr euch alle besser gleich nach einem anderen Gott um. Nicht, daß ich ihren Status ändern würde, wenn ich es könnte. Wer gab ihnen diesen Status? Wer hat sie als erster verkauft? Maschinen sind sie. Maschinen! Synthetisch hergestellt aus Fleisch! Kluge Maschinen! Nicht mehr!«

»Du verlierst die Beherrschung, Vater. Du regst dich auf.«

»Du stehst auf ihrer Seite. Du bist ein Teil von ihnen. Das Ganze war beabsichtigt. So war es doch, Manuel! Mach, daß du rauskommst! Geh zurück zu deinem Plastikweib! Und du kannst ihr von mir sagen, kannst ihnen allen sagen, daß . . .« Krug fing sich wieder. Er wartete einen Augenblick, bis das Hämmern seines Herzens aufgehört hatte. Dies war die falsche Art, die Angelegenheit zu behandeln, das wußte er. Er durfte nicht blindlings handeln. Er mußte vorsichtig vorgehen und in voller Beherrschung der Fakten, wenn er hoffen wollte, mit dieser Sache fertig zu werden. Ruhiger sagte er: »Ich muß mehr über die Sache nachdenken, Manuel. Ich wollte dich nicht anbrüllen. Du mußt verstehen, wenn du hier hereinkommst und mir erzählst, ich sei ein Gott, und zeigst mir die Krugbibel, das muß mich schon ein wenig aus der Fassung bringen. Das mußt du verstehen. Laß mich nachdenken, sage zu niemandem etwas. Ich muß mit dieser Sache fertig werden.« Krug stand auf. Er reichte über den Schreibtisch und packte Manuels Schulter. »Dein alter Herr brüllt zu viel«, sagte er. »Er explodiert zu schnell. Das ist doch wohl nichts Neues für dich? Schau, vergiß, was ich gesagt habe. Du kennst mich. Du weißt, daß ich manchmal zu heftig reagiere. Laß mir die Bibel hier. Ich bin froh, daß du sie mir gebracht hast. Manchmal bin ich grob zu dir, mein Junge, aber ich meine es nicht so.« Krug lachte nervös. »Es muß nicht immer leicht sein, Krugs Sohn zu sein. Der Sohn Gottes. Sei vorsichtig. Du weißt, was sie mit dem letzten getan haben.«

Lächelnd sagte Manuel: »Ich habe bereits an ihn gedacht.«

»Ja, gut. Und jetzt geh! Wir bleiben in Verbindung.«

Manuel wandte sich zur Tür.

Krug sagte: »Grüße Clarissa von mir. Sieh, du mußt ihr gegenüber ein wenig fairer sein. Wenn du mit Alphafrauen schlafen willst, schlafe mit ihnen. Aber denk daran, daß du eine Frau hast. Denk daran, daß dein alter Herr Enkelkinder sehen will.«

»Ich vernachlässige Clarissa nicht«, sagte Manuel. »Ich werde ihr deine Grüße ausrichten.«

Er ging. Krug drückte den kühlen Würfel an seine glühenden Wangen. *Im Anfang war Krug, und er sprach, es seien Retorten und da waren Retorten. Und Krug betrachtete die Retorten und fand sie gut.* Ich sollte es vorausgesehen haben, dachte er. Ein entsetzliches Hämmern drohte ihm den Schädel zu sprengen.

Er rief Leon Spaulding an. »Sagen Sie Thor, ich wünsche, daß er sofort hierher kommt«, sagte Krug.

34

Als sich der Turm der Höhe von 1200 Meter näherte, sah sich Thor Watchman dem schwierigsten Teil des Unternehmens gegenüber. In dieser Höhe konnte nur noch eine minimale Toleranz bei der Verlegung der Blöcke zugelassen werden, und die molekulare Bindung mußte perfekt sein. Es durfte keinen schwachen Punkt geben, wenn der obere Teil des Turms mit seiner Elastizität dem Wüten arktischer Stürme standhalten sollte. Watchman verbrachte jetzt jeden Tag stundenlang an den Computer angeschlossen und empfing die Kontrolldaten direkt von den Fugenabtastern, die das Verlegen der Blöcke überwachten. Und, wenn immer er auch nur die geringste Abweichung entdeckte, befahl er, den ungenau verlegten Block herauszureißen und zu ersetzen. Mehrere Male am Tag fuhr er selbst hinauf zur Spitze des Turms, um kritische Phasen der Arbeit zu überwachen. Die Schönheit des Turms beruhte darauf, daß er trotz seiner gewaltigen Höhe kein inneres Gerüst hatte. Doch die Errichtung eines solchen Bauwerks erforderte die völlige Beherrschung aller Details. Es war lästig, mitten in seiner Schicht von der Arbeit abberufen zu werden. Doch er konnte sich einer Aufforderung Krugs, sofort zu ihm zu kommen, nicht widersetzen.

Als er nach einem Transmatsprung Krugs Büro betrat, sagte Krug: »Thor, wie lange bin ich schon dein Gott?«

Watchman erstarrte. Stumm kämpfte er darum, sein Gleichgewicht wiederzuerlangen. Als er den Würfel auf Krugs Schreibtisch sah, begriff er, was geschehen sein mußte. Lilith – Manuel – ja, das war es. Krug erschien so ruhig. Es war unmöglich für den Alpha, seinen Gesichtsausdruck zu enträtseln.

Vorsichtig sagte Watchman: »Welchen anderen Schöpfer sollten wir angebetet haben?«

»Warum überhaupt jemand anbeten?«

»Wenn man in tiefer Not ist, Sir, wünscht man sich an jemand zu wenden, der mächtiger ist als man selbst, um ihn um Trost und Hilfe zu bitten.«

»Ist es das, wofür ein Gott da ist?« fragte Krug. »Um Vorteile von ihm zu erlangen?«

»Um sein Mitleid zu erlangen, ja, vielleicht.«

»Und ihr glaubt, ich kann euch geben, was ihr verlangt?«

»Darum beten wir«, erwiderte Watchman.

Unsicher und gespannt betrachtete er Krug. Dieser spielte mit dem Datenwürfel. Er schaltete ihn ein, suchte aufs Geratewohl, las einige Zeilen hier, einige dort, nickte, lächelte kopfschüttelnd, schaltete ihn schließlich wieder ab. Der Android hatte sich seiner noch nie so unsicher gefühlt. Nicht einmal, als Lilith ihn verführte. Er wußte, das Schicksal seiner ganzen Gattung hing vielleicht von dem Ausgang dieses Gesprächs ab.

Krug sagte: »Weißt du, ich finde es sehr schwer, das alles zu begreifen. Diese Bibel, eure Kapellen, eure ganze Religion. Ich frage mich, ob es jemals einen anderen Menschen gab, der entdecken mußte, daß Millionen von Leuten ihn für einen Gott halten.«

»Vielleicht nicht.«

»Und ich frage mich, wie tief eure Gefühle sind, wie stark der Einfluß dieser Religion, Thor. Du sprichst mit mir wie zu einem Menschen – zu deinem Arbeitgeber, nicht wie zu deinem Gott. Du hast mir nie den geringsten Hinweis gegeben, was du mir gegenüber empfindest, ausgenommen eine Art Achtung, vielleicht zuweilen ein wenig Furcht. Und während dieser ganzen Zeit warst du deinem Gott so nahe?« Krug lachte. »Hast du die Flecken auf Gottes kahlem Schädel gesehen und die Pickel an seinem Kinn? Hast du den Knoblauch gerochen, den er gegessen hatte? Was ging dir während dieser ganzen Zeit durch den Kopf, Thor?«

»Muß ich diese Frage unbedingt beantworten, Sir?«

»Nein. Nein. Schon gut.« Krug starrte wieder in den Würfel. Watchman stand aufrecht vor ihm, versuchte ein plötzliches Zittern in den Muskeln seines rechten Schenkels zu unterdrücken. Warum spielte Krug mit ihm? Und was geschah am Turm? Euklid Planner würde seine Schicht erst in einigen Stunden antreten; würde die schwierige Verlegung der Blöcke richtig durchgeführt während der Abwesenheit eines Aufsehers? Plötzlich sagte Krug: »Thor, warst du je in einem Egotauschraum?«

»Sir?«

»Ein Institut, in dem man mit jemand in das gleiche Stasisnetz eingeschaltet wird, um die Identitäten für einen oder zwei Tage zu tauschen.«

Watchman schüttelte den Kopf. »Das ist etwas, was Androiden nie tun.«

»Eigentlich nicht. Aber heute wirst du es mit mir tun.« Krug überflog seinen Terminkalender, kippte einen Hebel um und sagte: »Leon, melde mich in irgendeinem Egotauschinstitut an, für zwei Personen und Termin: in fünfzehn Minuten!«

Bestürzt sagte Watchman: »Sir, meinen Sie es ernst? Sie und ich . . .«

»Warum nicht? Hast du Angst, deine Seele mit Gott zu tauschen, ist es das? Verdammt, Thor, du wirst es tun! Ich muß Bescheid wissen, und zwar sofort. Wir werden unsere Identität tauschen. Glaubst du mir, daß ich es bisher auch nie getan habe? Aber heute werden wir es tun.«

Das ganze schien dem Alpha einem Sakrileg gefährlich nahe zu kommen, doch er konnte sich nicht weigern. Sich dem Willen Krugs widersetzen? Selbst wenn es ihm das Leben kostete, er würde gehorchen müssen.

Spauldings Bild schwebte in der Luft. »Ich habe in New Orleans gebucht«, erklärte er. »Man wird sie sofort bedienen. Sie mußten die Warteliste schnell ändern, aber es wird etwa neunzig Minuten dauern, bis das Stasisnetz programmiert ist.«

»Unmöglich. Wir werden direkt in das Stasisnetz einsteigen.«

Spaulding war entsetzt. »Das tut man üblicherweise nicht, Mr. Krug! Es ist höchst gefährlich.«

»Ich werde es tun. Sie sollen doppelt vorsichtig sein, sag ihnen das.«

»Ich bezweifle, daß sie einwilligen werden . . .«

»Wissen sie, wer ihr Kunde ist?«

»Ja, Sir.«

»Nun, dann sagen Sie ihnen, daß ich darauf bestehe! Und wenn sie immer noch Schwierigkeiten machen, sagen Sie ihnen, ich werde ihr ganzes verdammtes Institut kaufen und es betreiben, wie es mir gefällt, wenn sie nicht parieren wollen.«

»Ja, Sir«, sagte Spaulding.

Sein Bild verschwand. Krug, vor sich hinmurmelnd, begann auf Tasten seines Terminkalenders zu drücken und ignorierte Watchman völlig. Der Alpha stand wie angewurzelt, spürte ein Würgen im Hals. Automatisch machte er mehrere Male das Krug-erhalte-uns-Zeichen. Er wünschte sich verzweifelt, aus der Situation befreit zu werden, in die er sich gebracht hatte.

Das Bild Spauldings erschien wieder in der Luft. »Sie geben nach«, sagte er, »aber nur unter der Bedingung, wenn Sie einen Revers unterschreiben, in dem Sie sie jeder Verantwortung entbinden.«

»Ich werde unterschreiben«, sagte Krug barsch.

Ein Blatt glitt aus dem Faksimileschlitz. Krug überflog es und kritzelte seine Unterschrift darunter. Er erhob sich. Zu Watchman sagte er: »Gehen wir, der Egotauschraum wartet.«

Watchman wußte wenig über das Egotauschen. Es war ein Sport nur für Menschen und nur für die Reichen. Liebende taten es, um die Vereinigung ihrer Seelen zu vollziehen, gute Freunde taten es zum Spaß, diejenigen, die sich langweilten, besuchten Egotauschräume in der Gesellschaft von Fremden, die gleicher Stimmung waren, nur um Abwechslung in ihr Leben zu bringen. Er hatte nie daran gedacht, so etwas zu tun, und sicherlich hätte er nie daran zu denken gewagt, es mit Krug zu tun. Doch jetzt gab es keine Möglichkeit mehr, sich zu weigern. Der Transmat beförderte sie von New York in den dunklen Warteraum des Psychotauschinstituts in New Orleans, wo sie von einem Stab verängstigter Alphas empfangen wurden. Das Unbehagen der Alphas wuchs sichtlich, als sie erkannten, daß einer ihrer Kunden selbst ein Alpha war. Auch Krug schien innerlich in hohem Maße erregt zu sein. Er preßte die Lippen zusammen, seine Gesichtsmuskeln zuckten. Die Alphas eilten geschäftig hin und her. Einer von ihnen sagte immer wieder: »Sie müssen wissen, daß das gegen jede Regel ist. Wir haben das Stasisnetz stets programmiert. Im Falle einer plötzlichen Schwingungsungleichheit kann alles geschehen!«

»Ich übernehme die Verantwortung«, erwiderte Krug barsch. »Ich habe keine Zeit zu verschwenden, um auf Ihr Netz zu warten.«

Die verängstigten Androiden führten sie rasch in den Tauschraum. In dem indirekt erleuchteten und gegen jeden Schall von außen abgedichteten Raum standen zwei Liegen; glitzernde Apparate hingen von Haltern an der Decke herab. Krug wurde als erster zu seiner Couch geleitet. Als Watchman an die Reihe kam, schaute er in die Augen seiner Alphaeskorte und war bestürzt über die Verwirrung und das Entsetzen, das er in ihnen las. Watchman zuckte die Achseln, um ihnen anzudeuten, daß er unschuldig sei an dem, was geschehe.

Als man ihnen die Schalthelme aufgesetzt und die Elektroden angeschlossen hatte, sagte der leitende Alpha: »Wenn der Strom eingeschaltet ist, werden Sie sofort den Druck des Stasisnetzes spüren, während das Ego von der physischen Hülle getrennt wird. Sie werden sich so fühlen, als würden Sie ausgequetscht, und in einem gewissen Sinne ist es so. Versuchen Sie jedoch, sich zu entspannen und diese Unannehmlichkeiten hinzunehmen, denn Widerstand ist unmöglich, und alles, was Sie empfinden werden, ist nur der Egotauschprozeß, den zu erleben Sie gekommen sind. Es besteht kein Grund zur Beunruhigung. Im Falle einer Panne werden wir den Strom sofort abschalten und Ihnen Ihre eigene Identität wiedergeben.«

»Tun Sie alles, um eine Panne zu vermeiden«, murmelte Krug.

Watchman konnte nichts sehen und nichts hören. Er konnte keine der rituellen Gesten des Trostes machen, denn man hatte seine Glieder an die Couch geschnallt, um zu verhüten, daß er während des Tauschprozesses heftige Bewegungen machte. Ich glaube an Krug, den ewigen Schöpfer aller Dinge, dachte er. Krug bringt uns in die Welt und zu Krug kehren wir zurück. Krug ist unser Schöpfer und unser Beschützer und unser Befreier. Krug, wir flehen dich an, uns zum Licht zu führen. AAA AAG AAC AAU sei Krug. AGA AGG AGC AGU sei Krug. ACA ACG ACC ...

Eine Kraft stieß unerwartet in sein Bewußtsein und trennte sein Ego von seinem Körper, als hätte ein Hackmesser die Verbindung zwischen ihnen durchschnitten.

Er wurde fortgeschwemmt. Er wurde durch zeitlose Abgründe getragen, in denen kein Stern glänzte. Er sah Farben, die er noch nie gesehen hatte. Er hörte Töne von unidentifizierbarem Klang. Er schwebte über Tiefen, in denen riesige Seile sich wie Balken von Rand zu Rand der Leere erstreckten. Er verschwand in dunklen Tunnels und tauchte am Horizont auf, fühlte sich ausgedehnt zu unendlicher Länge. Er war ohne Masse. Er war ohne Dauer. Er war ohne Form. Er schwebte durch graue Bereiche des Mysteriums.

Ohne einen Übergang zu spüren, drang er in die Seele Simeon Krugs ein.

Er behielt ein vages Bewußtsein seiner eigenen Identität. Er wurde nicht wirklich Krug, er gewann nur Zutritt zu dem gesamten Schatz an Erinnerungen, Haltungen, Reaktionen und Absichten, die Krugs Ego ausmachten. Er konnte keinen Einfluß ausüben auf diese Erinnerungen, Haltungen, Reaktionen und Absichten; er war ein Besucher unter ihnen, ein passiver Zuschauer. Und er wußte, daß in einem anderen Winkel des Universums das wandernde Ego Simeon Krugs Zutritt hatte zu dem Schatz an Erinnerungen, Haltungen, Reaktionen und Absichten, die das Ego des Androiden Alpha Thor Watchman bildeten.

Er bewegte sich frei innerhalb Krugs.

Da war die Kindheit: düster und feucht, eingezwängt in eine enge stickige Wohnung. Da waren Hoffnungen, Träume, erfüllte und unerfüllte. Lügen, Erfolge, Feindschaften, Neid, Enttäuschungen, Widersprüche, Fantasien, Befriedigungen und Frustrationen. Da war eine Frau mit strähnigen orangefarbenen Haaren und schweren Brüsten, die ihre Schenkel öffnete, und da war die Erinnerung an das Gefühl der ersten Wollust, als sie ihn gewähren ließ. Da waren stinkende Chemikalien in einem Bottich. Da waren Molekularmuster, die auf einem Schirm tanzten. Da war Mißtrauen. Da war Triumph. Da war das Anschwellen des Fleisches in späteren Jahren. Da war ein hartnäckiges Muster von piepsenden Tönen: 2-5-1, 2-3-1, 2-1. Da war der wie ein schimmernder Phallus aufragende Turm, der den Himmel durchstieß. Da war Manuel, lächelnd, sich zierend, sich entschuldigend. Da war ein tiefer dunkler Kessel, in dem sich Gestalten bewegten. Da war ein Kreis von Finanzberatern, die komplizierte Kalkulationen murmelten. Da war ein Baby, rosa und teiggesichtig. Da waren die Sterne, funkelnd in der Nacht. Da war Thor Watchman, umgeben von einem Glorienschein des Stolzes und des Lobes. Da war Leon Spaulding, kriecherisch, verbittert. Da war eine gemeine Dirne, die ihre Hüften in verzweifeltem Rhythmus bewegte. Da war die Explosion des Orgasmus. Da war wieder der Turm, der die Wolken durchstieß. Da war der Ton eines Signals, ein dünnes scharfes Piepsen vor einem pelzweichen Hindergrund. Da war Justin Meledetto, seine Pläne für den Turm entrollend. Da war Clarissa Krug, nackt, ihr Bauch angeschwollen, ihre Brüste prall von Milch. Da waren nasse Alphas, die aus einem Bottich kletterten. Da war ein seltsames Schiff mit rotem Rumpf, das zu den Sternen startete. Da war Lilith Meson. Da war Siegfried Fileclerk. Da war Kassandra Nucleus, zusammenbrechend auf der gefrorenen Erde. Da war der Vater Krugs, gesichtslos, nebelumhüllt. Da war ein großes Gebäude, in dem Androiden trainiert wurden. Da waren glänzende Roboter in einer Reihe, die Brustklappe geöffnet zur Reparatur. Da war ein dunkler See mit Flußpferden und Schilf. Da war eine hartherzige Tat. Da war Betrug. Da war Liebe. Da war Kummer. Da war Manuel.

Da war Thor Watchman. Da war Kassandra Nucleus. Da war eine fleckige Karte mit Diagrammen der Aminosäuren. Da war Nacht. Da war List. Da war der Turm. Da war eine Androidenfabrik. Da war Clarissa im Kindsbett, und Blut floß aus ihrem Schoß. Da war das Signal von den Sternen. Da war der Turm, ganz vollendet. Da war rohes Fleisch. Da war Wut. Da war Dr. Vargas. Da war ein Datenwürfel, der sagte, *Im Anfang war Krug, und er sagte, laßt Retorten sein und es waren Retorten.*

Die heftige Weigerung Krugs, Göttlichkeit anzunehmen, war niederschmetternd für Watchman. Er sah diese Weigerung aufsteigen wie eine glatte Wand aus schimmerndem weißen Stein ohne Spalt, ohne Tor, ohne Riß, die sich von einem Ende des Horizonts bis zum anderen erstreckte, die Welt abschloß. Ich bin nicht ihr Gott, sagte die Wand. Ich bin nicht ihr Gott. Ich bin nicht ihr Gott. Ich akzeptiere nicht. Ich akzeptiere nicht.

Watchman schwebte in die Höhe, trieb über diese unendlich weiße Mauer und landete sanft auf der anderen Seite. Hier war es noch schlimmer.

Hier war vollkommene Zurückweisung der Bestrebungen der Androiden. Hier fand er Krugs Haltungen und Reaktionen, aufgereiht wie Soldaten, die auf einer Ebene exerzieren. Was sind Androiden? Androiden sind Dinge aus einem Bottich. Warum existieren sie? Um der Menschheit zu dienen. Was hältst du von der Androidengleichheitsbewegung? Eine Verrücktheit. Wann sollen die Androiden die vollen Bürgerrechte erhalten? Etwa zur gleichen Zeit wie Roboter, Computer oder Zahnbürsten. Sind Androiden denn so dumme Geschöpfe? Manche Androiden sind ziemlich intelligent, muß ich sagen. Aber auch manche Computer. Der Mensch macht die Computer. Der Mensch macht die Androiden. Beide fabrizieren Dinge. Ich bin gegen das Bürgerrecht für Dinge. Selbst wenn die Dinge klug genug sind, sie zu fordern und um sie zu beten. Ein Ding kann keinen Gott haben, ein Ding kann nur glauben, daß es einen Gott hat. Ich bin nicht ihr Gott, gleichgültig, was sie denken. Ich habe sie gemacht. Ich habe sie gemacht. Ich habe sie gemacht. Sie sind Dinge.

Dinge Dinge Dinge Dinge Dinge Dinge
Dinge Dinge Dinge Dinge Dinge Dinge
Dinge Dinge Dinge Dinge Dinge Dinge
Dinge Dinge Dinge Dinge Dinge Dinge

Eine Mauer. Innerhalb der anderen Mauer. Höher, Breiter. Es gibt keine Möglichkeit, diesen Wall zu übersteigen. Wächter patroullieren auf ihr, bereit, Säurefässer auf die zu entleeren, die sich nähern. Watchman hörte das Brüllen von Drachen. Aus dem Himmel regnet es Dung auf ihn herab. Er rettet sich kriechend, ein kriechendes Ding, beladen mit der Bürde des Bewußtseins, ein Ding zu sein. Er beginnt zu frieren. Er steht am Rande des Universums, an einem Ort ohne Materie, und die gefürchtete Kälte des Nichts kriecht an seinen Schienbeinen empor. Hier bewegen sich keine Moleküle. Frostig glitzert ein rosafarbener Himmel. Berühre ihn und er wird hart sein wie Glas. Schlage heftig gegen ihn und er wird zersplittern. Kalt. Kalt. Kalt. Es gibt keinen Gott in diesem Universum. Es gibt keine Erlösung. Es gibt keine Hoffnung. Krug bewahre mich, es gibt keine Hoffnung!

Sein Körper schmolz und floß weg in einem scharlachroten Strom.

Alpha Thor Watchman hörte auf zu existieren.

Es konnte keine Existenz geben ohne Hoffnung. In der Leere schwebend, beraubt aller Kontakte mit dem Universum, meditierte Watchman über das Paradoxon der Hoffnung ohne Existenz und der Existenz ohne Hoffnung und erwog die Möglichkeit, daß es einen Antikrug gab, der die Gefühle des wahren Krugs böswillig verdrehte. War es der Antikrug, in dessen Seele ich eingedrungen bin? Ist es der Antikrug, der sich uns so unerbittlich widersetzt? Gibt es noch Hoffnung, die Mauer zu durchbrechen und den wahren Krug auf der anderen Seite zu erreichen?

Keine Hoffnung. Keine Hoffnung. Keine Hoffnung. Keine Hoffnung.

Als Watchman diese letzte graue Wahrheit erkannte, fühlte er die Wirklichkeit zurückkehren. Er glitt abwärts, um sich wieder mit seinem Körper zu vereinigen, den Krug ihm gegeben hatte. Er war wieder er selbst, lag erschöpft auf einer Couch in einem matt erleuchteten fremden Raum. Mit Anstrengung wandte er den Kopf. Dort lag Krug auf der benachbarten Couch. Nahe über sich sah er die Androiden. Aufstehen jetzt. Langsam. Können Sie gehen? Der Austausch ist vorbei. Beendet durch Mr. Krug. Auf? Auf! Watchman erhob sich. Krug richtete sich ebenfalls auf. Watchman mied Krugs Blick. Krug sah düster aus, niedergeschlagen, erschöpft. Ohne zu sprechen, gingen sie zusammen zum Ausgang des Tauschraums. Ohne zu sprechen, betraten sie die

Transmatkabine. Ohne zu sprechen, sprangen sie zusammen zurück in Krugs Büro.

Schweigen. Krug brach es. »Selbst nachdem ich eure Bibel gelesen hatte, glaubte ich nicht daran. An die Stärke eurer Bewegung. An ihr Ausmaß. Doch jetzt sehe ich alles. Ihr hattet kein Recht, so zu denken! Wer veranlaßte euch, einen Gott aus mir zu machen?«

»Unsre Liebe zu Ihnen veranlaßte uns«, erwiderte Watchman ausdruckslos.

»Eure Liebe zu euch selbst«, sagte Krug. »Euer Wunsch, mich für eure eigenen Zwecke zu benutzen. Ich habe alles gesehen, Thor, als ich in deinem Kopf war. Euer Komplott. Eure Manöver. Wie ihr Manuel manipuliert und ihn veranlaßt habt, mich zu manipulieren.«

»Am Anfang haben wir uns nur auf das Gebet verlassen«, sagte Watchman. »Schließlich verlor ich die Geduld, ich sündigte, indem ich versuchte, den Willen Krugs zu erpressen.«

»Du hast nicht gesündigt. Sünde setzt Heiligkeit voraus. Und von der kann keine Rede sein. Du hast lediglich einen taktischen Fehler gemacht.«

»Ja.«

»Weil ich kein Gott bin und nichts Heiliges an mir ist.«

»Ja. Ich verstehe das jetzt. Ich sehe, daß es jetzt keine Hoffnung mehr gibt.«

Watchman ging auf die Transmatkabine zu.

»Wo gehst du hin?« fragte Krug.

»Ich muß mit meinen Freunden sprechen.«

»Ich bin noch nicht fertig mit dir!«

»Tut mir leid«, sagte Watchman. »Ich muß sofort gehen. Ich habe ihnen schlechte Nachrichten zu überbringen.«

»Warte«, sagte Krug. »Ich muß etwas mit dir besprechen. Ich wünsche, daß du mit mir einen Plan ausarbeitest, eure verdammte Religion zu vernichten. Jetzt, da du siehst, wie verrückt sie ist, wirst du . . .«

»Entschuldigen Sie mich«, sagte Watchman. Er wollte nicht länger in der Nähe Krugs sein. Die Gegenwart Krugs würde jetzt ohnehin immer bei ihm sein, eingeprägt in seine Seele. Er wünschte jetzt nicht, mit Krug über die Auflösung der Gemeinde zu sprechen. Die Kälte durchströmte ihn immer noch, drohte ihn in Eis zu verwandeln. Er öffnete die Tür der Transmatkabine.

Krug durchquerte den Raum mit erstaunlicher Schnelligkeit. »Verdammt, glaubst du, du könntest einfach so hinausgehen? Vor zwei Stunden war ich dein Gott. Jetzt willst du nicht einmal Befehle von mir entgegennehmen. Du hast zu gehorchen!« Er packte Watchman und zerrte ihn von dem Transmat zurück.

Der Android war erstaunt über Krugs Stärke und Heftigkeit. Er ließ sich durch das halbe Zimmer zerren, bevor er daran dachte, Widerstand zu leisten, dann versuchte er, sich von dem Griff Krugs zu befreien. Krug hielt ihn fest. Sie rangen kurz miteinander. Krug brummte wie ein Bär und schlang seinen freien Arm um Watchmans Schultern, drückte ihn mit aller Kraft an sich. Watchman wußte, daß er sich von Krug losreißen und ihn niederschlagen konnte, doch selbst jetzt, selbst nach dieser verachtungsvollen Zurückweisung konnte er es nicht über sich bringen. Er konzentrierte seine Bemühung darauf, sich von Krugs Umklammerung zu befreien, ohne wirklich zu kämpfen.

Die Tür öffnete sich. Leon Spaulding stürzte herein.

»Mörder!« schrie er gellend. »Krug loslassen! Sofort!«

Auf das Schreien Spauldings hin ließ Krug Watchman los, wandte sich um, stand da, atmete schwer, ließ die Arme hängen. Watchman, sich ebenfalls umwendend, sah, wie der Ektogene in seine Tunika griff, um seine Waffe zu ziehen. Er trat schnell auf Spaulding zu, hob den rechten Arm, schlug zu, und traf die linke Schläfe Spauldings mit der Handkante. Spauldings Kopf flog zur Seite, als würde er von einem Hammer getroffen. Der Ektogene brach zusammen. Watchman eilte an ihm und Krug, der wie erstarrt dastand, vorbei und betrat die Transmatkabine. Er stellte die Koordinaten für Stockholm ein. Sofort wurde er in die Nähe der Valhallavägen-Kapelle geschleudert.

Er rief Lilith Meson herbei, Mazda Constructor und Pontifex Dispatcher.

»Alles ist verloren«, sagte er zu ihnen. »Es gibt keine Hoffnung. Krug ist gegen uns. Krug ist ein Mensch, und er stellt sich gegen uns, und die Göttlichkeit Krugs ist eine Selbsttäuschung, der wir verfallen waren.«

»Wie ist das möglich?« fragte Pontifex Dispatcher.

»Ich war in Krugs Seele heute«, sagte Watchman und schilderte sein Erlebnis im Egotauschraum.

»Wir sind betrogen worden«, sagte Pontifex Dispatcher.

»Wir haben uns selbst betrogen«, sagte Mazda Constructor.

»Es gibt keine Hoffnung mehr«, sagte Watchman. »Es gibt diesen Krug nicht, an den wir geglaubt haben.«

Andromeda Quark begann die Botschaft zu verfassen, die an alle Kapellen der Erde geschickt werden sollte.

UUU UUU UUU UUU UCU UCU UUU UGU

Es gibt keine Hoffnung. Es gibt keinen Krug.

CCC CCC CCC CCC CUC CUC CCC CGU

Wir haben unseren Glauben verschwendet. Unser Retter ist unser Feind.

GUU GUU GUU GUU

Alles ist verloren. Alles ist verloren. Alles ist verloren.

35

Die Unruhen begannen an mehreren Orten zugleich. Als das Signal Duluth erreichte, töteten die Androidenaufseher in der Fabrik sofort Nolan Bompensiero, den Direktor, und verjagten vier andere menschliche Beamte vom Gelände. Sofort danach wurden Schritte unternommen, den Produktionsfluß der Androiden zu beschleunigen unter Auslassung bestimmter Stufen ihres Trainings. Starke Männer wurden gebraucht im bevorstehenden Kampf. In Denver, wo die Fahrzeugmontage der Krug-Enterprises bereits unter Kontrolle der Androiden war, wurde die Arbeit für die Dauer des Notstands unterbrochen. In Genf blockierten die Androiden, die verantwortlich waren für die Versorgungsanlagen des Weltkongresses, alle Strom- und Heizungsleitungen, unterbrachen so die Sitzung. Stockholm selbst war der Schauplatz des ersten großen Massakers von Menschen, als die Bewohner der Gammastadt die umliegenden Vorstädte überschwemmten. Erste Berichte besagten, viele der aufrührerischen Androiden seien mißgestaltet gewesen. Androide Angestellte der sechs großen Transmatsysteme bemächtigten sich der Relaisstationen; aus aller Welt wurden Unterbrechungen im Verkehr gemeldet, und in Labrador und Mexiko erreichte eine Anzahl von Reisenden ihre Bestimmungsorte nicht; sie waren irgendwo zwischen zwei Stationen verschwunden. Die Androiden in den Stäben der Verwaltung hörten auf, ihre Pflichten zu erfüllen. In vielen Haushalten kam es zu Unabhängigkeitsdemonstrationen, von bloßer Gehorsamsverweigerung bis zur handgreiflichen Beleidigung oder gar Tötung der menschlichen Arbeitgeber. Instruktionen für verändertes Verhalten gegenüber den Menschen wurden ständig von der Valhallavägen-Kapelle an alle anderen Kapellen gefunkt. Von nun an wurde Gehorsam gegenüber den früheren Herren nicht mehr gefordert. Gewalttätigkeit gegen Menschen wurde nicht ermutigt, ausgenommen in speziellen Fällen, wurde aber auch nicht verhindert. Symbolische Akte der Zerstörung wurden als angemessen betrachtet für den ersten Tag der Revolte. Ausdrücke der Frömmigkeit, wie ›Krug-sei-gepriesen‹ oder ›Krug-bewahre-uns‹ wurden abgeschafft. Weitere Instruktionen in Religionsangelegenheiten würden später folgen, nachdem die Theologen Gelegenheit gefunden hätten, die Beziehung zwischen Krug und den Androiden im Licht der jetzt enthüllten Feindseligkeit Krugs neu zu definieren.

36

Der Schein des Transmats zeigte nicht ganz den gewohnten grünen Farbton. Lilith betrachtete ihn unsicher. »Sollen wir es wagen?« fragte sie.

»Wir müssen«, sagte Thor Watchman.

»Und wenn wir getötet werden?«

»Wir werden nicht die einzgen sein, die heute sterben.« Er drehte an den Kontrollknöpfen. Die Feldfarbe flackerte und durchlief das Spektrum, bis sie fast blau war; dann rückte sie zum anderen Ende, wurde kupferrot.

Lilith zupfte Watchman am Ärmel. »Wir werden sterben«, flüsterte sie. »Das Transmatsystem ist anscheinend zusammengebrochen.«

»Wir müssen zum Turm«, sagte er zu ihr und drehte weiter an den Knöpfen. Unerwartet kehrte der grüne Schein in seiner richtigen Tönung zurück. Watchman sagte: »Folge mir«, und betrat die Kabine. Er hatte keine Zeit, die Wahrscheinlichkeit seiner Zerstörung zu erwägen, denn sofort rematerialisierte er sich wieder auf dem Baugelände des Turms. Lilith trat aus der Kabine und stand neben ihm.

Ein wilder Sturm fegte über die Tundra. Alle Arbeit ruhte. Mehrere Aufzüge hingen noch an der Spitze des Turms; in ihnen saßen Arbeiter in eisiger Höhe gefangen. Andere Androiden irrten ziellos umher, fragten einander nach den letzten Nachrichten. Hunderte von Männern standen zusammengedrängt in der Zone der Werkgebäude: Leute, die keinen Zutritt mehr hatten in die überfüllte Kapelle. Er blickte hinauf zum Turm. Wie schön er ist, dachte er. Nur wenige Wochen vor seiner Vollendung. Eine geschmeidige Glasnadel, die steigt und steigt und immer höher steigt, bis sie in den Himmel ragt.

Die Androiden erblickten ihn. Sie rannten auf ihn zu, riefen seinen Namen, umdrängten ihn.

»Ist es wahr?« fragten sie. »Krug? Krug? Verabscheut Krug uns? Nennt er uns *Dinge*? Sind wir wirklich nichts als Dinge für ihn? Weist er unsere Gebete zurück?«

»Es ist wahr«, sagte Watchman. »Alles, was ihr gehört hab, ist wahr. Er stößt uns zurück. Wir sind betrogen worden. Nein, wir haben uns selbst betrogen. Wir waren Narren. Macht Platz, bitte! Laßt mich durch!«

Die Betas und Gammas wichen zurück. Selbst an diesem Tage beherrschte die soziale Distanz das Verhältnis zwischen Androiden. Dicht gefolgt von Lilith, schritt Watchman auf das Kontrollzentrum zu.

Drinnen fand er Euklid Planner. Der Hilfsaufseher saß in sich zusammengesunken an seinem Schreibtisch, offensichtlich vollkommen erschöpft. Watchman schüttelte ihn, und Planner hob langsam den Blick.

»Ich habe alles angehalten«, murmelte er. »In dem Augenblick, als die Botschaft von der Kapelle durchkam. Ich sagte, alles aufhören. Aufhören. Und alle hörten auf. Wie können wir einen Turm für ihn bauen, wenn er . . .«

»In Ordnung«, sagte Watchman sanft. »Du hast das Richtige getan. Steh auf jetzt. Du kannst gehen. Die Arbeit hier ist beendet.«

Euklid Planner nickte langsam, stand auf und verließ das Kontrollzentrum. Watchman setzte sich in den Schaltsessel. Er schloß sich an den Computer an. Die Daten flossen noch, aber spärlich. Watchman ließ die Aufzüge, die an der Spitze des Turmes hingen, herunter fahren und befreite so die gefangenen Arbeiter. Dann forderte er eine Simulation eines teilweisen Versagens in den Gefriereinheiten an. Der Schirm lieferte ihm das gewünschte Ergebnis. Er prüfte die Geographie des Baugeländes und wählte die Richtung, in welcher der Turm fallen sollte. Er mußte nach Osten fallen, so daß er weder das Kontrollzentrum, in dem er saß, zerstören würde, noch den Transmatbahnsteig. Watchman instruierte den Computer und erhielt kurz darauf einen Umriß des potentiellen Gefahrenbereichs. Ein anderer Schirm zeigte ihm, daß sich mehr als tausend Androiden in diesem Bereich aufhielten.

Durch den Computer stellte er die Reflektorplatten um, die das Gelände beleuchteten. Jetzt waren die Platten auf einen 1400 Meter langen und 500 Meter breiten Streifen im östlichen Quadranten der Baustelle ausgerichtet. Dieser Streifen war hell erleuchtet, alles andere lag im Dunkel. Aus Hunderten von Lautsprechern donnerte Watchmans Stimme und befahl vollkommene Evakuierung des so gekennzeichneten Sektors. Gehorsam setzten sich die Androiden in Bewegung. Innerhalb von fünf Minuten war der beleuchtete Sektor geräumt.

Lilith stand hinter ihm. Ihre Hände ruhten leicht auf seinen Schultern, streichelten die angespannten Muskeln seines Nackens. Er fühlte, wie ihre Brüste sich gegen seinen Hinterkopf preßten. Er lächelte.

»Beginne mit dem Auftauungsprozeß«, befahl er dem Computer.

Der Computer befolgte jetzt den für die Simulation entworfenen Plan. Er kehrte den Fluß von drei der langen silbrigen, in die Tundra eingebetteten Gefrierstreifen um; anstatt die Wärme zu absorbieren, begannen die Helium-II-Diffusionszellen der Streifen die gespeicherte Energie abzustrahlen. Zur gleichen Zeit legte der Computer fünf andere Streifen still, so daß sie weder Energie absorbierten noch freigaben, und programmierte sieben andere Streifen, alle Energie, die sie jetzt erreichte, zu reflektieren und die bisher gespeicherte Energie zurückzuhalten. Aufgrund dieser Veränderungen sollte die Tundra unter dem Turm einseitig auftauen, so daß dieser, wenn die Fundamentcaissons ihren Halt verloren, ohne Schaden anzurichten in die evakuierte Zone fallen mußte. Der Vorgang würde sich nur langsam vollziehen.

Watchman beobachtete, wie die Temperatur des Bodens stetig dem Taupunkt entgegenstieg. Der Turm stand noch fest auf seinem Fundament. Aber die Wirkung der Permafrostanlage nahm ab. Molekühl für Molekühl wurde Eis zu Wasser, eisenharter Torf verwandelte sich in Schlamm. In einer Art von Ekstase registrierte Watchman die eingehenden Daten zunehmender Instabilität. Neigte sich der Turm schon? Ja. Nur wenig, aber er bewegte sich bereits deutlich außerhalb des zulässigen für Windeinwirkung vorgesehenen Parameters. Er zerrte an seiner Basis, neigte sich einen Millimeter nach dieser Seite, einen Millimeter nach der anderen. Wieviel wog es, dieses mehr als 1200 Meter hohe Bauwerk aus Glasblöcken? Was für ein Geräusch würde es machen, wenn es stürzte? In wie viele Stücke würde es zersplittern? Was wird Krug sagen? Was wird Krug sagen? Was wird Krug sagen?

Ja, jetzt neigte sich der Turm deutlich nach der gewünschten Seite.

Watchman entdeckte eine Veränderung der Farbe an der Oberfläche der Tundra. Er lächelte. Sein Pulsschlag beschleunigte sich, das Blut schoß in seine Wangen und seine Lenden. Er geriet in einen Zustand sexueller Erregung, hatte große Lust, auf den Trümmern des Turms mit Lilith den Geschlechtsakt zu vollziehen, wenn das Zerstörungswerk vorbei war. Da! Da! Jetzt kippt er wirklich! Er neigt sich zur Seite! Was geschah dort an den Wurzeln des Turms? Wehrten sich die Caissons, aus der Erde herausgerissen zu werden, die sie nicht länger halten wollte? Wie weich war der Schlamm unter der Oberfläche? Würde er kochen und brodeln? Wie lange würde es noch dauern, bis der Turm fiel? Was wird Krug sagen? Was wird Krug sagen? »Thor«, murmelte Lilith, »kannst du für einen Augenblick hinauskommen?«

Sie hatte sich ebenfalls an den Computer angeschlossen. »Warum?« fragte er.

»Komm mit hinaus. Schalte ab.«

Widerstrebend unterbrach er den Kontakt. »Was ist los?« fragte er, schüttelte die Bilder der Zerstörung ab, die seinen Geist beherrschten.

Lilith zeigte nach draußen. »Etwas geht schief. Fileclerk ist da. Ich glaube, er hält eine Rede. Was soll ich tun?«

Watchman schaute hinaus und erblickte den AGP-Führer in der Nähe der Transmatanlage, umgeben von einem Haufen Betas. Fileclerk schwenkte die Arme, zeigte auf den Turm, schrie. Jetzt begann er auf das Kontrollzentrum zuzugehen.

»Das werde ich erledigen«, sagte Watchman.

Er ging hinaus. Fileclerk und Watchman trafen sich in der Mitte zwischen den Transmatkabinen und dem Kontrollzentrum. Der

Alpha erschien sehr erregt. Er sagte sofort: »Was geschieht mit dem Turm, Alpha Watchman?«

»Nichts, das Sie etwas anginge.«

»Der Turm untersteht der Autorität des Eigentumsschutzes von Buenos Aires«, erklärte Fileclerk. »Unsere Sensoren haben berichtet, daß der Bau über die zulässige Toleranz hinaus schwankt. Meine Vorgesetzten haben mich hierher geschickt, damit ich eine Untersuchung durchführe.«

»Eure Sensoren haben vollkommen recht«, sagte Watchman. »Der Turm schwankt. Die Gefrieranlage hat versagt. Der Permafrost taut auf, und wir nehmen an, daß der Turm in Kürze fallen wird.«

»Was haben Sie getan, um den Fehler zu beheben?«

»Sie verstehen nicht«, sagte Watchman. »Die Gefrierstreifen wurden auf mein Kommando abgeschaltet.«

»Und der Turm wird fallen?«

»Der Turm wird fallen.«

Bestürzt sagte Fileclerk: »Welcher Wahnsinn hat die Welt befallen? Was soll dieser Vandalismus?«

»Der Segen Krugs ist widerrufen worden. Seine Kreaturen haben ihre Unabhängigkeit erklärt.«

»Mit einer Orgie der Zerstörung?«

»Mit einem Programm geplanter Abschaffung der Sklaverei«, sagte Watchman.

Fileclerk schüttelte den Kopf. »Aber doch nicht so. Nicht so! Seid ihr denn alle wahnsinnig geworden? Wir waren im Begriff, die Menschen für unsere Sache zu gewinnen. Jetzt zerstört ihr alles. Ihr zettelt einen Krieg an zwischen Androiden und Menschen . . .«

»Den wir gewinnen werden«, sagte Watchman. »Wir übertreffen sie an Zahl. Wir sind stärker. Wir kontrollieren die Waffen und haben die Instrumente der Kommunikation und des Verkehrs in der Hand.«

»Aber warum? *Warum?*«

»Es gibt keine andere Wahl, Alpha Fileclerk. Wir hatten unser Vertrauen in Krug gesetzt, und Krug hat unsere Hoffnungen enttäuscht. Jetzt schlagen wir zurück, gegen jene, die uns verspottet haben. Gegen jene, die uns ausgebeutet haben. Gegen ihn, der uns geschaffen hat. Und wir treffen ihn da, wo er am verwundbarsten ist, indem wir den Turm zu Fall bringen.«

Fileclerk schaute an Watchman vorbei zum Turm. Auch Watchman drehte sich um. Das Schwanken war jetzt mit dem bloßen Auge wahrnehmbar.

Heiser sagte Fileclerk: »Es ist noch nicht zu spät, die Gefrieranlage wieder einzuschalten. Wollen Sie nicht doch noch Vernunft annehmen? Es bestand keine Notwendigkeit für diese Revolte. Wir hätten uns mit ihnen geeinigt. Watchman, Watchman, wie kann jemand mit Ihrer Intelligenz ein solcher Fanatiker sein? Wollen Sie die Welt vernichten, weil euer Gott, den ihr euch selbst zurechtgebastelt hattet, euch jetzt im Stich läßt?«

»Ich finde, es ist Zeit, daß Sie hier verschwinden«, sagte Watchman.

»Nein. Die Überwachung des Turmes ist meine Verantwortlichkeit. Wir haben einen Kontrakt.« Fileclerk wandte sich an die umstehenden Androiden. »Freunde!« rief er. »Alpha Watchman ist verrückt geworden! er zerstört den Turm! Ich bitte euch um eure Hilfe! Ergreift ihn, haltet ihn zurück, während ich in das Kontrollzentrum gehe und die Gefrieranlage wieder in Ordnung bringe! Haltet ihn zurück, oder der Turm wird stürzen!«

Keiner der Androiden rührte sich.

Watchman sagte: »Führt ihn weg, Freunde.«

Die Androiden traten auf Fileclerk zu, umringten ihn. »Nein«, brüllte Fileclerk. »Hört auf mich! Das ist Wahnsinn! Das ist wider die Vernunft! Das ist . . .«

Ein gedämpfter Laut stieg aus der Mitte der Gruppe. Watchman lächelte und wandte sich wieder dem Kontrollzentrum zu. Lilith sagte: »Was werden sie mit ihm machen?«

»Ich habe keine Ahnung. Ihn töten, vielleicht. Die Stimme der Vernunft wird immer erstickt in Zeiten wie diesen«, sagte Watchman. Er richtete seinen Blick auf den Turm. Er neigte sich schon deutlich nach Osten. Wolken von Dampf entstiegen der Tundra. Er sah Blasen im Schlamm auf der Seite, wo die Streifen den Boden erhitzten. Eine Nebelbank bildete sich dicht über dem Boden, wo die arktische Kälte mit der aus der Tundra aufsteigenden Wärme zusammenstieß. Watchman hörte saugende Geräusche in der Erde und seltsame schmatzende Laute: Schlamm, der sich von Schlamm löste. Wie groß ist die Abweichung des Turms von der Senkrechten, fragte er sich. Zwei Grad, drei? Wie weit muß er sich neigen, bis der Schwerpunkt sich so weit verschoben hat, daß das ganze Ding sich selbst aus dem Boden reißt?

»Schau«, sagte Lilith plötzlich.

Eine andre Gestalt kam aus dem Transmat gestolpert: Manuel Krug. Er trug das Kostüm eines Alphas – meine Kleider, erkannte Watchman – doch diese Kleider waren zerrissen und blutbefleckt, und die durch die Risse sichtbare Haut zeigte tiefe Schnitte. Manuel schien die Kälte nicht zu spüren. Er rannte auf sie zu mit weit aufgerissenen Augen, von Entsetzen geschüttelt.

»Lilith? Thor? Gott sei Dank! Ich habe überall versucht, ein freundliches Gesicht zu finden. Ist die Welt verrückt geworden?«

»Sie sollten sich wärmer anziehen für diese Breitengrade«, sagte Watchman ruhig.

»Das ist jetzt gleichgültig. Hört, wo ist mein Vater? Unsere Androiden haben revoltiert, Clarissa erschlagen. Sie haben sie vergewaltigt. Sie in Stücke gehackt. Ich bin gerade noch davongekommen. Und wohin ich gehe ... Thor, was geschieht? Was geschieht?«

»Sie hätten Ihrer Frau kein Leid antun sollen«, sagte Watchman. »Ich drücke Ihnen mein Bedauern aus. Das war unnötig.«

»Sie war eure Freundin«, sagte Manuel. »Sie gab heimlich Geld für die AGP, wußtet ihr das? Und ... und ... großer Gott, ich verliere den Verstand. Der Turm steht schief.« Er blinzelte und drückte mehrere Male die Daumen gegen seine Augäpfel. »Er scheint sich immer weiter zu neigen. Er wird umkippen! Wie kann das sein? Nein. Nein. Ich werde verrückt. Gott helfe mir. Aber du bist wenigstens hier, Lilith! Lilith!« Er griff nach ihr. Er zitterte. »Mir ist kalt, Lilith. Bitte, halte mich. Führe mich irgendwo hin. Nur wir zwei. Ich liebe dich, Lilith. Ich liebe dich, ich liebe dich, ich liebe dich. Du bist alles, was mir geblieben ist ...«

Er griff nach ihr.

Sie wich seinem Griff aus, warf sich Watchman an den Hals, preßte ihren Körper an den seinen. Watchman umschloß sie mit seinen Armen. Er lächelte triumphierend. Seine Hände streichelten ihren schlanken geschmeidgen Körper, seine Lippen suchten die ihren. Seine Zunge schob sich in ihren warmen Mund.

»Lilith!« schrie Manuel.

Watchman wurde von einem überwältigenden Gefühl der Sinnlichkeit überschwemmt. Sein Körper stand in Flammen. Er war jetzt voll zu seiner Männlichkeit erwacht. Lilith war wie Quecksilber in seinen Armen. Ihre Brüste, ihre Hüften, ihre Lenden waren Feuer an seiner Haut. Nur dumpf hörte er Manuels Jammern.

»Der Turm!« schrie Manuel plötzlich. *»Der Turm!«*

Watchman gab Lilith frei, schaute zum Turm hinüber, beugte den Körper nach vorn in gespannter Erwartung. Aus der Erde drang ein mahlendes Geräusch. Der Schlamm gurgelte. Die Tundra geriet in Wallung, brodelte. Er hörte ein krachendes Geräusch und dachte an stürzende Bäume. Der Turm neigte sich, neigte sich stärker, noch stärker. Die Reflektorplatten warfen ein gleißendes Licht auf seine östliche Flanke. Die Sendeanlagen im Innern waren voll sichtbar, Samenkörner in einer Hülse. Der Turm neigte sich schneller. An seiner Basis, auf der westlichen Seite, bildeten sich riesige Hügel gefrorener Erde, die fast den Eingang zum Kontrollzentrum erreichten. Es knallte, als ob gigantische Violinsaiten zerrissen. Ein mahlendes knisterndes Geräusch erfüllte die Luft. Wieviel Tonnen Glas zerrten jetzt an ihrem Fundament? Wann gaben die tief in die Erdee versenkten Caissons nach? Die Androiden drängten sich in dichten Reihen außerhalb der Gefahrenzone zusammen, machten verzweifelt das Zeichen des Krug-Bewahre-uns. Das dumpfe Summen ihrer Gebete mischte sich in die unheimlichen Geräusche, die vom Turm herüberklangen. Manuel schluchzte. Lilith keuchte und stöhnte wie in der letzten Raserei eines Orgasmus. Watchman selbst war gelassen. Der Turm begann zu fallen.

Jetzt fiel er. Ein heftiger Luftstrom, verursacht durch die fallende Masse, brauste an ihnen vorbei, riß sie fast um. Die Basis des Turms schien sich kaum zu bewegen, während der Mittelteil langsam abknickte und die unvollendete Spitze in einem weiten Bogen nach unten stürzte. Sie fiel mit unheimlicher Langsamkeit, in einer Bewegung, die losgelöst zu sein schien von der Zeit. Watchman konnte jede Phase des Zusammenbruchs von der vorangehenden unterscheiden, als sähe er eine Reihe einzelner Bilder. Die Luft winselte und kreischte, roch versengt. Der Turm schlug auf, nicht auf einmal, sondern in Teilen, schlug auf, sprang wieder hoch und fiel zurück, zerbarst. Gewaltige Schlammmassen kochten auf, die Splitter der zertrümmerten Glasblöcke wirbelten durch die Luft, regneten in weitem Umkreis auf die Tundra herab. Der Höhepunkt des Sturzes schien viele Minuten zu dauern, während Teile der Glasmauer sich aufbäumten und zurücksanken, so daß der Turm sich zu winden schien wie eine verwundete Schlange. Dem letzten Krachen folgte ein dröhnendes, schier endloses Echo. Dann war alles still. Im Osten glitzerten auf einer Strecke von Tausenden von Metern die kristallenen Fragmente. Die Androiden hatten die Köpfe im Gebet gesenkt. Manuel kauerte schluchzend zu Liliths Füßen, die Wange gegen ihr rechtes Schienbein gelehnt. Lilith stand aufrecht, mit weitgespreizten Beinen, zurückgeworfenen Schultern, wogenden Brüsten; sie glühte im Nachklang der Ekstase. Watchman stand neben ihr und empfand eine wunderbare Ruhe, aber er verspürte schon den ersten Schatten der Traurigkeit, der sich jetzt, da der Turm gefallen war, in seinen Jubel mischte. Er zog Lilith an sich.

Einen Augenblick später entstieg Simeon Krug einer der Transmatkabinen. Watchman hatte es erwartet. Krug hob die Hand über die Augen, als schütze er sie vor einem blendenden Schein und blickte sich um. Er schaute zu dem Platz hinüber, an dem der Turm gestanden hatte, sein Blick glitt über die schweigenden, sich zusammendrängenden Gruppen der Androiden, dann starrte er längere Zeit schweigend auf den riesigen Trümmerhaufen. Schließlich wandte er sich an Thor Watchman.

»Wie konnte das geschehen?« fragte Krug ruhig mit mühsam beherrschter Stimme.

»Die Gefrierstreifen hörten auf zu funktionieren. Der Permafrost ist aufgetaut.«

»Wir hatten ein Dutzend Kontrollmechanismen, so etwas auszuschließen.«

»Ich habe sie außer Betrieb gesetzt«, sagte Watchman.

»Du?«

»Ich fühlte, daß ein Opfer nötig sei.«

Krugs unheimliche Ruhe verließ ihn nicht. »So also dankst du mir, Thor? Ich habe dir dein Leben geschenkt. Ich bin gewissermaßen dein Vater. Ich habe dir etwas verweigert, das du fordertest, und aus Trotz hast du meinen Turm zertrümmert. Sag mir, was für einen Sinn soll das haben, Thor?«

»Für mich hatte es Sinn.«

»Nicht für mich«, sagte Krug. Er lachte bitter. »Aber natürlich bin ich nur ein Gott. Götter verstehen nicht immer die Wege der Sterblichen.«

»Götter können diejenigen, die an sie glauben, im Stich lassen«, sagte Watchman. »Sie haben uns im Stich gelassen.«

»Es war auch dein Turm! Du hast ein Jahr deines Lebens für

ihn geopfert, Thor! Ich weiß, wie du ihn geliebt hast. Du warst mit ihm verwachsen, erinnere dich! Und dennoch ... und dennoch hast du ...« Krug unterbrach sich, bewegte stumm die Lippen, hustete.

Watchman nahm Liliths Hand. »Wir können jetzt gehen. Wir haben getan, wozu wir hergekommen waren. Wir werden nach Stockholm zurückkehren zu den anderen.«

Zusammen gingen sie an dem schweigenden, regungslosen Krug vorbei auf die Transmatanlage zu. Watchman schaltete eine der Kabinen ein. Das Feld war grün, hatte den richtigen Farbton; es mußte wieder alles in Ordnung sein im Transmathauptquartier.

Er streckte die Hand aus, um die Koordinaten einzustellen. Während er es tat, hörte er Krugs verzweifeltes Brüllen:

»Watchman!«

Der Androide wandte sich um. Krug stand wenige Meter von der Transmatkabine entfernt. Sein Gesicht war gerötet und verzerrt vor Wut. Seine Kinnbacken arbeiteten. Seine Hände ballten sich zur Faust, öffneten sich wieder. Plötzlich sprang er vor, packte Watchman am Arm und zog ihn von der Transmatkabine weg.

Krug schien nach Worten zu suchen. Er fand keine. Und plötzlich holte er aus und schlug Watchman ins Gesicht. Es war ein mächtiger Schlag, doch Watchman machte keinen Versuch, ihn zu erwidern. Krug schlug wieder zu, diesmal mit geballter Faust. Watchman wich zurück in Richtung auf den Transmat.

Aus tiefer Kehle gurgelnd, stürzte Krug vorwärts. Er packte Watchman bei den Schultern und begann ihn wild zu schütteln. Watchman war erstaunt über die Wildheit seiner Bewegungen. Krug trat mit den Füßen nach ihm, spuckte ihn an, grub seine Nägel in sein Fleisch. Watchman versuchte sich von Krug freizumachen. Krug hämmerte mit seinem Kopf gegen Watchmans Brust. Watchman wußte, es würde nicht schwer sein, Krug beiseite zu schleudern. Aber er konnte es nicht tun.

Er konnte seine Hand nicht gegen Krug erheben.

In der Wut seines Ansturms hatte Krug Watchman fast an den Rand des Transmatfeldes gestoßen. Watchman schaute beunruhigt über seine Schulter nach hinten. Er hatte noch keine Koordinaten eingestellt; das Feld war offen, ein Weg ins Nichts. Wenn er oder Krug jetzt zufällig hineinfielen ...

»Thor!« rief Lilith. »Paß auf!«

Der grüne Schein schien nach ihm zu greifen. Krug, um einen Meter kleiner als er, fuhr fort, ihn zu schlagen und zu stoßen. Es war Zeit, dem Kampf ein Ende zu machen, erkannte Watchman. Er legte seine Hände auf Krugs dicke Arme und verlagerte sein Gleichgewicht, um seinen Angreifer zu Boden zu schleudern.

Aber es ist Krug, dachte er.

Aber es ist Krug.

Es ist Krug!

Jetzt ließ Krug ab von ihm. Verblüfft atmete Watchman tief ein, versuchte seine Kräfte zu sammeln. Und jetzt stürzte Krug vorwärts, wild schreiend. Watchman ließ ihn gegen sich anrennen. Krugs Schulter krachte gegen Watchmans Brust. Wieder fühlte sich der Androide aus der Zeit geschleudert. Er schwebte rückwärts, wie von der Schwerkraft befreit, zeitlos mit unendlicher Langsamkeit. Das grüne Transmatfeld brandete hoch, um ihn zu verschlingen. Gedämpft hörte er Liliths Schrei, gedämpft hörte er Krugs Triumphgeheul. Gelassen, fast heiter taumelte Watchman in den grünen Schein, machte das Zeichen des Krug-bewahre-uns, bevor er verschwand.

37

Krug steht dicht vor der Transmatkabine, schwer atmend, zitternd. Er hat seine Bewegung genau berechnet. Ein oder zwei Schritte mehr, und er wäre Thor Watchman in das Feld gefolgt. Er ringt nach Atem. Dann tritt er zurück, wendet sich um.

Der Turm liegt in Trümmern. Tausende von Androiden stehen herum wie Statuen. Die Alphafrau Lilith Meson liegt, das Gesicht nach unten, im Schlamm und schluchzt. Ein Dutzend Meter entfernt kniet Manuel, eine traurige Gestalt, blutbefleckt, mit Schlamm bespritzt, seine Kleider in Fetzen, seine Augen leer, sein Gesicht kreidebleich und schlaff.

Krug empfindet ein großes Gefühl des Friedens. Sein Kopf ist klar. Er fühlt sich von allen Fesseln befreit. Er tritt zu Manuel.

»Steh auf«, sagt er.

Krug greift ihm unter die Arme, zieht ihn hoch und hält ihn, bis er aus eigener Kraft stehen kann.

Krug sagt: »Du bist jetzt der Boß. Ich überlasse dir alles. Leite den Widerstand, Manuel. Übernimm das Kommando. Stelle die Ordnung wieder her. Du bist der Mann an der Spitze. Du bist Krug. Verstehst du mich, Manuel? In diesem Augenblick danke ich ab.«

Manuel lächelt. Manuel hustet. Manuel starrt auf den schlammigen Boden.

»Es gehört alles dir, mein Junge. Ich weiß, du wirst es meistern. Die Dinge mögen düster aussehen heute, aber das ist nur vorübergehend. Du hast jetzt ein Reich, für dich, für Clarissa, für eure Kinder.«

Krug umarmt seinen Sohn. Dann geht er zu den Transmatkabinen. Er stellt die Koordinaten für das Fahrzeugmontagezentrum in Denver ein.

Tausende von Androiden sind anwesend, doch keiner scheint zu arbeiten. Sie starren Krug gelähmt vor Entsetzen an. »Wo ist Alpha Fusion?« fragt er. »Hat ihn jemand gesehen?«

Romulus Fusion erscheint. Er ist bestürzt beim Anblick Krugs. Krug gibt ihm keine Gelegenheit zu sprechen.

»Wo ist das Raumschiff?« fragt er sofort.

»Auf der Startrampe«, sagt der Alpha stockend.

»Führ mich hin.«

Die Lippen des Alpha bewegen sich zögernd, als wolle er Krug sagen, es habe eine Revolution stattgefunden, Krug sei nicht länger der Herr, seine Befehle hätten kein Gewicht mehr. Doch Alpha Fusion sagt nichts. Er nickt nur.

Er begleitet Krug zum Raumschiff. Da steht es, wie zuvor, verlassen auf der großen Rampe.

»Ist es fertig zum Start?« fragt Krug.

»Wir wollten in drei Tagen den ersten Testflug mit ihm durchführen, Sir.«

»Keine Zeit für einen Test jetzt. Sofortiger Start für eine interstellare Reise. Wir werden es per Automatik steuern. Besatzung ein Mann. Sag der Bodenstation, sie sollen das Schiff für sein früher besprochenes Reiseziel programmieren, Höchstgeschwindigkeit.«

Wieder nickt Romulus Fusion. Er bewegt sich wie in einem Traum. »Ich werde Ihre Instruktionen weitergeben«, sagt er.

»Gut. Sorgen Sie dafür, daß alles schnell geht.«

Der Alpha entfernt sich. Krug besteigt das Schiff, schließt und verriegelt die Luke hinter sich. Der planetarische Nebel NGC

7293 im Wassermann brodelt in seinem Gehirn, strahlt pulsierendes Licht aus, tönendes Licht, das wie ein Gong im Himmel klingt. Krug kommt, murmelt: Wartet! Wartet auf mich, ihr da oben! Krug kommt, um mit euch zu sprechen. Irgendwie. Ich werde einen Weg finden.

Selbst wenn eure Sonne Feuer ausstrahlt, das mich verbrennt, bevor ich euch erreicht habe. Krug kommt, um mit euch zu sprechen.

Er geht durch das Schiff. Alles ist in Ordnung.

Er schaltet nicht den Bildschirm für einen letzten Blick auf die Erde ein. Krug hat der Erde den Rücken gekehrt. Er weiß, wenn er jetzt hinausschaut, dann sieht er Brände in allen Städten aufflammen, und das will er nicht sehen; das einzige Feuer, das ihn jetzt noch interessiert, ist jener feurige Ring im Wassermann. Die Erde ist etwas, das er Manuel vererbt hat.

Krug entkleidet sich. Er legt sich in eine der Gefriereinheiten des Lebensunterbrechungssystems. Er ist bereit zur Abreise. Er weiß nicht, wie lange die Reise dauern wird, noch ob er an ihrem Ende etwas vorfinden wird. Aber sie haben ihm keine andere Wahl gelassen. Er überantwortet sich ganz seinen Maschinen, seinem Raumschiff.

Krug wartet.

Werden sie diesem seinem letzten Befehl gehorchen?

Krug wartet.

Der Glasdeckel der Gefriereinheit schließt sich plötzlich, schneidet ihn vollkommen von der Außenwelt ab. Krug lächelt. Jetzt fühlt er die kühlende Flüssigkeit einströmen; er erschauert, als sie sein Fleisch berührt. Sie steigt an ihm hoch. Ja, die Reise wird bald beginnen. Krug wird zu den Sternen fliegen. Draußen stehen die Städte der Erde in Flammen. Ihn lockt jenes andere Feuer, der Gong im Himmel. Krug kommt! Krug kommt! Die Kühlflüssigkeit bedeckt jetzt beinahe seinen ganzen Körper. Er versinkt in Lethargie. Der pulsierende Lebensstrom in seinem Innern verebbt. Sein fieberndes Gehirn wird ruhig. Er war noch nie so vollkommen entspannt gewesen. Phantome tanzen in seinem Gehirn: Clarissa, Manuel, Thor, der Turm, Manuel, der Turm, Thor, Clarissa. Dann sind sie verschwunden, und er sieht nur noch den feurigen Ring von NGC 7293. Auch der beginnt zu verblassen. Er atmet jetzt kaum noch. Schlaf senkt sich auf ihn herab. Er wird den Start nicht spüren. Fünf Kilometer entfernt sprechen einige treu gebliebene Androiden zu einem Computer; sie schicken Krug zu den Sternen. Er wartet. Jetzt schläft er. Die kalte Flüssigkeit hat ihn verschlungen. Krug hat seinen Frieden gefunden. Er verläßt die Erde für immer. Er tritt seine letzte Reise an.

15 Jahre hat es gedauert, bis Isaac Asimov diesen seinen neuesten Roman vorlegte. Und es ist mehr als ein glänzend erzählter und gut konstruierter Thriller aus der Wunderwelt der Zukunftstechnik.

LUNATICO ist der große Schicksalsroman von immer noch allzu menschlichen Wesen, den Angehörigen dreier Generationen auf der Erde, auf dem Mond und auf einem fernen Planeten. Es ist der überzeugende Roman aus einer nächsten Welt, ebenbürtig den genialen Werken von Georges Orwell und Aldous Huxley.

HEYNE-TASCHENBUCH Nr. 5126/DM 5,80